千災雪消 천재 재앙이 눈처럼 사라지고
萬福雲興, 만 가지 복이 구름처럼 일어나서라.

돈키호테와 날라리 벌

돈키호테와 날라리 벌

초판 1쇄   2019년 02월 15일

지은이   김화성
발행인   김재홍
교정·교열   김진섭
마케팅   이연실

발행처   도서출판 지식공감
브랜드   문학공감
등록번호   제396-2012-000018호
주소   경기도 고양시 일산동구 견달산로225번길 112
전화   02-3141-2700
팩스   02-322-3089
홈페이지   www.bookdaum.com

가격   15,000원
ISBN   979-11-5622-431-0 03810

CIP제어번호   CIP2019002446
이 도서의 국립중앙도서관 출판예정도서목록(CIP)은 서지정보유통지원시스템 홈페이지
(http://seoji.nl.go.kr)와 국가자료공동목록시스템(http://www.nl.go.kr/kolisnet)
에서 이용하실 수 있습니다.

문학공감은 도서출판 지식공감의 인문교양 단행본 브랜드입니다.

나의 로시난테, 1500km를 달리다!

돈키호테와 날라리 별

나의 로시난테, 1500km를 달리다

나는 자전거 매니아가 아니다.
자전거에 관한 한 동네 아마추어 엉클에 불과하다.
우연히 얻어걸린 중고 자전거에 몸을 싣고 떠났다.
이름하여 로시난테!

중고인생으로 살아온 나에게 딱 맞는 중고 로시난테!

순전히 실언 때문에 저질러진 일이었다.
전국을 쓰담쓰담하고 와야겠다고 말하자
아내는 나에게 '과학하고 앉아 있네!' 라고 말했다.
아내의 과학은 '똥'의 다름적 표현이다.
실현가능성이 희박한 계획을 세우고 터무니없이 일을 저지르는 건
나의 전매특허다.
뱉어 놓고 보니 자존심이 퇴로를 차단해 버렸다

할 수 없이 떠났다.
힘들면 핑계거리를 찾아 로시난테를 버리고 오면 된다고 생각하고

아주 가벼운 마음으로 떠났다.
핑계거리는 도처에 숨어서 나를 비웃고 있을 게 뻔하기 때문에
중도하차까지 나는 다 계산해 두었다.
나의 의지를 나는 그닥 신뢰하지 않는 편이고 한두 번 있는 일도 아니
었다.

햄릿형과 돈키호테형
이 형님 두 분 다 나와 무관하지 않은 분들인데 나는 역시 돈키호테에
가깝다.
나는 정형화된 틀 안에서 규율에 맞게 얌전하게 사는 스타일이 아니다.
좀 더 정확히 표현하자면 돈키호테형 날라리 벌이 나에게 맞다.
이번 일도 그렇게 시작되었다.

어! 그런데 이게 장난이 아니었다.
운동을 해 본 사람은 안다.
안 쓰는 근육을 갑자기 쓰면 어떤 무리가 온다는 것을 누구나 알고 있다.
3일 째부터 운신하기조차 힘들었다.

더군다나 기록을 남기는 부담감은 온전한 나의 꿀잠을 차압해 버렸다.
밤새 하루치 동력을 축적한다는 게 어려운 일이었다.
달리며 생각하고, 도착하면 송장처럼 쓰러져 잤다.
일어나서 쓰고, 쓰다가 지치면 곯아떨어지고
깜짝 놀라 일어나 허둥지둥 출발했다.
밥도 먹는 둥 마는 둥 하며 달리고 또 달렸다.
일정에 쫓기는 게 아니라 기록에 쫓기며 달렸다.
목적과 수단이 완전 전도된 여행이 돼버렸다.

처음엔 실수로 떠난 일인데 중간엔 쪽팔릴까 봐 계속 달렸고
나중엔 오기가 생겨 달렸다.

도반 없이 혼자 가는 여행은 외로웠고
16일 동안의 묵언수행은 고행 그 자체였다.
그리고 마침내 1,500km 대장정을 무사히 끝냈다.
남들에게는 아무 일도 아닐지 모르겠지만 나에게는 힘든 일이었고
큰일이었다.

그리고 까마득히 잊었다.

아니 잊으려고 노력했다.

로시난테는 쳐다도 보기 싫었고 어망(魚網)에 담은 블로그는

징글징글해서 다시 읽고 싶지 않았다.

"처박아 두지 말고 출판사에 한번 의뢰해보지 그래!"

수필을 한 꼭지 쓰고 있는 내게 아내가 지나가며 한마디 툭 던진다.

아내는 칭찬에 인색한 사람이다.

6년 전 돌아와 방죽에 넣어 두고 까마득히 잊고 있었던

내 인생의 통발을 나는 조심스레 건져 올렸다.

어린 시절의 치어(稚魚) 몇 마리와 미꾸래미, 젊은 아프리카 메기,

사나운 꺽지와 빠가사리가 우뭇가사리와 한데 뒤섞여 있었다.

여러 공판장에 의뢰했고 제일 먼저 출판사 '지식공감'의 승부사 김재홍

경매사에 의해 간택되었다.

세상에 풀어 놓고 보잔다.

그렇게 해서 빛을 보게 된 이 책의 운명을 나는 모른다.
욕을 얻어먹어도 내 소관이 아니고 뒷골목에서 직사하게 얻어터져도
나는 오불관언 할 것이다.
다만 초콜릿이나 마카롱이라도 누가 던져 준다면 나는 제일 먼저 내
아내에게 가져다주고
그 다음에는 '지식공감' 김재홍 사장님과 열정적인 그 직원들에게 가지
고 갈 것이다.
그리고 나를 아는 모든 사람들에게 다 나눠 줄 예정이다.

2019년 1월
익산 아프리카 까페에서

CONTENTS

新 서유견문

1
돈키호테와
날라리 별

돈키호테

속이 메스껍다.

어젯밤 출정식을 핑계 삼아 한잔한다는 게 과했나 보다. 뱃속에서 구라파전쟁이 일어난 모양이다. 몸이 묵신하고 머리마저 혼탁하다. 자전거 국토 종단을 선언한 첫날부터 삐걱댄다. 오전 9시에 출발하기로 했는데 몸 상태가 영 좋지 않다. 눈을 잠시 붙이고 떠나야겠다고 생각하고 방 안으로 들어간다. 하지만 떠나야 한다는 부담감 때문에 잠은 문턱에서 알짱거린다.

벌써 9시 반이다.

"몸 생각해요. 괜히 유세 떨지 말고…!"

아내의 만류에 줏대 없이 흔들린다. 조금만 더 세게 밀어주면 못 이기는 척하고 작파할 텐데 아내도 내가 어찌하나 두고 보자는 눈치다. 이대로 주저앉을 수는 없다. 주시하고 있는 눈들이 두렵다. 출발하겠다고 말하자 여기저기 널부러져 있는 물건들을 잽싸게 싸기 시작한다. 아내는 나보다 야물딱지다. 측은하게 바라보면서도 가려면 빨리 출발하라고 재촉한다.

기념사진 한 장 박고 나니 10시! 마실 나가는 기분으로 페달을 밟는다. 드디어 출발이다!

돈키호테의 복장이 이랬을까? 로시난테라도 있으면 동력이 필요 없을 텐데 완전 자가 발전해서 이동해야 한다.

내 나이 쉰다섯!

섣달이 낼모레니 이제 쉰여섯을 코앞에 두고 있다. 축구경기로 따져 봐도 후반전 1/3이 지났고 골프로 따져 봐도 13번째 홀, 쎄컨 샷을 준비 중이다. 돌이켜 보면 희랍인 조르바처럼 드라마틱하지도 익사이팅하지도 못한 인생이었다. 밤새워 3박 4일은 말할 수 있어야 하고, 흥미진진한 얘깃거리로 넘쳐나야 하는데 한두 시간 정도로 축약되는 밀도가 희박한 인생이다. 정박하기 위해 만들어진 배는 배가 아닐 텐데 제대로 항해 한 번 못하고 처박힌 고물인생이다.

만행이 딱이다 싶었는데, 자신도 없고 또 너무 오래 걸릴 것 같아 자전거로 돌렸다. 옛날 같으면 걸어야 하는데 자전거로 가니 그나마 한결 진화된 여행이다. 혼자 가는 이 길은 외롭고 고단한 길이 될 것이다.

자, 가자!

비록 기사 수업 한 번 받은 적 없고 산초 판사 같은 동반자도 없지만 나에게는 로시난테가 있다. 돈키호테처럼 세상의 부정과 비리를 응징할 패기나 무모함은 없으나 움추려 있는 가련한 나의 일상에 과대망상의 허풍을 불어넣고 새로운 모험을 향해 출발하자!

'견딜 수 없는 고통을 견디며 이길 수 없는 적과 싸우며 이룰 수 없는 꿈을 이뤄 저 하늘의 별을 따오게 될지 누가 알겠는가!

운명이 내가 기대했던 것보다 훨씬 더 좋은 길로 인도할 것이다…!'

나는 '더 맨 오프 라 만차(The Man of La Mancha)'의 돈키호테의 기분으로 나의 로시난테에 올라탔다.

하나로 도로 끝까지 거리는 8km.

웅포가는 길로 접어드니 몸은 이미 천근만근이다. 운동한다고 무던히도 다니던 길인데 자전거로는 처음이다. 100킬로로 달리던 길을 시속 20킬로로 달린다고 생각하니 벌써부터 퍼지고 지치기 시작한다. 서두르는 건 금물인데 걱정이 앞장선다. 한참을 비비적거리다 보니 함열이다. 얼추 11시다. 여기는 내가 잘 아는 한의원 원장의 나와바리다. 침이나 한 대 맞고 점심이나 같이할까 망설였지만, 지체되면 퍼지고 만류라도 하면 그 핑계로 주저앉을 게 분명하다.

'인간은 이성적 동물이 아니라 이성적이고 싶어 하는 감성적 동물이다.'

여행을 떠나면 사람은 감성적일 수밖에 없다. 준비한답시고 자전거 한두 번 탄 게 고작인데 그나마 약발이 있었던지 꾸역꾸역 강경까지 기어왔다. 젓갈 축제가 19일부터 시작된단다.

금강하류의 조수가 드나드는 갯마을이었는데 한일합방 이후, 일본인들이 들어와 상권을 형성하고 해산물을 도매하고 젓갈을 생산하기 시작했다. 강경 상인하면 예부터 동래 상인, 개성 상인과 더불어 조선 3대 상인으로 꼽을 만큼 유명했다. 오늘날 유통업의 대부 격인 셈이다.

사업은 이윤을 남기기보다 사람을 남겨야 성공하는 법이다. 그런 면에서 볼 때 옛날 상인들은 배짱도 있고 의리도 있었다. 김주영의 장편소설 『객주』를 읽으며 느낀 바다.

강경에서 국밥으로 점심을 때우려 했는데 23번 국도는 강경을 외곽으로 지나치게 되어있다. 국도에서 빠져나와 강경으로 내려서야 밥 구경이라도 할 수 있는데 귀찮아서 포기하고 지나친다. 지나다니는 사람들의 고쟁이에서 젓갈 냄새가 휘적휘적 나는 듯하다. 내 몸은 벌써 지쳤다는 신호를 보내고 있다.

자전거 여행!
생각하면 낭만스럽고 근사하다. 여학생들과 함께 관촌 사선대로 자전거 하이킹을 갔던 때가 있다. 고등학교 때 일이다. 청색 나팔바지를 입고 나온 예쁘장한 여학생 뒤태를 훔쳐보고 말 한번 못 붙이고 돌아선 기억이 안쓰럽다. 사내자식은 예나 지금이나 모름지기 숫기가 있어야 하는데 짝사랑에 관한 한 그 당시 나는 거의 전문가 수준이었다.

달리다가 지치면 도로 옆 슈퍼로 들어가 아이스케키나 빵을 사먹으면 된다는 생각은 고전적인 추억에 불과하다. 먼지 뒤집어쓰고 고즈넉히 자리 잡은 슈퍼는 옛날 동화책에나 나온다. 말이 국도지 전국 도로망이 엄청 발달되어 있어서 자동차들이 도로를 100킬로 이상의 속도로 질주한다. 자전거를 타고 가며 느낀 바다. 도로 위를 질주하는 차들이 내는 굉음과 속도는 거의 공포에 가까웠다. 내가 멀쩡히 살아서 돌아올 수 있을까 하는 의구심과 회의감이 쓰나미처럼 밀려왔다. 차들이 이렇게 질주하니 국도에 붙어있는 휴게소치고 장사가 제대로 되는 집이 드물다. 자연히 개점휴업 상태의 휴게소가 태반이다. 국도는 자전거가 달리기에 결코 적합하지 않다는 게 첫날부터 내린 결론이다. 하나로 도로처럼 말끔하게 단장된 자전거 도로를 생각하면 큰 오산이다. 자전거를 위한 도로는 아예 없다. 있다손 치더라도 한 폭이나 될 성싶은 좁은 갓길에 불과하다. 죽지 않는 방법은 의외로 간단하다. 폭주하는 자동차들과 함께 달리면 된다. 하지만 생각해 보라. 나는 무동력 2차산업의 산물 위에 앉아 간다. 거짓말 하나 보태지 않고 달리는 동안 죽음의 그림자는 항상 내 뒤를 따라왔다. 재수 없이 어느 새끼가 깜빡 실수하여 핸들 각도 5도만 잘못 틀면 그 자리에서 나는 개죽음이다. 이참에 돌아갈까? 객사하면 인생 더럽게 종 치는 건데…! 간사한 마음이 턱밑까지 치고 올라온다.

드디어 강경을 지나 논산 초입이다.

논산평야가 황금 들녘을 자신하고 있다. 허기지고 갈증이 나서 더 이상 움직일 힘이 내겐 남아 있지 않다. 멀리 기사 식당이 먼지를 뒤집어쓰고 길 한쪽에 처박혀있다. 무조건 들어가야 한다. 운이 좋으면 길거리에서 만난 음식이 얻어 걸릴 수 있다. 팔도를 내 집처럼 돌아다니는 기사들의 입맛은 원래 정평이 나 있다고 했다. 그걸 한번 믿어보자. 문을 열고 들어가니 후끈한 기운과 청국장 냄새가 코를 자극한다. 사람들로 그득하다. 한쪽으로 자리를 잡고 헬멧과 배낭을 내려놓으니 좀 살 것 같다. 인심 좋게 생긴 중늙은이 부부가 밥을 내놓는데 밥은 찰지고 청국장은 구수하다. 엄마의 청국장이 생각난다. 배운 건 없어도 속 깊고 관대하신 분인데 시집 잘못 와 평생 고생만 하다 가셨다. 마파람에게 눈 감추듯 정신없이 퍼 먹고 나니 공자 말씀에 계면쩍다. 衣食이 足한 연 후에 知 예절이라! 의식을 먼저 갖춘 후에라야 예절을 안다고 공자님도 배가 고파 본 모양이다. 따뜻한 방구들에 한숨 퍼질러 자고 가면 그만일 텐데… 갈 길이 구만리라 주섬주섬 행장을 수습하고 나온다. 바람은 차고 긴 그림자가 외롭다.

비췻빛 하늘은 높고 황금 들녘이 눈에 시리다.

원래 목표는 논산까지 가서 여장을 풀 예정이었다. 하지만 아내가 위문공연 한다고 쫓아와(?) 자고 갈까 싶어 공주 쪽으로 도망을 놓는다. 자동차로 삼사십 분 걸리는 거리를 자전거로 네 시간도 넘게 걸려온 셈이다. 논산 대교를 넘으니 논산, 대전, 공주 갈림길이다. 이런 갈림길에서 조심해야 한다. 거의 모든 도로는 자전거가 다니게끔 생겨먹지 않았다. 모든 갈림길에서는 질주하는 차들의 간극을 이용해 재빨리 길라잡이를 해야 한다. 눈치도 운동신경도 빨라야 한다. 다행히 잘 빠져나왔다.

시계를 보니 얼추 한 시가 지나간다.

여기서부터 급 내리막이다. 시속 40km는 내가 낼 수 있는 자전거 최고 속도다. 이 정도면 숨 쉬기가 힘들고 고글과 헬멧이 흔들린다. 위험하지만 한편으론 스릴도 있고 상쾌하다.

호사다마란 말이 하나도 틀려먹지 않다는 것을 증명이라도 하듯 갑자기 펑크다! 이건 실빵꾸 정도가 아니다. 피식하면서 바람이 갑작스럽게 한꺼번에 빠져나가 버린다. 도로들은 말끔하지 않다. 골재를 실어 나르는 25톤 대형 트럭에서 튀어나온 혼합석들이 압정들처럼 사방에 깔려있고 버려지고 깨진 유리 파편들은 여기저기 널려있다.

처음 당하는 대형 사고다!

펑크도 펑크지만 수리 할 만한 마땅한 장소가 없다. 도로 펜스 밖으로 자전거를 끌어내고 옹색한 공터에 자리를 잡는다. 배낭을 내리고 준비해 간 응급조치용 도구를 꺼내 놓았다. 나는 모든 일에 준비를 하거나 예행연습을 하는 사람이 아니다. 딱 닥치면 서둘러 준비하고 부딪히면 해결 해 나가는 성격이다. 어렸을 때 자전거포(점)를 들락거리며 보아 온 눈대중으로 타이어를 벗겨내고 안에 있는 주부(튜브)를 물고기 창자 꺼내듯 내놓는다. 길섶에서 뱀이라도 튀어나올까 싶어 두리번거린다. 늦가을에 독 오른 뱀한테 물린 사람도 많다던데… 연습이라도 한 번 해 보고 출발해야 하는데 한 번도 안 해본 일이라 이 일도 버벅거린다. 샅샅이 뒤지고 살펴서 날카롭게 찢어진 부분을 찾아냈다.

고무로 된 패치에 본드 끼가 있어 문제가 된 자리에 붙이고 튜브를 주섬주섬 다시 집어넣었다. 10분, 20분 계속 바람을 넣는데 타이어가 도무지 부풀어 오를 생각을 않는다.

"미스타 김은 태생부터 기계치야!"

마누라의 지청구가 귓전을 때린다. 뭐가 문제지? 다시 주부를 꺼내 이번에는 패치를 뒤집어 붙여본다. 다시 바람을 넣어 본다. 이번에도 마찬가지 현상이다. 뙤약볕에 앉아 펌프질이라니! 온몸에 비지땀으로 흥건하다. 이런 쉬운 일도 제대로 못하다니 아내의 잔소리가 영 틀려먹은 게 아니다. 25년을 살아오면서 기계는 손 하나 까딱하지 않고 남의 일처럼 수수방관하다가 오늘 그 죗값을 단단히 치르고 있다. 털썩 그 자리에 퍼질러 앉고 말았다. 주위를 살피니 마을은 멀리 떨어져 있다. 그리고 요즘 신작로들은 마을을 거쳐 가게끔 설계 되어 있지 않다.

널브러져 있는 물건들을 가방에 대충 쑤셔 박고 펑크 난 자전거를 도로 쪽으로 끌어 올렸다. 밖으로 나와 터벅터벅 길을 걷기 시작했다. 시내까지 걸어가서 자전거를 수리한 뒤 갈까 말까를 결정하자. 차라리 잘되었다. 울려고 했는데 뺨 맞은 격이라고 핑계거리가 생겼다. 다시 돌아가면 탕자의 귀환처럼 아내는 받아 줄 것이다. 하지만 "내 그럴 줄 알았다"고 뒤돌아 코웃음 칠 마누라 얼굴을 생각하니 도저히 마음이 내키지 않는다.

마을을 찾아가는 길은 가도 가도 끝이 없다. 찾아가더라도 촌구석에 자전거 수리점은 있기나 한 것일까! 도대체 어떻게 이런 불량품을 팔아먹고 살까 생각하니 은근히 부아가 치밀어 올라왔다. 핸드폰을 꺼내 허실 삼아 자전거 용품을 샀던 곳에 전화를 걸어 불평을 늘어놓았다.

"뽄드 발랐시요?"

"뭐라고라고라? 뽄드라고라고라?"

본드가 들어 있는지도 몰랐지만, 패치가 쫀득하길래 그냥 붙였다고 했더니 다시 한 번 시도해 보란다. 무식에는 약도 없다. 멍청하면 손발이 고생한다. 시대가 변했어도 빵구 때우는 방법은 원시 시대와 하나도 변하지 않았다. 알려준 대로 처음부터 수선하고 다시 힘차게 펌프질을 하니 바람이 금방 들어차기 시작한다.

아, 세상에 이렇게 간단한 일을…!

풍선처럼 내 마음도 부풀어 오르고 새로운 희망이 뭉게구름처럼 피어오른다. 자전거를 올라타니 온몸이 날아갈 것만 같았다.

독수리를 잡아 절벽에 매달았다.

독수리는 탈출하기 위해 발목에 메인 밧줄을 밤새도록 쪼아댔다. 더 이상 쪼을 힘도 남아있지 않고 그 이상의 노력은 무의미하다고 판단한 독수리는 비상을 포기하고 거기에서 주저앉아 굶어 죽고 말았다. 다리에는 단 한 번의 쪼임만으로 충분한 실가닥 한 줄이 남아있을 뿐이었다. 옛날에 읽었던 동화책 내용이다. 하마터면 굶어 죽을 뻔했다.

'세상의 모든 문제에는 반드시 해결책이 존재한다. 그렇게 안된다고 설명할 시간이 있으면 차라리 새로운 방법을 찾아야 한다.'

일본 전산의 나가노부 시게노부 회장의 명언이다. 불평하고 좌절을 선택하는 것보다 노력하여 기회를 잡을 수 있는 위치까지는 가 있어야 한다. 성공과 실패는 깻잎 한 장 차이다. 빵꾸 때우느라 1시간 반을 잡아먹었다. 마누라 피한다고 죗값을 아주 톡톡히 치렀다.

시간은 2시 30분을 지나고 있다. 공주까지 35km 푯말이 눈에 들어온다.

자전거로 10킬로를 가는 데 사오십 분 걸리는데 좀 더 서두르면 공주까지 6시 30분이면 도착할 수 있다. 밤길은 위험하다. 더구나 내가 입고 온 옷이나 배낭, 헬멧은 모조리 검은색이다. 하다못해 야광 패치나 경고등 하나는 배낭에 꽂고 와야 하는데 몰라도 나는 너무 몰랐다. 자전거 뒤쪽에 안경알만 한 외눈박이 깜빡이를 하나 달았지만 그걸로는 어림없는 안전장치였다.

"택도 없는 소리 하지 마라!"

자전거로 전국일주 한다고 할 때 제일 많이 듣던 소리다. 그것도 혼자 간다니 뻥치지 말란다. 장을 지진다는 사람도 있었다. 인천에 사는 조카 녀석은 요기 앞 동네나 적당히 돌고 오라며 타던 중고 자전거를 내려보냈다. 산악자전거인데다 무겁기조차 하다. 10년도 넘은 오래된 자전거라 수리하는 데만 15만 원이 들었고 바지 두 벌, 헬멧과 장갑, 마스크 등 장비를 구입하는데 69만 원이 들었다. 배보다 배꼽이 더 커버린 셈이다.

다리에 쥐가 나고 고개가 떨어져 나갈 것만 같다. 한참을 정신없이 달리다 보니 엉덩이와 허벅지, 목 그리고 손목이 장난 아니게 아프다. 자전거 안장은 왜 이리 작고 딱딱한가. 엉덩이가 좀 큰 사람은 항문에 끼이게 생겼다. 헬멧은 또 왜 이리 무거운가! 타는 시간보다 내려 걷는 시간이 더 많다. 고단한 건 차치하고 견디기 어려운 것은 외로움이다.

나는 원래 오지랖이 넓은 사람이다.

몸뚱이를 외롭게 놔두는 사람이 아니다. 주변에 사람도 많고, 없으면 챙겨서라도 북적이게 만드는 사람이다. "인간 불행의 유일한 원인은 자신의 방에 고요히 머무는 방법을 모른다는 데 있다."고 말한 파스칼의 고언이 절로 생각나는 지금이다. 자전거 여행이 아니라 불만으로 충만한 여행이 되어가고 있다. 이 만행이 끝나고 자전거를 다시 타면 내가 사람 새끼가 아니다! 가다가 '영 아니올시다'라는 생각이 들면 확 때려치울 작정이다. 울락 말락 하면서 뺑쳐줄 핑계거리를 계속 찾고 있다.

얼마나 내 달렸을까?

목이 너무 마르다. 아까 밥집에서 물 좀 얻어 온다는 게 깜빡했다. 나이 들면 치매가 친구처럼 찾아온다더니 물을 놓고 온 게 후회막급이다. 공주까지는 아직도 20km가 더 남았다. 물 한 병 사기 위해 길가의 주유소에 들어간다. 어디에서 오시는 길이냐며 묻는다. 익산에서 왔다고 하니 깜짝 놀란다. 연세도 좀 있으신 거 같은데 밤길 조심하란다. 말뿐새가 영락없는 깡패다. 친절인지 협박인지 영 헷갈린다. 나쁜 놈 같으니라고… 할 말이 그렇게 없단 말인가!

멀리 공주가 아른거린다.

익산에서 공주까지가 얼추 76km! 초행길에 멀리도 잘 왔다. 공주대교를 지나니 바람에 물기가 젖어있다. 다리 아래로 강물이 도도히 흐르고 모래톱에 박힌 나룻배 한 척이 애처롭다. 핸드폰으로 내비를 보며 숙박할 곳을 찾으나 잘 알 수가 없다. 신호등 앞에 멈춰 서 있는 차 옆에 서서 손짓으로 유리를 내리게 하니 예쁜 아줌마가 호기심이 가득한 눈으로 내다본다. 근방 모텔촌이 어디냐고 물어보니 두어 사거리 앞으로 전진하라고 턱짓으로 일러준다. 깨끗하냐고 물어본다. 참, 별놈 다 보겠다는 듯 째려보더니 쌩하고 내달린다. 차를 보니 벤츠 600이다. 물을 게 따로 있지 방귀도 뀔까 싶지 않은 예쁜 아줌마더러 모텔이 깨끗하냐고 물어보다니! 깨끗하다고 말을 하겠는가, 약간 지저분하니 다른 데를 찾아보라는 말이 나오겠는가! 헬멧 쓴 대갈통을 주먹으로 한 대 갈긴다. 어이구!

난 아직도 멍충이다!

Feel 모텔!

느낌이 팍 온다! 그런데 독수공방에 삘이 좋아 어쩌자는 얘긴가! 김이 확 빠진다. 계산하고 들어가 옷가지며 짐들을 대충 던져 놓고 욕탕으로 기어들어간다. 욕조에 뜨거운 물을 가득 채우고 핸드폰에 저장되어 있는 협주곡 5번, 베토벤을 듣는다. 가득 채운 욕조에 몸을 담그니 황제가 따로 없다. 오늘은 긴 밤이 될 것이다. 내일을 위해 눈을 붙여야겠다. 큰일을 해냈다.

잘 자거라!
사랑하는 나의 가족, 친구, 형제여!

외로움

'입이 가벼울수록 수명이 줄어든다'는 말이 있는데 손가락이 과속할수록 수명이 줄어든다는 말로 바꿔야 한다.

컴퓨터나 스마트폰이 등장한 이후, 몇백 년 후에는 E.T.에 나오는 외계인처럼 손가락이 긴 새로운 종족이 지구의 주인이 될 것이다. 잠자리를 바꾸면 쉽게 잠들지 못하는 원인도 있지만, 어제 하루 일정을 정리하느라 새벽 4시까지 밤을 꼴딱 새웠다. 몸은 솜처럼 무겁고 정신은 아편쟁이처럼 몽롱하다. 새벽에 잠깐 눈을 붙인 게 전부다. 불충분한 수면으로 오늘 하루 충분한 동력을 얻을 수 있을지 사뭇 걱정스럽다. 이것저것 주섬주섬 챙기고 뭉그적거리다가 10시에나 출발한다. 행인에게 길을 물어 북상하는 국도를 묻는다. 정안천을 끼고 도니 천안으로 가는 23번 국도가 눈앞에 나타난다.

돈키호테와 날라리 벌

어제 달려온 23번 국도는 이미 친숙하다.

전혀 낯선 곳에서 잃어버린 오랍동생 찾은 느낌이다. 여행가는 아무래도 감상적일 수밖에 없는 것인가! 자그마한 일에 감탄하고 작은 일에 울컥한다. 감상적이면 하찮은 것도 덧칠하고 포장하게 된다. 기록하면서 경계하지 않으면 안 될 수칙이다.

정안천은 맑고 깊다. 수달인지 뭔지 비슷하게 생긴 녀석이 한가롭게 유영을 즐기고 있다. 세상, 근심 걱정 없이 저놈 같이만 살다 가면 좋겠다. 무얼 먹을 건지, 무엇을 입을 건지, 무엇을 할 것인지 생각을 내려놓고 욕심 없이 살고 싶다. 그렇지! 그러면 사람도 아니지! 사람은 숙명이라는 걸망을 지고 이 세상에 태어나 말(言)과 행동(行)과 마음(心), 이 세 가지(三障)로 지은 업장을 녹이면서 살아가는 한 철 인생이다. 근심 걱정 없이 사는 사람은 없다. 그런 인생 또한 가치도 없다. 짐승과 사람의 차이는 생각(思)이 있고 없고 차인데, 저 짐승이 아무리 부러워도 배고픈 소크라테스가 차라리 낫다. '생각해야 존재한다'고 칸트 형님도 데카르트 형님도 그랬잖은가! 오늘도 안성까지 약 78km를 달려야 한다. 쓸데없는(?) 생각은 사람을 더 고단하게 할 뿐이다.

공주는 밤과 호두가 유명하다.

전라선과 다르게 국도를 따라서 밤과 호두를 파는 노점상들이 간혹 눈에 들어온다. 이쪽 국도는 어제 달렸던 길과 다르게 왠지 복잡하고 훨씬 좁다. 시골 길과 다름없는 옛날 국도의 정취가 느껴지는 데 반해, 복잡한 길들이 여러 갈래로 엉켜있어 어디로 방향을 잡아가야 하는지 도통 알 수가 없다. 가다 서다를 반복하고 지나가는 행인이나 차량을 붙잡고 물어본다. 그래도 헷갈리면 무조건 북쪽을 향해 길을 잡아 나가고 있다. 자전거는 한번 길을 잘못 들어서면 꽝이다. 몇십 킬로를 우회하거나 거꾸로 거슬러 올라가야 한다. 우리나라 도로 표지판은 다른 나라에 비해 잘 정비되어 있어도 영판 헷갈리는 도로 표지판 앞에서는 속수무책이다.

호두가 나오면 천안이 멀지 않으리라!

노점상 라디오에서 11시 뉴스가 카바이트 등처럼 흔들린다. 새로 장관 될 사람의 학력 위조가 어떻고 국회의원의 위장전입이 문제가 있느니 없느니 하는 아나운서 멘트가 귓등을 타고 넘는다. 같은 사안을 두고 여야가 어쩌면 저렇게 상반되게 해석하고 저리들 싸울까! 학력이 되었든, 능력이 되었든 다들 보통 사람 이상은 된다고 보고 여의도에 보냈는데, 국회 안에만 들어가면 어느 한쪽 기능이 마비된 사람들처럼 이전투구들을 한다. '국민'을 위한답시고 '국민'을 들먹이며 서로 싸우는 꼬락서니를 보면 한심스럽기 짝이 없다. 정치인들이 국민을 걱정해야 하는데 국민들이 정치를 걱정하며 살고 있다. 옛날부터 우리 국민들은 정치적으로 불행한 민족이다. 잘나든 못나든 王씨와 李씨 가문들이 도합 천년씩이나 돌아가며 나라를 통치한 것, 자체가 불행한 일이었고 돼먹지도 않는 사소한 일로 박 터지게 싸웠던 그 무모함이 부끄럽다. 지혜와 위트가 넘치는 대화와 소통, 이해와 설득을 무기로 대의명분을 위해 싸우는 그런 위대한 정치인과 지도자를 우리는 만들 수 없다는 말인가!

'내 임무는 국민을 천국에 보내는 일이 아니라 지옥에 떨어지는 일을 막는 것'이라고 말한 윈스턴 처칠의 말에 정치꾼들은 귀를 기울여야 한다. 정치라는 게 최소 불행사회를 막는 것이지 이상사회를 건설하는 것이 아니라는 것을 알아야 한다. 일찍이 '민중을 거스르면 민중의 손에 망하고 민중을 따르면 민중과 함께 망한다' 라고 플루타르크는 말했다. 모두가 권력과 이익을 좇아 이합집산하고 이상 복지 사회 건설이라는 애드벌룬을 띄워 국민들을 현혹시키고 있다. 권력기관을 시녀로 삼아 민간인들을 사찰하고 국민들 대다수가 반대하는 4대강으로 국토를 도륙을 내고, 비상식적인 이상한 짓들을 하는 정치 행위에 기가 차지 않을 수 없다. 주인인 우리가 잠깐 위탁해 준 권력을 마치 자기 것인 양 함부로 사용하고 있다. '피와 권력은 도취를 낳는다. 권력을 경험한 자는 부지불식간에 자신의 감각을 제어하는 능력을 잃는다. 그것은 마침내 질병으로 변한다.'

도스토옙스키 형님의 명언을 정치가들은 기억해야 할 것이다.

인간은 정치적 동물이라는 말도 있지만, 한국인 만큼 정치적 국민은 없다. 땅덩어리가 좁다는 의미도 있고 그만큼 피가 뜨거운 민족성이기 때문일지도 모른다.

그러나 분명한 것은 수천 년 동안 억압과 핍박 속에서 살아온 피지배 계층의 지배계급에 대한 저항과 염려와 경계 때문이다.

23번 국도는 천안–논산 간 고속도로를 끼고 함께 달린다.

저 윗길을 시속 150km로 씽씽 달린 게 엊그젠데 자전거로 어기적거리며 국도를 기어가고 있다. 달팽이 속도다. 정안 휴게소는 국도에도 있는데 초라해 보인다. 정안을 막 지나니 차령산맥이 동서로 가로 놓여있다. 차령산맥을 기점으로 호남과 호서로 나뉘고 공주와 천안의 경계선이 여기서 나눠진다.

길게 이야기할 것도 없다.

한마디로 나는 죽었다고 복창해야 한다. 내 다리는 이미 양도 포기 각서를 쓸 준비를 하고 있다. 이럴 땐 걷는 게 상책이다. 끌어봐서 아는데 휠체어와 자전거는 오르막길에선 치명적이다. 마운틴 바이커들이나 숙련된 바이커들이야 오르막길이든 내리막길이든 식은 죽 먹이이겠지만, 원시시대 때 이미 폐장해 버린 자전거를 이틀째 타고 있는 나에게 엄살 피우지 말라고 하는 사람이 있다면 입에다 오바로크를 쳐줘야 한다. 오르막은 무조건 내려 걷는 게 상책이다. 오기 부리다 퍼져 나자빠지면 나만 손해다. 자전거 타는 사람에게는 공포의 대상인 차령터널을 지난다. 옆을 지나치는 차량들이 만들어 내는 소리는 거의 단말마에 가깝다. 터널 안에서는 제발 속도 좀 줄이고 클랙슨을 울리지 말고 달려줬으면 좋겠는데 지난 시절에 내가 한 만행을 생각하면 지나가는 사람들 탓할 것 하나 없다.

터널을 지날 때면 거의 예외 없이 경기(驚氣)가 나고 머리에 쥐가 날 지경이다. 차령터널을 겨우 지나 고개를 넘어오니 천안과 대전의 이정표가 나타난다.

이리 가면 고향이요, 저리 가면 타향인데
이리 갈까, 저리 갈까… 차라리 돌아갈까
세 갈래 길, 삼거리에 비가 내린다

옛날 어느 가수의 노랫말이 내 현실과 어쩌면 이렇게 딱 맞아 떨어지는지 모르겠다.

세상 이치라는 것이 다 겪어 보고 살아 봐야만 알게 되는 것인가?
알다가도 모를 일이다.

대전을 따라 내려가고 싶은 마음이 굴뚝같았지만 작파하고 천근만근
의 몸을 이끌고 천안으로 가는 길로 들어선다. 가래토가 선 사람처럼
짜우뚱 짜우뚱 거리며 내려간다.

지자체에 돈이 좀 남아도는가 보다. 도로는 곳곳이 파헤쳐진 공사판
이다. 천안 시내가 멀지 않았으려나 생각하고 도로 표지판을 보니 친절
하게 25킬로 남았음을 알려준다. 이 거리도 자전거로는 천리다. 걷다
서다를 반복해서 겨우 천안시내 초입에 들어선다.

천안 삼거리다.

능수야~ 버들아~ 하는 그 유명한 천안 삼거리에 왔다. 치덕치덕
왔다.

호두과자로 유명한 천안은 곳곳에 호두과자 공장과 매장이 있다. 다들 원조 간판을 달고 있어서 모두가 가짜처럼 보인다.

천안엔 50년 지기인 친구 놈이 살고 있다.

국민학교 1학년 3반, 돌아가신 조문자 선생님 반에서 만났고 3학년 땐가 같은 반에서 또 만났다. 어찌나 머리가 좋고 공부를 잘하던지 상장과 우등상을 도맡아 싹쓸이를 해 갔다. 6년 동안 정근상이 전부인 나는 뒤에서 박수쳐 준 기억밖에 없다. 그 뒤로 이 친구는 전주고 나오고 그 당시 전북대 의대보다 더 쎄다는 전북대 상대를 나왔다. 그리고 곧장 대기업도 쑥쑥 잘 들어가고 해서 친구들 사이에서는 부러움의 대상이었다. 그러나 물어보지 않아서 무슨 일을 하는지 지금은 정확히 알 수는 없지만 근황이 썩 좋아보이지는 않았다.

인생도 조생종과 만생종이 있으니 어찌 조생종을 부러워하리오… 다만 현재는 과거의 생각과 행동의 결과물인 것을…!

성공이란 게 별 게 있겠는가! 가장 좋아하는 일을, 자기가 존중하는 사람들 속에서, 원하는 방식으로 할 수 있는 것이 아니겠는가! 나보다 두 살 더 잡수시고 내가 잘 아는 스티브 잡스 형님께서 이런 말씀을 하셨다. '부자로 사는 것보다 세상을 바꾸는 일에 전념하라!'고… 하지만 나는 세상 바꾸는 일에는 관심도 없고 능력 또한 전혀 없다. 다만, 풍요롭게 살기보다 여유 있게 살다 가고 싶다.

모처럼 먹어 본 햄버거와 콜라는 천국의 음식이다. 게걸스럽게 먹는 꼴이 안쓰러웠던지 친구 놈이 한마디 던진다. "너, 요즘 티비에 나오는 남자의 자격 시험하는 거냐? 우리 나이에 위험천만한 국도에서 목숨 걸 일 뭐 있나? 경치 좋고 풍광 좋은 데 깔치나 하나 달고 가서 잠깐씩 놀다 오면 될 일을 웬 수선을 떠냐!"

하, 고놈 말뿐세 하고는! 햄버거가 목에 터억 걸린다. 웃고 넘는 천안 삼거리다.

시인 롱펠로우는 말했다.

'황혼이 지나고 나서야 비로소 보이지 않던 별이 뜨는 법'이라고.

청춘을 젊은이에게 주기는 아깝다고 했던가! 나이 먹어 시작한 이 고행의 속뜻을 어찌 연작이 알 리 있겠는가…! 조심히 잘 가라며 약도를 그려주는 친구 놈에게 농을 치며 길을 나선다. 친구 녀석 머리에는 이미 서리가 하얗게 내리기 시작했다. 세상은 이해 못할 것 천지다.

안성으로 가려면 입장으로 들어가야 한다.

그런데 이 길은 천안, 입장, 서울로 가는 터널만 있을 뿐, 구조적으로 자전거는 아예 들어가게 생겨 먹질 않았다. 인도는 물론이려니와 우회도로 자체가 없다. 자전거를 위한 합당한 도로나 안내판 또한 전혀 찾아볼 수 없다. 아예 사람과 자전거를 위한 도로는 생략된 것이다. 터널로 들어가는 차도가 들어가자마자 90도 각도로 꺾여있다. 이 사람들이 자전거 탄 사람들을 가제트 형사나 마징가 제트로 아는가보다.

'나를 지나 사람은 슬픔의 도시로, 나를 지나 사람은 영원한 비탄으로, 여기 들어오는 자 희망을 버려라.'

단테의 『신곡』에 나오는 지옥의 문처럼 터널이 아가리를 벌리고 있다. 까마득하다. 산업도로라서 차들은 엄청 많고 속도는 가히 마하 수준이다. 가만히 서서 뒤를 돌아보니 대략 70m 떨어진 신호등에서 몇 초 간

격으로 차들이 쏟아져 들어온다. 그 짧은 간격을 이용해서 먼저 재빨리 기어들어가 함께 빠져나오면 죽지 않고 살아 나오겠다 싶다.

내가 누군가!

지금이야 점잔을 떨지만 '저돌과 무모'는 나의 어리석은 벗'이었다. 청명에 간들 어떠하고 한식에 간들 어떠하리! 그동안 갈 기회도 많았다. 또한 가려면 진즉 갔다. 급류에 뛰어들었다.

지금은 아무도 믿지 않지만 운동에 관한 한 나는 학창시절에 거의 천부적(?)이었다.

누구나 한두 가지는 잘할 수 있다. 하지만 모든 종목을 모조리 빼어나게 잘하기는 쉬운 일이 아니다. 학창시절 체육대회 때는 축구, 배구, 농구 등의 구기 종목은 물론이려니와 단거리 100m부터 시작하여 중, 장거리와 마라톤, 심지어 멀리뛰기와 높이뛰기 등에서 두각의 실력을 발휘했다. 체육시간만 되면 나는 펄펄 날았다. 이런 나를 보고 서울대 불문과 출신이셨던 3학년 담임 선생님께서 서울대 체대를 가야 한다고 말씀하셨다. 체대 가서 뭐 먹고 사느냐고 주제넘게 코웃음 쳤다. 그날 그때의 선생님의 제안이 그 후로 오랫동안 내게는 로버트 프로스트의 '노오란 단풍나무 숲 두 갈래 길(Two roads diverged in a yellow wood)'이 될 줄은 꿈에도 생각하지 못했다

오랜 세월이 흐른 후, 나도 모르는 몇십 년 전의 일들을 신기하게도 친구 녀석들은 기억해 주었다. 내 기를 살려 준다고 아내 앞에서 학창시절의 기억을 들춰내주고 기회 있을 때마다 약속이나 한 듯 침을 튀기며 설레발을 쳐주자 '뻥까지 말라'는 아내도 요즘은 약간 믿는 눈치다. 마누라 앞에서 공중부양 해주는 친구가 진짜 친구다.

돈키호테와 날라리 벌

다리가 쥐가 나도록 페달을 밟는다.

홍수처럼 밀려들어오는 차들이 거의 악마같이 쫓아온다. 추월은 그들의 상습된 권리!

살짝만 툭, 건들기만 해도 터널 벽에 부딪혀 가루가 될 것이 분명하다.

으~ 아! 다리야 나~알. 살. 려. 라~아!

나는 거의 초인적인 힘으로 달리고 또 달렸다. 햄버거를 큰 걸로 먹길 잘했다!!! 무사히 아주 자알 빠져나왔다. 길가에 털썩 주저앉자마자 벌렁 드러누워 한참을 죽은 듯이 가만히 있었다. 갑자기 눈이 뜨거워진다. 내가 도대체 무슨 짓을 한 건가!

안성은 포도로 유명하다.

원래가 유기로 이름을 얻어 안성맞춤이란 말이 나왔지만 지금은 곳곳에 포도원들이 자리 잡고 있다. 묵정밭이 따로 없을 정도로 곳곳에 대단위 포도농장들이 비닐하우스로 펼쳐진 게 장관이다. 자세히 살펴보니 산들이 모두 야트막하고 바람의 소통이 원활하다. 일조량이 풍부하고 땅들은 비옥하다. 포도원에 들어가 탐스런 포도 한 송이로 가슴을 적셔보고 싶은 마음은 굴뚝같은데 혼자 먹기 근천스럽고 처량할까 싶어 포기하고 간다. 갈 길이 머니 여유가 없다. 장담하건대 혼자 가는 자전거 여행은 외롭고 고독하다 못해 슬프다. 엉덩이가 장난이 아니게 아프다. 빨리 숙소에 도착해서 드러눕고 싶은 마음만 간절할 뿐이다. 해 넘어가기 전에 서둘러 가야 한다. 안성 초입에 들어오니 백 살 남짓한 할머니가 황혼녘에 쭈그려 앉아 콩을 털고 있다. 자연 속의 판화된 덤불처럼 보인다.

아흔셋에 함께 사는 장모님 생각에 몇 마디 말을 붙여 보지만 알아듣지 못한다. 화석처럼 그 자리에 박혀있다. 나도 몇십 년만 지나면 저처럼 늙어 한 줌의 티끌로 소멸될 텐데…! 이 세상의 욕망이란 얼마나 부질없는 공허인가! 사람이 산다고 사는 게 아니다. 가와바타 야스나리나 헤밍웨이도 소멸되어 가는 꼴이 보기 싫어 스스로의 인생에 종지부를 찍고 무대 뒤로 사라졌다. 어지러운 인생도 그림에 담으면 아름다울 텐데… 그 또한 아무런 의미가 없다고 본 것일까…!

안성 시내로 들어선다.

안성은 익산보다 작다. 익산의 인구가 대략 30만 명인데 반해 안성 인구는 18만 명 정도에 불과하다. 시의 규모도 익산의 중앙통 만이나 할까. 퇴근 무렵에 다들 분주하다. 내가 한 번도 와 본 적 없는 이곳에도 사람이 살고 있었다. 지나가는 행인에게 부탁하여 스틸 사진 한 컷 찍고 숙소에 들어오니 해가 어스름하다.

침대에 벌렁 드러누워 버렸다. 송골매의 노래가 생각난다. "나는 세 사~앙 모르게 사~랐노라!"

땀에 젖은 속옷과 양말을 빨고 있자니 가슴이 먹먹하고 울컥해진다. 사가지고 들어간 소주를 입에 털어 넣으니 그리움이 밀물처럼 밀려든다. 소주 한 병은 나그네의 객고를 달래기에는 턱도 없는 양이었다.

긴 하루였다!

남한강

　얼마나 피곤해야 쉽게 곯아떨어지는 건가!

　물먹은 솜처럼 몸은 천근만근인데 의식은 오히려 명료해서 잠을 이루지 못하고 있다. '처서가 지나면 모기 입도 삐뚤어진다'라는 속담은 전면 수정되어야 한다. 어디에서 기어들어 왔는지 모기 한 마리가 힘 빠진 헬리콥터처럼 윙윙거리며 주위를 맴돈다. 물수제비를 뜨듯 자다 깨다를 반복하며 서로 견주다가 깜박 잠들었다. 그 빈틈을 놓치지 않고 이놈이 공습을 감행했다. 주위를 서성거리던 풋잠은 토라진 애인처럼 십 리 밖으로 도망가고 말았다. 이놈의 식사량이 충분치 않았는지 사라지지 않고 이차 공습을 감행하려 한다. 어느 정도 영양을 공급받아서인지 이젠 거의 폭격기 수준으로 재빠르다. 이놈을 어떻게 해서든지 잡아 족쳐야 속이 다소나마 풀리고 잠을 다시 불러들일 텐데 몸을 갱신하기가 힘들다. 미끼로 허벅지 살을 살짝 드러내 놓고 기회를 노렸지만 그 정도는 나도 안다는 식으로 걸려들지 않는다, 아주 교활한 놈이다. 주위를 윙윙거리는 이놈을 잡기 위해 두 손을 마주치지만 그때마다 손바닥을 제대로 맞추지 못하고 있다.

돈키호테와 날라리 벌

　잠을 설치고 일어나 행장을 꾸린다. 혼자 꾸리는 행장은 언제나 쓸쓸하다.

　안성의 아침은 형편이 없다.

　양반들만 살아서 술추렴을 안 하는지 해장국집을 아무리 찾으려 돌아봐도 보이지를 않는다. 찾다가 그나마 걸린 밥집이 귀신 나오게 생겼다. 국에 된장은 풀다 말았고 반찬은 유통기한이 지났는지 냄새가 신산스럽다. 밤에 잠까지 설친데다 아침까지 부실하니 한숨이 저절로 나오고 페달 밟는 다리에 힘이 없다.

　사람은 밥심으로 사는거고 다 먹고 살자고 하는 일인데 다시 오고 싶지 않은 안성이다.

아주 안성맞춤하지 못하고 떠난다. 길가에 주차하고 있는 택시기사에게 다가가 양평 가는 길을 묻는다. "봉산 로타리를 끼고 돌아 이천을 거쳐 여주까지 무조건 직진만 하슈!" 봉산도 모르고 이천도 모르는데, 고갯짓과 턱짓으로 길을 알려 준다. 처외삼촌 벌초하듯 대충 대충이다. 하지만 이 기사님은 내가 나그네인지 알 필요가 없다. 자신의 배역에 충실할 따름이다.

바람은 차갑고 하늘은 높다.

오르막과 내리막을 반복하지만 길은 동북방향으로 대체로 꾸준한 오르막이다. 오르막은 사람을 야무지게 죽인다. 가을걷이가 막바지인지 국도에는 수많은 메뚜기와 사마귀들이 뛰쳐나와 있다. 인기척이 나면 메뚜기는 뛰어 달아나는데 사마귀는 꼼짝도 하지 않는다. 다리가 부러지고 날개가 바스라졌어도 피하는 법이 없다. 좌우로 흔들흔들거리며 여차하면 곧바로 당랑권을 날릴 것처럼 노려본다. 무모하지만 대단한 기백이다. 제나라 장공도 피해가게 만들었던 당랑거철(螳螂拒轍)의 주인공이시다. 오늘도 대략 74km를 주파해야 하노니 그대라도 가로막지 말아다오.

안성에서 이천을 빠져나오는 데 아주 애를 먹었다.

고바위는 가파르고 경계는 멀리 나가 있다. 세 시간을 줄기차게 밟았는데도 경계 표지판이 좀처럼 얼굴을 드러내 놓지 않는다. 가도 가도 거기가 거기다. 좀처럼 거리가 줄여지지 않는다. 아침을 부실하게 먹은 데다 점심을 넘겼으니 목이 마르고 입에선 단내가 난다. 뱃가죽이 등짝에 붙어있다. 중노동도 이보다 힘들지 않으리라. 고생이야말로 이자가 붙는 재산이라는데 이 만행은 어디에 이자를 숨겨 놓은 걸까?

멀리 이천 시내가 눈에 들어온다.

하지만 이천 시내로 들어갈 수는 없다. 이 도로는 이천을 우회하도록 되어있다. 해 넘어 깜깜한 밤을 낯선 타관 땅에서 헤매는 건 위험하다. 이천을 좌로 끼고 힘차게 돌아서는데 길가에 작은 노점상이 하나 보인다.

단감을 파는 노점 좌판이다. 그러고 보니 가을이다. 아줌마에게 단감과 사과를 되는대로 깎아 놓으라고 채근하자 표정이 뜨악하다. 온몸이 땀과 먼지로 범벅인데다가 배가 고파 손이 덜덜 떨릴 지경이다. 체면이고 나발이고 할 것 없다. 나의 허기는 이미 체면을 걱정할 정도를 넘어서 있었다. 과일 본지가 며칠 만인데다 공복이다 보니 허천난 놈 복쟁이 알 주워 먹듯이 걸신들린 사람처럼 욱여넣었다. 양손에 단감과 사과를 들고 순서 없이 입에 밀어 넣었다. 천국의 과일이 따로 없다. 하나님은 에덴동산에 사과를 손수 만드시고 무슨 이유로 금단 조치를 함께 내리셨는지 알다가도 모를 일이다. 천지가 과일이니 사과는 아예 만들지 마시든가, 아니면 사과나무에 철조망을 단단히 쳐 놓고 이브의 유혹에 아담이 절대 넘어가지 않도록 예방조치를 단디 하시든가 하셨어야 했다. 여자들이 유혹에 얼마나 약한지 하느님께서도 계산해 두시지 않았나 보다. 마치 미끼에 걸리도록 미리 덫을 쳐 놓으시고 기다렸다는 듯이 내쫓으시다니 어른이 되셔가지고 하찮은 인간에게 그토록 가혹한 형벌이 어찌 있을 수 있단 말인가! 한두 번은 넓으신 아량으로 용서와 관용을 베풀 법도 하고 또 인간들끼리 서로 통하는 삼시 세 판이라는 제도도 있는데 아담과 이브의 추방은 가혹하다 못해 너무 엄혹한 내침이 아닐 수 없다.

인간의 의지를 너무 믿으신 과실은 없으신 걸까?

나의 이 고행이 아담 할아버지의 원죄에 대한 부채 탕감의 일부분이라면 사양하고 싶다. 도대체 내가 몇 대 째란 말인가! 사과 하나 훔쳐 먹은 과실(過失)을 동서양을 합해서 나의 윗대들을 포함, 누대에 걸친 노동으로도 탕감받지 못하고 나와 내 자식들 그리고 자자손손 언제까지 연대 보증 잡혀 갚아야 되는 건가 말이다! '이제 그만 됐다' 하실 때도 된 것 같은데 말이다. 혹시 진즉 해지 판결을 내리셨는데도 불구하고 우리 인간들이 자청해서 율법으로 정해 놓고 아는 사람들끼리만 울궈먹고 있는 건 아닐까?

허기져서 먹는 단감과 사과는 이브 할머니가 다시 환생해 똑같이 꼬셔도 유혹에 약한 나는 또다시 걸려 넘어갈 게 뻔하다. 게걸스럽게 먹는 내 모습을 보고 안 되어 보였는지 서비스로 몇 개 내놓으시며 말을 걸지만, 아주머니에게 대답할 구멍이 내겐 없었다. 생고생하며 자전거를 왜 타냐고 아줌마가 재차 묻는다. 자기 아저씨도 자전거를 타는데 아무런 효과가 없다고 한다.

"효과라고라?"

효과라고 표현하시는 의도도 우스웠지만 아저씨께서 그것을 어디 다른 데다 쓰시는지도 알 수 없는 일이어서 잘 모르겠다는 말과 감사하다는 말씀을 남겨놓고 자전거 핸들을 고쳐 잡았다. 효과를 입증할 만한 징표가 물론 나에게도 아직 보이지 않는다. 아, 하나 있다. 오줌 싸는 데 아주 애를 먹고 있다.

이천은 물이 좋고 토질이 우수하다.

예부터 임금님에게 진상한 쌀로 유명하고 도자기로도 한 이름 하고 있다. 지금은 도자기 축제가 한창이다. 재작년 이맘때던가? 가족과 함께 와서 도자기 체험하고 몇 점 산 추억이 있는 도시다. 아들이 있어도 잔정은 딸에 못 미친다고 딸들은 어디를 가도 제 엄마와 잘 어울렸다. 아들은 범벅꿍이고 딸은 엄마의 안 저고리라는 속담은 맞다. 큰딸은 빠르고 정확하다. 작은딸은 느리지만 깊다. 아들은 넓고 깊다. 똑같이 힘을 쓴 거 같은데 각각 다 다르다. 마누라의 분배 능력에 분명 문제가 있다.

돈키호테와 날라리 벌

이천을 지나면 여주다.

원래의 목표대로 양평으로 북상하여 홍천 인제를 지나 속초로 올라가야 할까, 아니면 원주로 향해서 강릉을 터치하고 곧바로 빠져나올까. 한쪽은 길고 다른 한쪽은 짧다. 어차피 강원도를 점찍고 오는 것은 마찬가지고 누가 보는 사람도 없는데 이대로 핸들을 꺾는다고 누가 알겠는가! 잔머리가 돌기 시작하고 셈법이 간사해진다. 몸이 고단하면 요령도 늘게 된다.

'주여! 제가 할 수 있는 건 최선을 다하게 해 주시고 제가 할 수 없는 건 체념할 줄 아는 용기를 주소서. 이 둘을 구분할 수 있는 지혜를 주소서!' 성 프렌치스코 기도문이다.

벌써 답이 왔다!

'天知地知汝知自知!' 천지 지지 여지 자지, 하늘이 알고 땅이 알고 네가 알고 내가 안다.

모두가 알지만 내가 해야 하는 일이다. 쳇! 북상(北上)이다!!

여주를 지난 건 오후 세 시가 다 지나서였다.

여기까지 올라온 것도 기적이지만 더욱 놀란 건 내 자신에게서다. 오늘 보아하니 쉬지 않고 줄곧 다섯 시간 가까이 자전거를 타고 있다. 체력도 체력이지만 나에게 이런 인내심이 있다는 게 스스로도 믿기지 않는다. 나는 내 아들과 달리 참을성이 별로 없다. 뜨거운 것도 잘 못 먹는다. 거짓말 조금도 보태지 않고 팔팔 끓는 국물도 아들은 표정 하나 바꾸지 않고 호록호록 잘 먹는다. 아들은 웬만해서는 화를 잘 내지 않는다. 이제 와서 실토하지만, 애가 태어날 때 병원에서 혹시 바뀌지 않았나 할 때가 종종 있다. 나의 나쁜 점을 하나도 빼닮지 않았다. 이참에 아예 유서 써놓고 아내 몰래 유전자검식을 확, 의뢰해버려?

'Yesterday is history, today is gift, tomorrow is mystery.'
어제는 역사요 오늘은 선물이고, 내일은 미스테리 라는 말이 있다.

인생의 큰 변곡점에 서 있는 지금, 내일은 알 수 없다. 인생은 순간의 적분이다. 선물로 주어진 오늘 하루를 최선을 다할 뿐이다. 오늘은 비록 힘들지만 "다시 일어서리라"는 긍정의 힘으로 초지일관 달릴 뿐이다. '이 고행이 힘들다고 중도에 그만둔다면 나의 꿈과 희망도 사라질 것이다'라고 스스로에게 부과한 신탁(神託)으로 말미암아 나를 더욱 혹독하게 몰아붙이고 있는지도 모르겠다. 몸이 절단 나면 걸어서라도 일주하리라는 일념통천(一念通天)의 마음으로 지친 심신을 달래고 있다. 그리고 그 한계의 끝은 계산하지 않기로 했다.

양평 가는 길은 등고선의 밀도가 조밀하다.
어제 그제 달려온 길은 이곳에 비하면 평지에 가깝다. 운동의 절대량은 비슷할지 모르지만, 며칠째 누적된 피로와 고단함으로 말미암아 그 힘듦은 배가된 느낌이 든다. 점심도 건너뛰었겠다, 몸은 이미 유체이탈 상태다. 시간을 보니 오후 네 시를 지나고 있다. 북쪽으로 올라갈수록 자전거인지 돛단배인지 알 수 없을 정도로 좀처럼 앞으로 나아가지를 않는다. 이럴 땐 좀 쉬어 가야 한다.

배가 너무 고프다.

오늘 한 끼 먹었다. 밥집 한 곳을 찾아 들어가니 때가 지나서인지 아무도 없다. 부대찌개를 주문했다. 개인적으로 부대찌개를 별로 좋아하지 않지만 이것밖에 먹을 게 없다. 군 복무 36개월 동안 워낙 고생을 많이 해서 '군대'나 '부대'라는 워딩 자체가 싫고 꿀꿀이 죽이라는 표현도 입맛과는 상관성이 없어 보여 언제부터인지 선택의 우선순위에서 배제되었다. '선택적 자각'이고 '자기 확증편향'이다. 믿고 싶은 것만 믿는 것이다. 마땅한 메뉴가 눈에 띄지 않아 주문했는데 부대찌개를 정말 달디달게 먹었다. 반찬 투정하는 애들은 그저 여행길에 내놓아야 한다.

양평에 가까울수록 군부대가 많고 특히 탱크 부대들이 많다.

도로 위를 탱크가 달린다는 장면이 아주 낯설어 보인다. 교회 이름도 진격교회다. 하나님 말씀과는 전혀 어울리지 않은 네이밍이다. 밥심으로 힘을 내 진격하니 양평 시내가 멀리 보인다.

천 미터 여남은 높이의 용문산을 뒤로하고 돌아간다. 남한강 수계를 끼고 자리 잡은 양평은 수줍은 처녀 같다. 얼굴을 한번 문지르고 싶을 정도로 수면은 맑고 깨끗하다.

양평은 나와 인연이 깊다.

1980년 전두환 쿠테타의 하수인 박준병이 20사단장을 해먹은 곳이 양평이고 30년 전 내가 군대생활을 한 곳이 바로 양평이다. 양평은 읍이다. 기력을 다 써 움직일 힘이 조금도 남아 있지 않았지만 지친 몸을 겨우 이끌고 양평 읍사무소를 찾아가 지나가는 행인에게 사진 한 장을 부탁했다.

강둑에 올라서니 남한강이 장관이다. 큰 강은 흐르지 않는다. 아니, 흐르지 않아 보일 뿐이다. 깊이를 알 수 없는 장강(長江)은 과묵하고 장엄하다. 자연은 사람을 겸손하게 만든다. 다리는 성냥개비처럼 위태롭게 서 있고 차들은 저마다의 사연을 싣고 그 위를 살금살금 지나간다. 어스름 해 질 녘의 풍광은 한 폭의 수채화의 다름 아니다.

남한강을 끼고 모텔들이 사열 받듯이 주욱 늘어서 있고 명멸하는 네온사인들은 모조리 강물에 처박혀있다. 여러 사람의 얼굴들이 강물을 따라 흐르고 있다. 가슴이 먹먹하다. 다들 잘들 있는지… 보고 싶은 얼굴들이 하나씩 하나씩 떠오른다. 인생은 가까이서 보면 걱정거리로 가득하지만 멀리서 보면 벽에 걸린 풍경화고 수채화다. 현실은 각자가 생각하는 그림일 뿐이다.

나의 그림은 어디까지 그리다가 멈춰있는 걸까! 바람이 불면 부는 대로 낙엽이 뒹굴면 뒹구는 대로 헝클어진 인생도 그림이 되는 걸까?

오늘 밤은 강변 어느 자락에 앉아 낙조를 안주 삼아 소주라도 한 병 까고 들어가야겠다.

고단하고 힘든 오늘이여…!
나의 인생에서 영원히 Adieu!

양평, 리그베다

양평에는 소설가 황순원 문학관이 있다. 대한민국 국민이라면 누구나 한두 번쯤은 읽어본 서정적 소설 『소나기』가 그의 대표작이다. 소나기에는, "내일이면 소녀 네가 양평으로 이사 간다."라는 내용이 나오는데 이 글 한 줄이 양평을 소나기 마을로 둔갑시켜 놨다. 이사 와서 그 소녀는 지금 어디에 살고 있을까? 단풍놀이하고 돌아오다 소나기를 만나 오두막에서 모닥불을 피우며 함께 이야기하던 그 소년을 아직도 기억하고 사는 걸까? 일생을 살아가는 동안 애틋한 첫사랑의 경험을 누구나 하나씩은 가지고 사는데 양평을 지나치며 소나기의 소설적 상상 속으로 잠깐 빠져들었다. 황순원은 아이러니하게 양평과 전혀 무관한 이북 사람이다.

양평은 더 이상, 그 옛날의 양평이 아니다.

고참들에게 엉덩이와 가슴팍을 저당 잡히고 밤마다 빠따 맞고 훌쩍거리며 내려다본 그 양평이 아니었다. 모든 것은 오고 가는 것을! 변하지 않는 것은 없다! 무심한 강물만 옛 모습 그대로다. 샛강에 나룻배 한 척이 지나간다. 참억새들이 바람에 눕는다. 기러기들이 놀라 일어선다.

30년 전 중대 본부가 여기에 있었다.

이 아래 팔당 댐에서 발칸 포병으로 젊은 청춘 36개월을 꼬박 국가에 헌납한 양평이다. 철없고 무모한 고참 김병장은 ROTC 신삥 소위를 꼬드겨 6기통 GMC 포탑차를 끌고 나와 밤이면 양평 들판을 미친놈처럼 쏘다녔다.

조선 건국 이래 25톤 GMC로 서리한 사람은 나밖에 없을 것이다. 완전 군장을 꾸려 연병장을 도는 건 연례행사였다. 영창대기를 몇 차례 먹고 간신히 만기 강제 퇴역(?)을 한 곳도 양평이었다. 하지만 이제 양평은 그 양평이 아니었다. 나에게는 이미 낯설고 물설은 타관 땅이 되었다. 어디를 가도 눈에 익은 모텔들만 즐비하다.

양수리!

남한강과 북한강 지류가 합쳐지는 마을, 일명 두물머리.

고요의 바다처럼 침묵하고 있는 이 거인은 8월만 되면 미친다. 태풍과 홍수는 이 강을 갈라놓고 찢어 놓는다. 산과 계곡에서 쏟아지는 토사와 퇴적물들은 저수 밑바닥을 뒤집어 놓는다. 시뻘건 홍수로 둔갑한 거대한 담수는 팔당댐의 저항을 위태롭게 한다. 부유물들과 함께 사체들도 함께 떠오른다. 부패한 주검들은 며칠 동안 댐 안쪽에서 둥둥 떠다니다가 태풍이 물러간 뒤에야 처리되었다. 담당은 댐 관리원과 군인들의 몫이다. 그때만 해도 시체들은 바로 처리되지 않았다. 포 진지 옆에 거적대기와 함께 덮여 방치되다가 신원이 확인된 뒤에야 수습해 갔다. 포대 진지가 바로 댐 옆에 붙어있어서 군인들은 어쩔 수 없이 죽은 자와 함께 밤을 새워야 했다. 우리들은 총알이 장전되어 있는 것처럼 시치미를 뗐지만, 그 공포와 무서움을 물리치기에는 M16 소총은 턱도 없는 장난감에 불과했다. 밤만 되면 누워있던 시체가 강시처럼 벌떡 일어나 "이봐 김일병, 담배 한 까치만 주면 안 잡아 머억지!" 하며 달려들 것만 같았다. 중국 귀신과 한국 호랑이가 짬뽕되었다.

폭풍이 물러간 뒤에는 언제 그랬냐는 듯 강은 태연하다.

황토로 돌변한 고요한 강물을 가로질러 나룻배가 조심스럽게 다가가 둥둥 떠 있는 시체의 한쪽 다리를 묶는다. 사위는 쥐 죽은 듯 고요하고 미동도 없는 수면 위를 미끄러지듯 나룻배가 돌아온다. 주검은 전혀 급할 것이 없다는 듯이 천연덕스럽게 따라온다. 성냥갑만 한 자동차들은 멀리서 게으른 속도로 슬로비디오처럼 지나가고 모든 피사체들은 고요와 침묵으로 산 자와 죽은 자의 경계를 그저 묵시할 뿐이다.

돈키호테와 날라리 벌

삐이걱, 삐이걱 노 젓는 소리!

검붉은 강물!

강렬하게 내리쬐는 한낮의 뜨거운 태양!

레테의 강을, 까뮈의 『이방인』 뫼르소를 그때 비로소 알았다.

젊은 날의 양평은 나의 리그베다(Rigveda)였다.

차 문을 열고 키를 꽂았다.

엑셀러레이터를 힘차게 밟아 홍천을 향해 150킬로 전속력으로 내달렸다. 아, 구멍을 잘못 들어갔다. 그랬으면 얼마나 좋으련만, 내 애마는 그럴 수가 없다.

"닻 달아라, 닻 달아라. 지국총, 지국총. 어사와."

윤선도의 어부사시사 가락으로 가야 한다.

어제 마신 술 탓인지 입맛이 소태처럼 쓰다.

아침을 커피 한 잔으로 때운 것이 못내 아쉽다. 홍천 가는 길은 길고도 높다. 걸어서 하늘까지라는 노랫말이 절묘하다. 자전거를 탄다는 게 무색하게 아예 걸었다. 힘에 부치기도 하려니와 걷는 게 외려 더 빠르고 편했다. 자전거 안장에 팔꿈치를 괴고 가슴팍을 얹어 걷는데도 힘에 부친다. 개처럼 혀를 길게 빼물고 헉헉거리며 고개 중턱까지 한참을 걸었다. 하늘보다 멀리 걸어 마주친 곳은 '용문 휴게소'였다.

자전거에 열쇠를 채우는 손이 심한 공복감에 덜덜 떨린다.

휴게소에 들어서자마자 밉상의 여자가 카운터에서 6천 원을 단박에 차압해 간다. 자리에 앉아 핸드폰을 만지작거리는데 아무도 밥을 가져다주지 않는다. 한참을 기다리니 사라졌던 밉상이 나타나 '식사 다 드

셨느냐'고 묻는다. 완전 심형래 개그다.

"무얼 다 먹어요?"

"식사요! 여기는 부패에요!"

뷔페란다. 그것도 한식 뷔페란다. 세상에, 홍천 가는 길 국도에서 뷔페라는 이름으로 장사해 먹고 있다니…! 언빌리버블이다. 뒤돌아보니 아닌 게 아니라 한쪽 구석에 음식들이 정갈하게 차려져 있었다. 결혼식장에 잘못 들어왔나 싶을 정도로 없는 게 없다. 각종 산채와 후식에 과일까지! 내가 좋아하는 돼지 껍딱 요리도 있다. 뚝배기보다 장맛이라고 호텔 요리가 울고 가게 생겼다. 순서 없이 접시에 채워 넣고 보니 아까의 밉상은 거의 미인 수준이 되어있었다.

홍천! 낯익은 이름이다.

죽은 형이 군대 생활했던 곳이다. 시차만 다를 뿐 두 형제가 재수 없이 강원도 엇비슷한 땅을 경계로 근무했다. 나와 아홉 살 차이가 나는 형은 사회적응에 실패하고 열아홉에 군대에 입대해 버렸다. 중학교 1학년 중퇴가 전부인 형은 부모님과의 갈등구조를 견디지 못하고 용수철처럼 튕겨져 나갔다. 운이 뻗쳤는지 방첩대의 장군 운전병으로 차출되어 무소불위의 힘을 과시하며 탈영병들을 잡으러 다녔고 군대에서도 사회에서 놀았던 수준으로 잘 나갔다. 글줄이나 읽은 쫄병을 닦달하는지 어쩌다 배달되어 오는 편지는 구구절절했다.

서두는 항상 똑같이 '기체 일향 만강 하옵시고'로 시작하여 마지막엔 '다름이 아니옵고…'로 끝을 맺는다. 물론 이어지는 18번은 '돈' 이야기다. 형에게서 편지가 오면 항상 아버지 앞에서 무릎 꿇고 읽는 것은 내 몫이었기에 형 편지의 비슷한 내용들을 나는 거의 암기하다시피 하고 있었다. 그중에 특이한 내용은 '황소를 들이받아 소값을 물어줘야 하니 돈을 좀 보내주라'거나 '기름을 빼먹다 걸려서 그러니 돈이 암만 필요하다' 같은 황당한 내용도 있었다.

나는 형이 군대생활을 하는 게 아니라 해적질을 한다고 착각할 정도였다. 편지가 오는 날은 아버지와 어머니는 항상 다퉜고 어머니는 아버지 몰래 돈을 부쳐 주었다. 반면교사라더니 양수리에서의 나의 군대생활은 그래서 항상 개털이었다. 군대에 와서까지 부모님에게 손을 벌린다는 게 쪽팔리고 자존심 상한 일이어서 외박은 물론 외출 자체를 삼갔다. 형은 밥숟가락 놓는 그 순간까지 가족과 주위 사람들을 힘들게 하고 걱정거리를 잊지 않고 끊임없이 던져주었다. 형은 아주 오랫동안 나의 인생을 '검은 아프리카'로 만들어 놓았다. 불쌍한 부모님이 아니었으면 나는 형보다 훨씬 더 거친 삶을 선택해 버렸을 것이다.

내 마음속에는 술로도 채워지지 않을 텅 빈 허물이 하나 있다.

현생의 모든 애증을 놓아버려야 업장이 소멸되고 인연을 다시 맺지 않는 법인데, 나는 아직 그 끈을 놓지 못하고 있는 모양이다. 형은 그 이후로도 아주 오랫동안 문제적 인간으로 살다가 지지난달에 가버렸다. 형을 묻고 오면서 모든 것을 함께 묻었다고 생각했는데 홍천을 향하는 내내 형으로 말미암아 힘들었던 갈등과 상처가 표창처럼 하나씩 가슴에 날아와 박혔다.

오목가슴에서 잉걸불이 가래톳처럼 솟아오른다. 하늘도 산도 출렁거리는 것을 보니 눈에 뭐가 들어갔나 보다. 미안해, 형. 그리고 잘 가! 나는 형의 마지막 임종 직전까지도 형을 용서하지 않았고 잘 가라는 말도 하지 않았다.

돈키호테와 날라리 벌

도대체가 요령부득이다.

자전거 여행을 가는 사람이 웬 잡동사니들을 그리 쑤셔 박았는지 어깨가 떨어져 나갈 것처럼 아프다. 무게를 달아보니 3.6킬로! 배낭에 나비가 앉아도 부담스러울 판에 미련하게 너무 오래 어깨에 메고 왔다. 미련 곰탱이도 이보단 낫다. 작심하고 홍천 우체국에 들어가 배낭 안에 있는 것을 쏟아내 삼분지 일을 박스에 담아 집으로 부쳤다. 나는 태생이 남보다 늦다. 그러나 늦지만 확실히 깨닫는다. '진실은 연착하는 기차'라는 말을 나는 좋아한다.

애인은 나이는 잊고 생일만 기억하고, 부인은 생일은 잊고 나이만 기억한다더니 오늘이 마누라 생일임을 깜빡했다. 아침에 큰딸이 미리 문자를 넣어줘서 망정이지 아내 생일을 잊고 넘겼더라면 어쩔 뻔했는가. 가슴을 쓸어내린다. 생일 축하 엽서 한 장을 후딱 써서 박스 안에 함께 넣었다. 아주 자알 넣었다. 이걸로 금년 농사는 끝났다. 손을 탈탈 털고 나니 다 안다는 듯이 우체국 여직원이 웃는다. 친절한 금자씨처럼 웃는다.

산은 밤이 빨리 찾아온다.

산악지역에선 가끔 나타나는 외딴 마을만 있을 뿐 잠잘 곳이 마땅치 않다. 자전거 여행은 목표를 찍고 간다는 게 무리다. 양평에서 홍천까지 대략 54킬로, 홍천에서 인제까지 대략 54킬로, 인제까지 하루에 가기에는 힘에 부치고 이틀에 잘라 가자니 가소롭다. 우체국을 나와서도 좀처럼 결정을 내리지 못하고 한참을 서성인다. 에라 모르겠다. 100킬로 한 번 찍어보자. 슈퍼에 뛰어들어가 동아제약 박카스 두 병을 단숨에 입에 털어 넣었다. 마음은 이미 총알택시 기사가 다 되어있었다.

인제다.

'인제 가면 언제 오나 원통해서 못 살겠네 양구 보며 살지!'라는 말이 있다. 인제가 오지지만 양구보단 낫다는 표현이다. 강원도 인제로 자대 배치 받아 떠나는 장병들이 재수 없음을 한탄하며 탄식한 게 관용적 표현이 되었다. 산과 계곡을 휘감아 조성된 통행 길이 구절양장처럼 얼마나 험했으면 이런 표현이 나왔을까 싶다. 모두 교통수단이나 도로가 발달하지 못한 시대의 이야기지만 그런 산길을 그대로 돌고 돌아 내가 왔다.

나는 지금 침대에 누워있다.

열 개 들이 파스 세 통을 사다가 온몸에 칭칭 감고 그대로 뻗어있다. 거의 미쉐린 타이어 수준이다. 한마디로 게거품을 물고 온 거다. 죽는 다는 게 어떤 고통을 수반하는지는 모르겠으나 죽을 만큼의 고통으로 100여 킬로를 달려왔다. 달리는 동안 내내 나를 주눅 들게 했던 차들의 파열음도 질주도 전혀 위협이 되지 못했다. 죽일 테면 죽여보라는 포기 비슷한 심정이었다. 절해고도와 같은 산중에 갇혀 빠져나오는 길은 무조건 페달을 밟는 방법 외에는 없었다. 단풍도 절경도 눈에 들어오지 않았다. 오히려 크게 다치지만 않게 누군가 자동차로 박아 나를 길바닥에 쓰러뜨려 준다면 이 고생을 좋내고 집으로 실려 갈 수 있다는 상상과 기대를 얼마나 많이 했던가!

하지만, 기대는 통하지 않았고 상상은 무참히 땀범벅 코범벅으로 버무려져 쓰레기통에 처박혔다. 대신 양평을 출발한 지 꼬박 7시간 만에 허름한 모텔 침대 위로 꼬꾸라졌다.

나는 인제에서 죽었다. 탈진으로 육탈되어 야무지게 죽었다. 내일, 속초로 넘어갈 일이 캄캄하다. 하루가 모질게 넘어간다!

설악

미안한 이야기지만, 인제는 더 이상 갈 것도 없고 볼 것도 없더라. 군인들이 자대배치 받고 가면서 내뱉은 푸념, 그거 하나다. '인제 가면 언제 오나 원통해서 못 살겠네~' 양평이 소나기의 한 줄로 문학의 도시가 되었듯 인제는 이 타령 한 줄로 이름을 얻었다.

각각의 지자체들이 관광객을 유치하기 위해 심혈을 기울이고 있다.
전설이나 설화라는 가정에 살을 붙여 사실에 가깝게 치장하고 분장하여 홍보하는 노력을 기울이고 있다. 관광객들이 쓰고 가는 돈들이 지역경제나 지역 활성화에 도움을 주기 때문이다. 관광은 굴뚝 없는 산업이다. 이리와 통합된 익산은 불명예스럽게도 이리역 폭발 사고로 기억하지만 사실은 유서 깊은 고장이다. '산으로 이익을 본다'는 뜻 그대로 익산은 실제 돌(石)로 유명하다. 황등석은 우리나라에서 알아주는 화강암이며 건축 자재나 아스콘 레미콘 등의 원료로 이용되고 있다. 또한 백제의 고도였던 미륵사지와 왕궁리 5층 석탑은 고장의 유이(有二)한 국보이기도 하다. 고장 사람들은 별 관심도 없고 잘 알려고 하지도 않지만, 미륵사는 신라의 침공을 불교의 힘으로 막고자 지은 호국 사찰이다. 우리나라 최대 규모의 사찰이었던 미륵사는 백제 무왕 때 지어지고 조선 시대에 폐사되었다. 현재 남아있는 미륵사지 석탑은 우리나라 석탑 중 가장 오래된 역사유물이기도 하다. 서동요의 주인공인 백제 무왕과 선화공주의 무덤인 익산 쌍릉과 미륵사지와 왕궁리 5층 석탑을 관광벨트로 엮어 개발하면 훌륭한 문화 콘텐츠가 될 수 있는데 전라도에서조차 서자 취급을 받고 있어서 개발은 뒷전으로 밀려 있다.

역사적인 배경뿐만이 아니라 전통, 문화, 예술적인 측면에서 볼 때 익산은 전주의 한옥마을처럼 개발할 가치가 충분히 있는데 도외시하는 현실이 너무 안타깝다.

커피 한 잔과 오렌지 두 알로 아침을 때웠다.

아침밥은 귀찮다. 여행을 시작한 뒤 생긴 버릇이다. 몸이 부대끼면 입맛을 잃는다. 입맛이 없는 것은 늦게까지 글을 쓰고 새벽녘에야 잠을 청하는 것도 한몫하고 있다. 숙제처럼 제시간에 마치지 않으면 영원히 못할 것 같은 심적 부담감이 크다. 개인적으로 전환기에 놓여있는 시기에 새로운 패러다임을 구축하고 정리한다는 의미로 시작한 만행이 감상적인 전기(傳記)처럼 분위기가 흐르는 것도 문제다. 깊지 않은 내공과 나의 언어 표현력의 한계성을 절감하고 있다. 도대체 무엇 때문에 이 고생을 하고 있는지 회의가 들 때는 당장이라도 때려치우고 싶다. 일정도 뚜르드 코리아(Tour de Korea)가 아니고 주마간산(走馬看山)이 되어가고 있다. 한가로운 경치 감상은 첫날부터 포기했다. 분수에 맞지 않게 무리하게 일정을 잡는 탓도 있지만 육체적으로 힘들다 보니 경치나 환경이 좀처럼 눈에 들어오지 않는다. 자전거를 타 본 사람은 안다. 대 여섯 시간 만에 백 킬로에 가까운 거리를 달리려면 몸의 어느 기능에 무리가 오는지. 젊다면 때로 무모한 도전이 대수겠냐만 나는 사회적 기준으로, 시쳇말로 중늙은이 수준에 와 있다. 생물학적으로 연식이 어느 정도 되었음을 부인하지 못한다. 일정이 끝나고 침대에 몸을 던질 때마다 아찔하고 위험천만한 안전사고가 불현듯 떠올라 가슴을 쓸어내린다.

식사는 하루에 두 끼가 보통이다.

대신 한 번에 많이 먹는다. 밥은 하루 세 끼를 꼬박 챙겨 먹어야 한다가 아니라 배고프면 먹는다는 원칙으로 바뀌다 보니 어서 빨리 목적지에 도착하여 쉬고 싶다는 생각에서 점심은 거의 생략하고 간다. 여행이 아니라 고행이다. 나는 산악자전거 전문가도 아니고 철인 7종 경기 참가 선수도 아니다. 자전거 매니아는 더욱 아니다. 그저 우연히 얼어걸린 중고 자전거를 몇 번 타 본 중년의 동네 아마추어 엉클에 불과하다. 가까운 지인들 두어 명에게 자전거 전국일주 한 번 다녀오겠다고 말하자, "형님이 전국 일주하면 제가 형님을 업고 전국을 돌겠습니다!"라고 말하는 사람도 있고 "손에 장을 지지겠다"고 코웃음 치는 친구도 있었다. 이들에게 뜬금없이 던진 말이 부지불식간에 '씨'가 되었고 안 가자니 실없는 사람이 될 수밖에 없어 할 수 없이(?) 문밖에 나서기는 했지만 상상 이상으로 힘이 든다. 금연을 시작할 때 금연 결심을 주위에 선포하라는 말처럼 사전 예고가 자기 동기 부여가 되었고 그 선언이 중도 포기에 대한 변명의 '싹'을 자르는 효과도 있었다. 블로그를 만들고 글을 올리는 것은 그 퇴로의 차단이며 파부침주(破釜沈舟)와 다를 바 없는 숭고한 의식과 같다. 그래도 이 일을 시작하기 잘했다는 생각

돈키호테와 날라리 벌

이 일정을 마무리할 때마다 든다. 내 스스로의 삶에 랜드마크가 될 것 같은 기분이고 무엇이든 못 할 것이 없겠다는 자신감이 충만해서다. 불가능은 없다는 뜻은 '무엇인가 꼭 해야 하는 것을 절대 포기하지 않고 할 수 있는 방법을 계속 찾아내 해결하는 것'이라는 말에 나는 전적으로 동의한다. 어차피 내친걸음, 포기란 내 사전에 없다고 단단히 못 박아 두었다

집을 떠난 지 벌써 닷새째 되는 날이다.
아침 기온은 뚜욱 떨어졌다. 이슬이 서리가 되어 내리고 실개천에 얼음이 살풋 얼었다. 벌써 이렇게 날씨가 추워졌다는 말인가!

긴 오르막이다. 몸을 덥히는 덴 오르막이 차라리 낫다.
오늘은 속초다. 마음을 단단히 먹어야 한다. 중간에 미시령이 산신령처럼 버티고 있다. 지치기 전에 늦은 아침을 든든하게 챙겨 먹어야 한다. 또 한식 뷔페다. 강원도를 가는 휴게소에는 한식뷔페가 많다는 것을 이번에 처음으로 알았다. 그저 많이 다녀봐야 배운다. 아는 만큼 느끼고 느낀 만큼 보인다. 접시를 들고 진열된 음식코너를 도는데, 뒤를 돌아다보니 뒤따라오는 손님이 서 있다. 젊은 스님이다. 배가 고팠던지 이것저것을 푸짐하게 담는데, 돼지고기가 접시에 수북하다. 요즘 절은 식단이 바뀌었나 의심이 들 정도로 밥이 고봉이고 고기 양이 엄청나다. "네 발 달린 짐승에 대한 예의가 아니다"라고 말한 어느 채식주의자의 말이 생각나 들었던 고기를 슬그머니 내려놓았다. 논 씨비(Non sibi=not for self), '자신만을 위하지 말라'는 말이 있는데 저 중이 꼭 알아두었으면 좋겠다는 생각을 한다.

돈키호테와 날라리 벌

설악산의 단풍이 이렇게 빨리 단장을 시작한다는 것을 알기라도 한 것일까!

한 무리의 행락객들이 쏟아져 들어온다. 속초로 향하는 관광버스는 팔 할이 "쿵짝 쿵짝, 쿵짜작 짝짝" 뽕짝조이고 인제로 내려오는 버스들은 한결같이 조용하다. 기대와 희망에 대한 들숨 날숨의 차이일 게다. 관광버스들은 대개 선팅이 진하게 되어 있다. 버스 안에서 뛰어놀면 경찰에 걸리기 때문이다. 카바레가 따로 없다. 따지고 보면 나도 아저씬데, 체면이고 나발이고 모든 것을 내려놓고 저런 버스에 올라타 흥에 취해 몸을 흔들며 되지도 않는 노래를 악악 쓰며 부르고 싶다. 몸이 늙지, 마음은 늙지 않는 법인데, 이 나이쯤 되면 모두들 늙은 체들을 하고 산다. 그래야 들어 보이고, 있어 보인다. 체통과 가면을 훈장처럼 주저리 주저리 달고 산다.

속초를 가려면 한계터널과 미시령터널을 거쳐야 한다.

유료이며 자전거 출입이 아예 불가다. 그렇기 때문에 자전거는 옛길로 난 우회도로를 선택해야 한다. 터널로 빠지면 지름길인데 한참을, 그것도 아주 많이 돌아가야만 한다. 이 높은 곳을 자전거를 타고 가는 사람은 아무도 없다. 여기까지 오면서 국도에서 자전거 복장을 갖추고 여행가는 사람을 딱 한 명 보았다. 천안 삼거리 인근이었던 걸로 기억된다.

"당신도 아프구료!" 하며 아는 체를 하려고 하는데 어디가 불편한지 데면데면하다. 말을 붙여 주지 않는다. 미안해서 먼저 출발했다. "가짜 친구가 될지언정 진짜 적은 만들지 말라"는 말이 있는데, 이 사람도 이게 잘 안되나 보다. 우리나라 사람들은 자존심이 강하고 무뚝뚝하다. 먼저 인사하거나 말을 걸면 체면이 깎인다고 생각해서인지 보고도 못

본 척하고 지나친다. 엘리베이터 안에서 한 동네, 한 라인의 사람을 만나도 인사하는 법이 별로 없다. 모두들 핸드폰을 꺼내 다른 일을 보는 척한다. 친절을 베풀거나 먼저 말을 걸면 저의를 의심한다. 억조창생의 인간들은 저마다 다 다르다. 조화를 이루며 함께 살아간다는 것은 쉽지 않다. 하지만 모두 자신에게 맞춰 달라고 떼를 쓴다. 서로 다른데도 불구하고 틀리다고 우기며 함께 살고 있다.

한계터널이 아가리를 벌리고 있다.
자전거 여행을 하면서 가장 위험할 때는 터널을 지날 때이다. 용문에서 속초로 가는 자전거 여행길엔 총 6개의 터널이 있다. 며느리고개터널, 철정터널, 인제터널, 한계터널, 용대터널, 미시령터널이 그것이다. 남들은 어떨지 모르지만 긴 터널을 통과할 때는 웬만큼 무모한 나도 빠져나올 때마다 아비규환 생지옥을 빠져나온 기분이 든다. 식은땀이 날 정도다. 옛날 길 46번 우회도로로 돌아가야 한다.

한계터널의 우회도로는 한마디로 도솔천이다.
혼자 보기가 아까울 정도로 빤타스틱이다. 칭찬과 감동이 풍부한 앙드레김 선생이 오면 울고 가게 생겼다. 빨리 가자고 돈 주고 터널 속으로 기어들어 갈 일이 아니다. 관광버스들은 목적지에만 관심이 있다. 내장의 단풍이 여성적이라면 설악의 단풍은 남성적이다.
단풍은 화려하며 위풍당당했다. 소나무 사이로 보이는 에메랄드빛 옥물에서는 선녀가 목욕하고 히마티온(Himation)을 휘감고 걸어 나오는 착각에 빠졌다. 저런 곳에 몸을 담가 물욕을 하지 않는다면 선녀도 아니다. 차마 아쉬워 가던 길을 되짚어, 오다 가다를 반복했다.

분명 어디선가 목욕하고 있을 선녀를 못 보고 지나치는 것 같아 마음으로 안타까웠다. 나무꾼도 아닌 주제에 잠깐 꿈을 꿨다. 이곳을 통행하는 사람이 전무하다 보니, 설악은 애오라지 나 한 사람만을 위해 그렇게 오랫동안 치장하고 단장했나 하는 느낌이 들어 황송하고 죄송했다. 바람소리 새소리 물 흐르는 소리가 온몸을 관통한다. 자전거에서 내려 길 한가운데에 서서 설악과 하늘을 향해 두 팔을 높이 들고 크게 소리쳐 본다.

　사랑한다!
　사랑한다!
　사랑해!

　두고 온 사람들에게 괜스레 미안하고 눈물이 핑 돈다.

　용대리 당정골에는 만해 문학관과 백담사가 있다.
　미시령고개에 먹장구름이 잔뜩 걸려있어 당장이라도 비가 한바탕 쏟아질 기세다. 길을 재촉하지 않으면 안 된다. 아니나 다를까 미시령 옛길 초입에 발을 들여놓는 순간부터 가랑비가 흩뿌리기 시작한다. 산골의 날씨는 변덕이 심하다. 도망간 애인 같다.
　'여자의 YES와 NO는 같은 것이다. 거기에 선을 긋는다는 것은 무모한 짓이다.' 세르반테스의 얘기다. 여자들의 말덫에 걸려들지 말아야 한다. 비는 여자다. 부드러우면서 앙칼지다.

미시령! 해발 767m! 북두칠성의 기운이 내려오는 고개라는 뜻이다.

산악인들이 들으면 섭섭하겠지만, 나는 기본적으로 산을 좋아하지 않는다. 그것도 아주 썩 좋아하지 않는다. 남들이 가자면 마지못해 따라가는 정도에 불과하다. 숨이 턱까지 차 기진맥진하며 비탈진 곳을 죽기 살기로 오르는 사람들을 이해할 수가 없다. 다녀오면 상쾌한 맛은 있는데 그런 레크리에이션은 평지에서도 많다. 나는 내 평생 자전거를 끌고 그렇게 높은 산에 오른다는 것을 상상해본 적이 없다. 거짓말 안 보태고 미시령을 오르면서 나는 여러 번 까무라쳤다. 산에 오르면 혼자 몸도 운신을 잘 못하는데 자전거를 남부여대라니 자전거가 저주스러웠다. 당장이라도 자전거를 번쩍 들어 계곡 저 아래로 던져 버리고 싶은 유혹이 치밀어 오른다. 내 평생에 자전거를 끌고 산에 오르는 일은 다시는 없었으면 한다.

돈키호테와 날라리 벌

미시령 정상에 올라가니 안개비가 내리고 고추바람이 거세게 분다. 따끈한 커피 한 잔으로 속을 달랜다. 정상까지 올라온 관광버스도 지쳤는지 행락객들을 울컥울컥 토해낸다. 행락객들과 어울려 사진도 찍고 다른 사람들도 찍어주고 그랬다. 사람들은 거진 다 오륙십 대 여성들이다. 그중 한 무리가 다가와 사진을 찍어 달란다. 자기네들끼리 박으면 되는데 희소가치 때문인지 너나 나나 할 것 없이 나더러 찍어 달란다. 그건 내가 잘하는 것 중 하나이기 때문에 친절하게 다들 넉넉하게 잘 박아줬다. 남편의 죄는 문지방에 남아 있고, 아내의 죄는 집안까지 들어온다는 옛날 속담도 있지 않다던가! 엄부시하(嚴父侍下)에서 고생하다가 모처럼 만의 해방인지 다들 웃음이 기름지고 찰지다. 웃고 까불다가 다시 자전거에 올라탄다. 그들과 함께 농담을 롱담한다는 게 어려웠다. 일단 너무 추웠다. 미시령을 올라오면서 땀으로 목욕을 했는데 잠깐 사이에 고드름이 달릴 지경이다. 속초에 내려가면 약국에 들러 감기몸살 약을 반드시 챙겨 먹어야겠다. 객지에서 아프면 더 서글프다.

올라온 길에 비해 내리막은 아주 수월하고 경사도 훨씬 완만하다.
울산 바위를 끼고 내려오는 길은 길고 환상적이었다. 짧은 오르막은 짧은 내리막을 수반하고 길고 험한 오르막은 길고 편한 내리막을 예외 없이 동반한다. 영원한 오르막도 영원한 내리막도 존재하지 않는다. 나는 지금까지 길고 험한 오르막을 올라왔는데 앞으로 어떤 내리막이 기다리고 있을까! 이제 오르는 일은 그만하고 싶다.

속초로 내려와 대포항으로 이동했다.
대포항은 싱싱한 회로 유명하다. 포구를 끼고 주욱 늘어선 천막 횟

집들이 장관이다. 사람 반 물 반이다. 고소한 노가리 굽는 냄새와 전어 굽는 냄새에 이끌려 한 집으로 들어가 자리를 잡아 소주부터 청했다. 연인들의 소담과 패거리들의 잡담이 담배 연기와 함께 어지럽게 섞인다. 혼자 쓸쓸히 기울이는 술잔과 을씨년스러운 날씨가 궁상스럽다. 내일은 정동진까지 가야 하는데 비가 오면 큰일이다. 휘장을 열고 나오니 비가 흩뿌리기 시작한다. 사람들은 서둘러 집으로 향하기 시작한다. 날짐승도 밤이 되면 둥지로 찾아 들어가는데 나는 갈 곳이 없다. 포장 등에 반사되는 밤바다는 비늘처럼 반짝이고 갯바위에 부딪친 파도는 잘게 부서진다.

외로움은 증폭장치라도 달린 것일까! 다갈색 절망의 비가 하염없이 내리고 있다.

가을비는 떡 비, 겨울비는 술 비라 했는데 오늘 밤 객고를 달래기에는 턱없이 부족한 술이었다.

불안

아침에 눈을 뜨니 창밖이 소란스럽다. 비가 온다.

어젯밤부터 내리던 비가 제법 굵어져 창문을 때리고 있다. 비가 오면 어쩌자는 것인가! 엎어진 김에 쉬었다 가고 떡 본 김에 제사 지낸다고 속초에서 하루 정도는 쉬면서 다음 일정을 짜도 괜찮겠다고 생각한다.

하나, 느긋하게 커피포트에 물을 올린다.

둘, 귤 하나를 까서 입에 넣고 어제 싸온 식은 오징어순대를 씹는다.

셋, 티비를 틀고 채널을 이리저리 돌린다.

넷, 재미없어 티비를 끈다. 다섯… 다섯째… 더 이상 할 일이 없다!

커피를 입 안에 흘려 넣으면서 우두망찰 앉아 있다. 비는 자전거 라이더에게는 치명적이다. 차가 있으면 기분 내키는 대로 언제든지 훌쩍 떠나면 그만인데 비가 오니 당장 패닉 상태다. 하루를 더 머물며 휴식도 취하고 시장도 다니며 구경도 해야겠다는 생각을 금방 고쳐먹었다.

혼자 있을 때는 재미도 없고 아무런 의미도 없다. 비 오는 속초는 더욱 을씨년스럽다. 여관비 축 내가며 비 맞은 강아지처럼 여기저기 어슬렁거리며 하루를 무료히 보낸다고 생각하니 도저히 자신이 없다. 세상과 단절되어 방 안에 덩그러니 홀로 앉아 외롭게 지낸다는 것은 절망과 상실감만 배가 될 뿐이었다. 독서나 취미 활동도 세상과 연결되어 있을 때 그 감정에 오롯이 젖게 되는 것이다. 나 역시 그렇지만, 바쁘게 살아온 현대인들은 잘 놀 줄 모른다. 현대인들은 혼자서 시간을 어떻게 보내야 하는지 알지 못한다. 고독의 상실에 대한 대가다. 비 그칠 때까지 기다린다고 한 게 벌써 11시다. 창문을 열었다 닫았다 해 보지만 아무래도 쉽게 그칠 비가 아니다. 가자!

돈키호테와 날라리 벌

비옷을 장만해 오지 않았다.

사서 준비한다는 걸 깜빡했다. 건망증은 이미 나의 오래된 벗이다. 당장 비옷 살 만한 곳도 없다. 있다 한들 비옷을 입고 주행한다 생각하니 여간 거추장스럽고 번거로운 일이 아닐 수 없다. 비 맞을 작정을 하고 큰 비닐 봉투를 하나 얻어와 배낭만 에워싼다. 비 맞는 것은 이력이 붙었다. 초창기 군대에서 창설 부대만 배치받아 고생을 밥 먹듯이 했고, 남들 한 번 하기에도 어렵다는 유격 훈련을 재수 없이 세 번씩이나 다녀왔다. 장대비 속에서 훈련받는 거나 밥 먹는 것쯤은 문제도 아니다. 군대라는 곳은 유사시 한 번 써먹기 위해 물리적인 힘을 비축해 놓는 곳이다. 대한민국 남자라면 통과 의례처럼 이곳을 거쳐야 인정받고 성인이 된다. 초년고생은 사서라도 한다지만 따지고 보면 나는 안 해본 고생이 별로 없다. 내 의지로 태어나지도 않았지만 살면서도 재수 없는 쪽에 항상 피선된 쪽이다.

핸드폰하고 카드하고 현금은 작은 비닐 안에 따로 넣어 호주머니 속에 넣어둔다.

물에 젖으면 핸드폰은 쥐약이다. 내비가 안되면 미아가 된다. 준비하고 나니 전장에 나서는 군인 같다. 나이 쉰다섯에 느껴보는 낯선 패기다. 바다는 검푸르고 파도는 높다. 해안 포구 바람은 당장이라도 옷과 도구들을 무장해제 시킬 기세다. 빗줄기는 굵어졌고 낮게 깔린 먹구름 사이를 갈매기 한 떼가 한가로이 떠 있다. 앞바퀴와 뒷바퀴는 서커스 자전거처럼 분수를 뿜어 올린다. 차가운 비가 뼛속까지 금방 스며든다. 겨울을 재촉하는 비라 차갑다. 선창가 비린내가 온몸을 휘감는다. 해안가 도로는 노후 되고 방치되어 물웅덩이가 곳곳에 나 있다. 차들

은 맹렬한 속도로 질주하고 움푹 패진 곳을 지날 때마다 사정없이 물
창을 튀긴다. 그들에게 방해되지 않기 위해 나도 정신없이 페달을 밟는
다. 성미 급한 자동차들은 클랙슨을 울리며 까불면 가만두지 않겠다고
으름장을 논다.

오늘 정동진까지 가야 한다. 속초에서 정동진까지는 대략 80여 킬로
미터다. 빗속을 뚫고 가야 하므로 날이 어두워지기 전에는 도착해야
한다. 동해선은 무조건 7번 국도를 타면 된다. 부산 중구에서 함경북
도 온성까지 연결된 일반국도! 드라이버들의 로망이라 부르는 도로지
만 해안선을 따라가는 옛날 도로가 그나마 좀 괜찮다. 새로 난 도로들
은 바다와 섬들을 많이 가려 놨다. 낙산사니 오죽헌이니 하는 관광지
는 수학여행을 통해서나 가족들과 한두 번 정도는 다녀 본 곳이고 또
볼 것도 별로 없다. 또 그런 곳을 들를 만큼 마음의 여유도 없다. 지방
어디를 가도 비슷비슷한 건축물과 엇비슷한 유물들뿐이다. 자동차에
서 튕기는 흙탕물과 자전거에서 튀어 오르는 흙탕물이 하늘에서 내리
는 빗물에 쓸려 내린다. 비에 젖은 옷들이 온몸에 착 달라붙어 달리기
에는 불편하지만 얼굴에 쏟아지는 빗줄기는 상쾌하다. 숨 가쁘게 달려
잠시 하늘을 보니 남대천이다.

연어! 갈치, 꽁치, 오징어, 굴비처럼 사납지도 좀스럽지도 않는 아름
답고 여성스런 이름을 가진 어류. 먼 북태평양까지 나가 살다가 새끼를
낳고 죽을 때를 찾아 돌아오는 어족. 남대천은 그런 연어의 고향이다.
고향 잃은 실향민이 되어 유목민처럼 산업 사회 언저리를 배회하다 새
터민처럼 정 붙이고 살아가는 현대인들에게 남대천은 고향의 다른 이

름. 내일부터 연어 축제를 한다는 소리만 듣고 떠난다.

　남대천 다리는 옹색하다. 그래도 사람은 다니라고 오십 센티 정도의 길은 내놨다. 틈을 살펴 건넌 뒤 자전거에 올라타니 다리에서 쥐가 난다. 다리도 풀 겸 터벅터벅 걷는다. 완전히 비루 맞은 장 닭이요 쫓겨난 개꼴이다. 온몸에 모래들이 서걱거린다.

동해선 국도는 완만한 경사다.

부분적으로 오르막 내리막이 없을 수는 없지만 속초에서 꺾어져 태백산맥 등줄기를 타고 내려오기 때문에 전체적으로는 완경사가 맞다. Tour de France(뚜르 드 프랑스)에 참석하는 선수들의 평균속도는 대략 시속 40km 정도다. 별것 아니라고 생각할지 모르지만 무지 빠른 속도다. 평균적으로 내가 20~24km 속도로 달리는데 내리막에서 달리는 속도가 40km 정도 된다. 자동차와 달리 이 정도의 속도로 달리면 아주 정신이 없다. 까딱하면 졸지에 가는 수가 있다. 비웃는 사람들은 자전거를 한 번도 안 타본 사람들이거나 속도 관념이 없는 사람들이다.

출발한 지 2시간 45분 만에 '38선 휴게소'에 도착했다. 속초에서 약 30km 거리다.

아주 빠른 속도다. 비는 더위보다 낫다. 아점으로 감자떡 3개와 사과 주스를 주문한다. 온몸에서 물이 뚝뚝 떨어진다. 휴게소에 사람들이 제법 있지만 비에 쫄딱 젖은 사람은 나밖에 없다. 사람들이 신기한 눈으로 쳐다보지만 지나칠 때마다 몸에 닿을까 봐 흠칫 물러선다. 아줌마가 주스를 갈아내오며 걱정스런 눈으로 쳐다보며 말을 건넨다. 얼마 전에도 자전거로 전국일주 한다는 사람이 한번 들렀는데 많이 후회하더라는 얘기를 한다.

굉장히 힘들고 고통스러운데 포기가 쉽지 않기 때문이란다. 그 사람도 포기할 자리와 명분을 찾나 보다. 울려고 했는데 뺨 때려주면 그 사람도 바로 그만둘 텐데… 기실 나는 그렇게 합리적이거나 사려 깊은 사람이 아니다. 무모하고 때론 어리석기 짝이 없는 실수를 할 때도 많다. 말은 폼 나게 해놓고 자존심 때문에 할 수 없이 그냥 가고 있는지도 모른다. 사람들은 부지불식간에 항상 변명거리를 준비하며 살아간다. "그래도 팔자 좋은 사람들 아닝교?" 경상도 아줌마가 팔자 좋은 소리를 한다.

사람은 태어나 철들 때부터 누구나 고민을 한 트럭씩은 안고 살아간다.
시험에 대한 고민, 승진에 대한 고민, 자식들에 대한 고민, 인간관계에서 만들어지는 고민 등등, 인생은 고해의 바다. 생로병사에 대한 고민은 관념적이며 철학적 고민이다. 사람들은 말 못할 갈등과 스트레스 때문에 병들어 죽는다. 비교에서 오는 고민은 사람을 야무지게 죽인다. 부자는 부자대로 가난한 사람은 가난한 대로 그 업량(業量)에 비례한 고민들을 한 짐씩은 지고 살아간다. 행복은 짧고 불안은 길다. 걱정의 유무나 과소는 고민의 질량의 차이가 아니라 사람에 따라 온도 차이가 난다.

고민의 성사율에 대한 통계표를 기록해 놓은 게 있다.
인간의 40%는 절대 일어나지 않을 일에 대해 걱정한다. 30%는 이미 일어난 일에 대해 고민한다. 22%는 사소한 사건들을 가지고 고민한다. 4%는 우리가 바꿀 수 없는 일을 가지고 고민한다. 신의 영역에 속하는 4%를 제외하고 인간들은 실현 가능성이 희박한 96%를 두고 애면글면 한단다. 어떻게 표본조사해서 만들었는지 모르겠으나 관념적 기준을 수리적 기준으로 잘도 갈라놨다. 어린왕자처럼 나는 수학자나 통계학자들의 말을 별로 신뢰하지 않는다. 생텍쥐페리는 어른들 위주로 만들어 놓은 이 세상을 별로 좋아하지 않았다. 그리하여 결국 어느 날 갑자기 어린왕자의 별로 야반도주하고 말았다.

큰 의미로 보아 불만과 불안은 인류의 문명과 과학 발전의 모태가 되었다.

'불안이나 고민과 같은 부정적 감정 역시 욕망의 한 형태이며 생(生)의 에너지다. 절망이야말로 죽음에 이르는 병이다. 절망하지 말라!' 키에르케고르가 『죽음에 이르는 병』에서 한 말이다. 불안에서 도망치려고 해서는 안 된단다. 불안이야말로 삶에서 나를 지켜 주는 믿을 만한 방패이자 정상적인 생존 반응이며 자연적인 감정이다.

삶의 완성을 위해 불안은 필수요소이고 인간은 불안하기 때문에 도약할 수 있단다. 재수할 때 한동안 이 책에 빠져 산 적이 있었는데 도대체 나와는 맞지 않은 훈수였다. 희망이 심리적 진통제이자 두려움을 이겨내는 유일한 해독제일 수는 있지만 절망의 늪에서 허우적거릴 때 불안을 생(生)의 에너지와 원천수로 누가 직시할 수 있단 말인가! 삶의 욕망이나 어려움, 좌절과 고통과는 일정 부분 거리를 두고 사는 샤먼(Shaman)이나 철학자들에게 가능할지 모르지만, 현실적인 어려움에 직면한 사람들은 그저 모든 게 다 불안 요소이고 죽을 맛이다.

차라리 푸쉬킨의 詩가 더 설득력이 있다.
'삶이 그대를 속일지라도 슬퍼하거나 노하지 말라.
현재는 언제나 우울하고 슬픈 법,
모든 것은 한순간에 지나가고 지나가면 그리움 되리니
절망의 날을 참고 견디면 기쁨의 날 반드시 찾아오리니.'

그러나 웬만해서는 슬퍼하거나 노하지 말라고 했던 러시아 대문호, 알렉산드르 푸쉬킨도 한 프랑스 장교가 자기 아내를 찝적거리자 분을 참지 못한 나머지 신청한 결투에서 총에 맞아 젊은 나이에 숨을 거두고 말았다. 그것 봐라! 머리와 가슴은 항상 따로 논다.

'불안은 무지에 대한 이자다' 라는 말이 있는데, 아는 것에 비해 나는 이자 부담이 너무 크다. 나는 부자도 못되면서 고민만 크다. 인간의 성공과 행복은 갖고 갖지 못함에서 결정되는 것이 아니라 사람과 사람의 관계 속에서 결정된다는 것을 최근에야 더욱 확실히 알게 되었다. 너무 길어 이 지면에서는 자세히 적을 수는 없지만, 이 고난의 행군은 나의 선택과 인간관계에서 발생한 비례 함수가 일정 부분 작용하고 있다. 정리되고 객관적 판단의 시기가 되면 책으로도 한 번 쓰고 싶다. 사람은 나쁜 사람, 나쁜 경험을 통해 훨씬 더 많이 배운다. 세상의 일이란 좋으면 추억이고 나쁘면 경험이다.

자전거 쫄바지는 실용적일지 모르지만, 여간 거북스럽지 않다. 타면서 아프지 말라고 사타구니에서 엉덩이 부분까지 두꺼운 패드가 붙어 있다. 큰 기저귀를 패용했다고 생각하면 되는데, 처음엔 어색해 적응되지 않았다. 자전거를 올라탔을 때는 가려져서 괜찮지만 내려서 걸을 때나 활동할 때는 완전 민망하기 짝이 없다. 개그 콘서트의 발레리노가 따로 없다. 웬만해선 도시에서는 내려 걷지 않으려 노력하는데 강릉시에서 완전, 거리의 발레리노가 되었다. 원주에서 속초 간 천연 가스관 매설 작업을 하기 위해 공사 중인 지역을 지나가다가 부주의로 진흙탕 속에 자전거와 함께 빠져 나뒹굴었다. 도로 한 차선을 차단하고 공사를 하다가 비가 오니 공사를 중단하고 모래와 골재로 길을 대충 덮어 놓았던 모양이다. 굳은 땅이려니 착각하고 건너뛰다 생긴 일인데 자전거와 함께 곤두박질치고 말았다. 그런 망신이 없었다. 오고 가는 사람들은 "비 오는데 쟤 저기서 뭐 한다냐!" 하는 호기심이 가득한 눈으로 쳐다본다.

'열등의식은 자신만의 오해'라고 말하는 사람들은 아주 배가 부른 사람들이다. 안 당해 봤으면 말을 하지 말아야 한다. 지나가는 차들은 속도까지 줄여가며 재미난 구경거리를 슬쩍슬쩍 쳐다보고 간다. 그냥 모른 척하고 가면 될 텐데, 여자들은 더 좋아 죽겠는지 입을 가리며 웃고 지나간다.

집안에서 남편들에게 구박받은 피해 의식이 크나 보다. 옆에 있는 물웅덩이 속에 들어가 허벅지까지 빠진 진흙탕을 대충 수습하면서 보니 왼쪽 정강이가 깨졌고 크게 멍이 들어 있었다. 비 오는 날의 수채화가 아니라 비 오는 날의 개망신이었다. 나이 먹어도 길에서 넘어지고 깨진다.

강릉을 빠져나오니 정동진까지 16km 남았다는 팻말이 눈에 들어온다.

사람 이름 같은 정동진은 광화문에서 정 동쪽에 위치해 있다고 해서 붙여진 이름이다. 굽이굽이 굴곡진 왕복 2차선 도로를 급히 서두르는 자동차들과 한 목적지를 향해서 함께 접근하는 것은 사고의 위험성이 있어 여간 조심스러운 게 아니다. 영화에나 나올 법한 멋진 장면일지 몰라도 내겐 천로역정의 여로와 다름없다. 멸망의 도시를 떠나 낙담의 늪, 죽음의 계곡, 허영의 거리를 지나 마침내 하늘의 도시에 당도하는 건가! 그랬으면 얼마나 좋으련만, 비바람은 끊임없이 몰아치고 좌측 해안선을 따라 집채만 한 파도가 방파제를 거침없이 후려치고 있다. 지나가는 자동차들은 도로 위 고인 물을 좌우로 연기처럼 뿌리며 추월한다. 끊임없이 쏟아지는 폭풍우와 자동차들이 흩뿌리는 물창을 고스란히 뒤집어쓴 채 온몸은 흠뻑 젖어 있다. 아무리 근사하게 생겼어도 인생의 혹한기를 지나가는 사람에게 정동진은 그리 좋은 자리가 아니다. 스치면 인연 물들면 사랑이라 했다. 나는 정동진을 스쳐 지나갈 뿐이다. 95년돈가 방영된 드라마니까 16년이 흘렀는데도 내국인 관광객은 물론 외국인 관광객들에게도 정동진은 여전히 인기가 많다. 동네 사람들만 살판났다. 도대체 영화나 드라마 만드는 사람들은 이런 장소를 어떻게들 찾아내는지 모르겠다. 역마살이 있지 않고서야 원, 희귀종자들이다. 이 사람들은 드라마 한 편으로 이곳이 이렇게 유명해질 것이라는 것을 알기나 했을까?

할 일이 이것밖에 없는지 비는 하루종일 내리고 있고 바닷바람은 차갑고 을씨년스럽다. 그래도 여기까지 잘 와주었다.

오기 전까지 정동진도 한때는 다 벽(璧)이었다.

　때마침 완행열차가 영화의 한 장면처럼 연출하듯 스르르 미끄러져 들어와 주었다. 떼로 오거나 쌍으로 와서 다들 좋아 죽겠다는 표정으로 정동진 소나무와 바다를 배경으로 스틸 컷을 찍는다고 바쁘다. 나만 혼자고 나만 왕따다. 꼭, 인종 차별을 받고 있는 느낌이다. 구경하는 것 자체가 계면쩍고 오히려 미안할 정도였다. 군중 속의 고독이라는 말은 이럴 때 쓰는 말이다. 혼자 가면 천국을 가도 무인도다.

사진 한 장 후딱 박고 민박집으로 도망치듯 들어왔다.

허물 벗듯 비에 젖은 옷들을 하나씩 벗어 던지고 샤워장으로 들어

갔다.

뜨거운 물이 콸콸 쏟아진다. 내일은 어디로 가야 하나?

불안은 끊임없이 나를 미행하고 있다.

존재

정동진이 정면으로 바라보이는 모텔을 하나 잡아 들어갔다.

따뜻한 방 하나 달라는 요구에 그래도 여기까지 왔으니 정동진의 해돋이는 봐야 하지 않겠느냐며 주인 내외가 친절하게 열쇠를 건네준다. 계단을 올라가는 내 뒤통수에 비가 와서 오늘 운 좋은 줄 알라고 말한다, 올라와 보니 고만고만한 방이 전부 길가 쪽을 향하고 있는 정 동향이다. 내 방은 약간 더 후져 보이는 구석진 끝방이다. 굳이 해돋이를 볼 마음도 없지만, 새벽같이 일어나 잠을 설쳐가며 해돋이를 보는 사람들을 나는 이해하지 못한다. 낙조보다 나을 게 없다는 게 첫째 이유고, 그 해가 그 해지 하는 생각에 내 인생에 월출을 본 적은 단 한 번도 없다. 고등학교 수학여행 때도 해를 보러 남들 다 올라가는 토함산 등반을 새벽잠과 맞바꿔 버렸다. 나이 먹은 사람에게 새벽잠만큼 좋은 것은 없다. 지금은 더욱 그러하다.

비에 젖은 옷가지며 운동화를 빨아 방 여기저기 널고 보니 꼭 피난살 이 온 기분이다.

갓난아이를 데려왔는지 옆방의 아기가 간헐적으로 자지러지게 운다. 오늘 밤도 제대로 잠을 자기는 글렀다. 얇은 잠바때기 하나 걸치고 나 가 라면으로 간단히 저녁을 때우고 들어와 잠을 청한다. 새벽녘에 밖 에서 사람들이 두런거리는 소리에 눈을 떴다. 창문을 열어보니 바닷가 에는 벌써 많은 사람들이 모여서 메시아를 기다리듯 해를 기다리고 있 다. 지평선에 얇은 구름이 뿌려져있어 좋은 그림은 글렀구나 하고 창문 을 닫고 다시 잠을 초청해본다.

정동진역은 세계에서 바다와 가장 가까운 역이다.

영화 세트장처럼 보이지만 참 아름다운 해변이다. 누구와 오든 여행 은 즐거움과 설렘 그 자체가 아니겠는가! 오고 가는 게 귀찮고 피곤해 서 그렇지 일상에서 벗어나 더불어 훌쩍 떠나야 한다. 여행은 단조로 운 일상에 색조를 입히는 일이다. 대한민국은 워낙 작아서 반나절만 자동차로 달리면 어디든 도착한다. 마음먹기 달렸다. 준비 없이 떠나도 좋다. 싫증나고 힘들면 그냥 돌아오면 된다. 그래도 남는 장사다.

떠날 준비를 하자! 그러고 보니 오늘은 일요일이다.

덜 말린 옷가지들을 비닐 봉투에 쑤셔 박으며 고민에 빠진다. 오늘 하루만큼은 일정이고 나발이고 다 때려치우고 만수산 드렁칡처럼 퍼져 서 쉬고 싶다는 생각이 간절하다. 오늘도 또 가야만 하나? 떠나지 않 고 쉰다 한들, 이 좁은 방구석에서 나는 혼자 무얼 할 수 있단 말인가! 소주나 홀짝거리며 방안에서 뒹구는 것, 해변가에 나가 하루 종일 바다를 쳐다보는 것 외에 할 수 있는 게 무엇이 있을까! 지나친 길은 다시 거슬러 가고 싶지 않고, 가야 할 길은 김 빼기 싫어 바람 쐬러 근동에 다녀오고 싶은 마음이 전혀 없다. 손 하나 까딱할 힘도 없고 몸은 천근만근이다.

떠나야 한다! 여기에서 하루 한나절 머문들 금방 후회할 게 분명하다. 절해고도의 외로움을 나야말로 진정 두려워하고 있는지도 모르겠다. 무엇보다도 분명한 것은 이 징글징글한 여행을 하루라도 빨리 끝내고 싶다.

나는 뭘 몰라도 한참 몰랐다.

반으로 잘린 국토, 남북으로 달려 봐야 대 여섯 시간이고 동서로 달려 봤자 서너 시간이면 충분한 땅덩어리, 무어 그리 힘들겠냐고 호기로운 마음으로 나섰다. 세상을 보는 눈은 조감도(Bird's eye view)도 필요하고 앙시도(Worm's eye view)도 필요한 법이다. 다들 전체를 보는 것 같아도 한쪽만 보고 사는 외눈박이들이다. 그래서 한문, 사람 인(人)자는 두 사람이 지탱해 줘야 제대로 사람이 된다.

사람들은 자신만의 프로크루스테스 침대(Procrustean bed)를 하나씩 가지고 산다. 크면 자르고 부족하면 늘여 죽인다. 우물 안 개구리들은 평생 하늘이 동전만 하다고 생각하며 살다 죽는다. 그곳에서 우연히 뛰쳐나온 슈퍼 개구리 한 마리가 "하늘은 절대 둥글지도 동전만 하지도 않아! 너희가 알고 있는 것이 절대 진리가 아니야!! 너희 자신들을 제대로 알아야 해!"라고 외친다.

기득권, 기존 질서, 기존 지식에 대한 도전은 참을 수가 없다.

미친놈이라고 잡아 십자가에 매달아 죽이고 독 당근을 먹여 죽인다. 예수나 소크라테스의 이야기다. 플라톤의 이데아처럼 우리는 평생 우리 자신의 그림자만 보다가 죽는다. 우리가 알고 있는 진리란 무엇인가? 10년 뒤 또는 20년 뒤 우리는 중세 코페르니쿠스의 시대에 살다 가지 않았다고 누가 장담할 수 있겠는가!

니체는 예언자 짜라투스트라를 통해 이렇게 말한다.

"잘게들 놀지 마, 슈퍼 개구리가 되어 봐!! 너희들도 슈퍼 개구리가 될 수 있어."

누구나 다 아는 이야기이지만 몸으로 체득하는 데는 오래 걸린다. 서로 옳다고 아웅다웅하는 일은 웬만하면 삼가야 한다. 자기는 옳다고 남을 손가락질 할 때, 한 손가락은 상대방을 가리키지만 나머지 세 손가락은 자기 자신을 가리킨다. 세상을 살다 보니 영원한 악인도 영원한 선인도 없더라! 단지 상황이 그들을 그리 몰아갔을 뿐! 선과 악의 신 아브락사스(Abraxas) 세계로 들어가 버리면 이야기가 길어진다.

반환점 속초를 돌아 정동진까지 왔다.

집으로 돌아가는 길은 지금까지 달려온 거리 2배 이상은 족히 남았다. 울진까지는 176km! 자전거로는 약 12시간! 울진까지 내 실력으로는 죽었다 깨나도 하루에 갈 거리가 아니다. 되는대로 짚어 가자! 그리고 아무데서나 들어가 자자!

가자! 또 가자!

정동진은 들어갈 때의 강도만큼이나 빠져나오는 데도 힘이 든다.

7번 국도와 합류되는 지점까지 어떻게 해서든 가야 힘이 좀 날 것이다. 정동진에서 삼척시까지의 국도는 사람의 통행도 뜸하고 다만 관광 버스만 간간히 지나다닐 뿐이다. 사람들은 거의 다니지 않는다. 모퉁이를 돌 때마다 갑자기 산적이나 불량배들이 나타나 가진 것 다 내놓으라고 으름장을 놓을 것 같다. 아무리 가도 평지다운 길이 나오지 않고 업–다운이 너무 심해 자전거에서 내려 그냥 걷기로 한다. 첩첩산중 오지에 완전히 갇힌 느낌이다. 오르막 내리막이 있어도 가끔은 다리미로 길게 펴진 길도 있어야 달리기도 하고 거리도 단축할 텐데 끝도 없는 오르막 내리막이 반복될 뿐이다.

동양의 나폴리, 장호항을 두고 지나친다.

가고 싶고 보고도 싶다. 하지만 나는 이미 지쳤다. 삼척은 글자 그대로 척박하기 짝이 없고 볼 것도 별로 없는 시였다. 약이 올라서 해 본

소리다. 지형상 산맥들이 모조리 바닷가 쪽으로 내달려 처박히니 저도 어쩌겠는가! 계곡을 따라 오르막과 내리막으로 난 길을 따라 나는 끝도 없이 걸을 뿐이다. 세 번 올라야 갈 수 있다는 의미의 삼척(三陟)에서 나는 야무지게 죽었다.

삼척시 근동면을 지나 한치재터널이다. 터널은 자전거가 다닐 수도 없게 만들어 놓았다. 망할 놈들 같으니라구! 길을 이따위로 만들어 놓다니! 차선 옆길은 아예 없고 높이 30센티, 너비 30센티 정도의 하수로만 방지턱처럼 나 있을 뿐이다. 할 수 없이 거기를 올라탄다. 내가 자전거를 어느 정도 타서 망정이지 교도소 담장 같은 이 길을 누가 타고 통과할 수 있단 말인가. 위태위태하고 아슬아슬한 서커스 곡예가 따로 없다. 터널 끝은 보이지 않는다. 지나가는 차들이 아우성이다. 미친놈 다 봤다는 듯이 클랙슨을 요란하게 울려댄다. 정신이 얼빠질 정도다. 간신히 빠져나오니 정신이 맹하고 땀이 후줄근하다. 이제 좀 반듯한 길이 나타난다. 싸이클 선수처럼 달려본다. 그래도 이렇게 쭉쭉 뻗어 있으면 힘은 들어도 한결 낫다.

한 5km 나 정신없이 달렸을까.
경찰차 사이렌 소리가 뒤따른다. 무슨 사고가 났나 보다 하고 뒤를 돌아보는데 나더러 멈추란다. 내가 무슨 잘못이라도 했나? 주춤주춤 서행하는데 신분증 좀 보잔다. "왜 그러십니까?" "신고가 들어 왔습다. 자동차 전용도로에 들어 왔습다!!" "엥? 자동차 전용도로라고라?" 내가 자동차 전용도로에 들어 왔단다. 터널 안에서 지나가는 차들이 경적을 그렇게 울려댄 이유를 이제야 알 것 같았다. 7번 국도가 아니냐고 우기니 7번 국도는 맞는데 자동차 전용 도로로 전환되었다는 것이다. 그러면 애초부터 들어가게 하지를 말든지 팻말을 달아놓든지 해야지 그렇게 방치해두면 어쩌자는 것이냐고 볼멘소리로 말한다.

"선생님이 못 보셨습니다!!!" 한다.

아! 그렇다.

언제부턴가 내가 땅만 보며 달려온 것이다. 오르막에서는 특히 더 땅만 보게 된 것이다. 위를 보면 심리적으로 더 힘들고 목도 아프다 보니 버릇이 그렇게 든 것이다. "몰라서 그런 거니까 선처해 드립니다만, 한 번만 더 적발될 시, 5년 이하의 징역에 200만 원 이하의 벌금에 처합니다."

순경은 형사처럼 위협을 주고 판사처럼 언도한다. 세상에! 내가 무슨 형사범도 아니고 길 한 번 잘못 들어섰다고 5년 이하의 징역이라니! 초코파이라도 한 개 던져 주지는 못할망정 썩 나가란다. 무조건 옛날 길로 돌아가야 한다며 쫓아낸다. 선생님에게 잘못하다 걸린 철모르는 학생처럼 추방되어 버렸다. 황당하고 창피했다.

내비를 보니 강원도 홍천군 서석면 어론리. 일명 동막골이다. 나도 모르게 영화에 나오는 동막골에 오게 된 것이다. 암담하다. 적막강산에 혼자 떨어진 느낌이다. 비로소 배가 고픈 걸 느낀다. 오후 네 시가 거진 다 되었다. 그러고 보니 지금까지 한 끼도 안 먹었다.

한참 가다 보니 허름한 밥집 하나가 눈에 들어온다. 들어서서 추어탕을 하나 주문한다. 뜨끈한 추어탕에 밥과 반찬을 함께 말아 소가 핥듯이 싹싹 먹었다. 안돼 보였는지 아주머니가 밥 하나를 슬그머니 옆에다 두고 간다. 엄마의 밥이었다.

213km가 255km로 늘어났다.

하는 수 없다. 세월 따라 네월 따라 김삿갓처럼 걸을 수밖에… 김삿
갓도 이 길을 걸었을까? 가는 곳마다 그로테스크한 사건 사고를 저지
르고 다니셨지만 그 양반도 무던히도 외로웠을 것이다. 오르막 내리막
은 자전거가 무용지물이다. 그래도 한결 나은 것은 가끔 맞이하는 작
은 포구와 절경들이 나그네를 위로해준다. 장호항을 조금 지나니 조개
사(朝開寺)다.

자그마한 절이다.

그렇지. 오늘이 일요일이지⋯ 일요일은 경건하게 지내라고 성경에도 나온다. 절이니 절이나하고 잠시 쉬었다 가자며 자전거를 끌고 올라간다. 산 비탈진 50여 미터 올라가니 절이 나타나는데 어찌 된 영문인지 사람이 하나도 없다. 높이 솟은 법당 안에 들어가니 부처님과 나한들만이 낯선 객을 맞이한다.

법당 안은 촛불 하나 없이 어두컴컴하고 으스스하다.

한쪽 구석에는 위패 두 개와 젊은 남녀 사진 두 개가 가지런히 놓여 있다. 남자는 안경을 썼고 흑백 사진이며 여자는 긴 생머리에 예쁘장한 컬러사진이다. 그 앞에는 꽃바구니가 을씨년스럽게 놓여있다. "재환이 선영이 사랑해!"라고 써진 리본이 늘어져 있다. 살아생전에는 각각 다르게 살다가 서로 다르게 갔지만 죽어서는 영원히 함께 살라고 영혼결혼식을 올려 준 모양이다. 당사자들이 좋아할지 싫어할지도 모르고 또 이미 다른 사람을 만나 각각 살고 있을지도 모르는데 일부러 묶어주는 것을 보면, 영혼결혼식은 산 자들의 위로와 위안을 위한 상례(喪禮)이지 싶다. 꽃바구니가 슬퍼 보인다.

부처님 앞으로 가서 돈을 놓고 향을 사른다. 합장하고 절을 올렸다. 철들고 부처님 앞에서 한 번도 해본 적 없는 절이다. 부처님에게 큰절을 올리는데 갑자기 눈물이 쾅! 하며 쏟아진다. 어둠 컴컴한 법당 안에서 짐승처럼 숨죽여 울었다. 나는 잘못 살아오지 않았다. 내 의지와 상관없이 이 세상에 던져졌지만 어려운 형편에서 성장하며 누구보다도 열심히 살았고 그 기본은 성실과 신심이었다. 하지만 누구 때문인지,

무엇 때문인지 실체를 정확히 알 수 없으나 눈물이 주체할 수 없이 쏟아져 내린다. 어머니 치마폭에 업어져 우는 어린아이처럼 꺼이꺼이 목 놓아 울었다. 그렇게 한참을 엎드려 있었다.

근본적으로 나는 종교보다 철학을 더 신봉하는 사람이다. 그렇다고 무신론자(Atheism)는 아니다. 굳이 말하자면 범신론(Pantheism)에 가깝다고 할 수 있다. 무릇 종교란 종교는 이미 한 번씩은 다 걸쳐 왔다. 중학교는 기독교 학교를 3년, 고등학교는 카톨릭 학교를 3년을 거치고 마침내 원불교까지 오뉴월 곁불 쬐듯 지나왔다. 내가 갈려고 해서 간 것이 아니다. 인생의 강줄기를 따라 운명처럼 정처 없이 가게 된 종교적 순례 길이었다.

아주 어렸을 때, 나는 할머니를 따라 절밥을 6년간이나 먹었다. 할머니는 무당이었다.

말(馬)을 타고 다닌 일본 놈 순사가 매일 쫓아다녔을 정도로 처연하게 예뻤던 우리 할머니는 점을 치지 않으면 매일 아팠다. 쌀과 엽전, 그리고 개다리소반은 할머니의 주술적 도구였고 신기하게도 할머니 점은 척척 들어맞았다. 약국이나 병원이 많이 없던 그 시절, 동네 아픈 사람들은 누구나 할 것 없이 할머니의 주술적 치료를 받기 위해 우리 집으로 찾아 왔다. 항상 아파서 시름시름 앓다가도 물에 빠져 죽은 혼을 건지기 위한 넋받이굿이나 씻김굿을 올릴 때, 용수철처럼 뛰시는 할머니는 나에게 절대적 존재, 신(神) 그 자체였다. 초가집 방 2개짜리 살림방에 하나를 쓰시는 할머니 골방은 탱화와 부처님, 그리고 나한들이 반이나 차지하고 있었고 유년 시절 나는 그 방에 항상 누워 있었다. 이상(李箱)의 '날개'에서 몸을 파는 날이면 기생 금홍이가 건네주는 수면제를 먹고 잠을 자게되는 '나'처럼 나는 할머니가 건네주는 아마사탕을 넙죽넙죽 받아 먹었다.

하지만 신의 의지보다 인간의 의지를 외쳐 온 20세기의 실존주의 철학과 문학을 나는 더 사랑한다. 20세기 문학의 근저에는 실존주의라는 거대한 강이 흐르고 있다. 사르트르, 야스퍼스, 하이데거가 철학으로 외쳤고, 까뮈, 카프카, 샤무엘 바케트, 아더 밀러가 문학으로 희극으로 소리쳤다. 전공을 하다 보니 어떤 때는 신들린 사람처럼 공부했고 어느 때는 밤을 꼴딱 새워 책들을 읽었다. 어렸을 때부터 성장기를 거쳐 오는 동안, 내 안의 신들은 서로 득세하기 위해 나를 무던히도 괴롭혔다. 그 후로도 오랫동안 진행된 종교적 갈등과 정신적인 방황은 인문학과 철학, 그리고 실존적 경험을 통해 치유되고 소멸되었다.

개인적으로 도올 선생의 철학을 좋아한다.

어려운 철학을 쉽게 쓴다. 도올 선생은 외골수다. 책도 통나무 출판사에서만 낸다. 그분의 책을 모조리 사서 읽었던 한 시절이 있었다. 그분의 철학에 공감하는 바가 많지만 기득권 종교를 깔 때는 임계선을 넘나들 때가 많아 위태위태해 보인다. 서로에게 아킬레스건이기 때문이다. 종교나 정치, 군대 이야기 쪽으로 구멍을 들어가면 안 된다.

하지만 종교를 빼놓고 내 인생을 말하기는 어렵다.

원시종교나 샤머니즘을 포함한 모든 종교는 기본적으로 인간의 무지와 나약함에서 출발했으며 궁극을 뜻하는 하나(하늘)님은 하나로 일치된다. 방법은 다르지만, 예배는 거룩함 또는 숭고함에 대한 헌신이고 의식이다. 그러나 인간들은 자기가 믿는 신은 다르고 유일한 분이라고 착각하고 다툰다. 자기 자신은 없고 함몰된 자아만 있을 뿐이다. 지구 상에 순수하고 독창적인 종교는 존재하지 않는다. 모두 혼혈이고 짬뽕이다. 중동에서 탄생한 유일신 사상은 인간의 필요에 의해 이합집산 되었고 필요에 의해 꾸며지고 치장되었다. 같은 뿌리에서 출발한 유대교, 기독교, 이슬람교 등은 유일신을 강조하는데 폭력에 관해서는 한 치의 양보가 없다. 순혈주의를 주장하는 강한 배타성 때문이다. 그러기 때문에 순혈주의를 강조하는 종교일수록 폭력성이 강하다. 성경에는 무자비한 폭력적인 대목이 천여 개 이상이 나온다. 이스라엘의 역사서, 구약에 나오는 神(야훼)은 인간을 향해 무자비한 폭력을 행사하고 그 폭력을 신의 이름으로 정당화시킨다. 공포스런 존재다. 카톨릭도 역사의 흐름에 역행하는 십자군 전쟁을 일으켜 수많은 사람들을 전쟁터로 몰아넣었다. 신의 이름으로 자행된 200년 가까이 지속된 십자군 전쟁은 천년의 중세를 암흑천지로 만들어 버렸다. 평화와 사랑을 근간으로 하는 종교가 인류 전쟁사에 빛나는 전공을 세운 셈이다.

우리는 종교든 철학이든 사상이든 제대로 알아야 한다.
우리의 역사, 우리의 종교도 모르면서 수입산 종교에 열을 올리는 것은 옳지 않다. 우리에게는 동학(東學)이라는 멋진 사상이 하나 있다. 서학(西學)은 신 중심인데 비해 동학은 홍익인간이라는 인간 중심 사상이다. 조선의 하늘님인 천도교는 철저히 외면당하고, 우리에게 낯선 이스라엘의 하느님은 중시되고 확장되었다. 삶도 알지 못하는데 죽음을 담보로 외래 종교가 무섭게 뻗어 나갈 때, 존엄한 인간으로서의 민중의 삶을 재건하려고 노력한 천도교와 동학 농민운동은 좌절되었다. 왜곡

되고 편향되게 진화된 종교 발전이다. 인간이 종교와 역사, 문화를 만들고 역으로 또 그 지배를 받고 있지만, 엄밀한 의미에서 종교는 불필(不必)이다. 올바르고 제대로 된 교육과 독서가 차라리 더 낫다.

굳이 말하라면, 나의 종교관은 All(Pantheism, 汎神論)이거나 Nothing (Atheism, 無神論)이다.

나는 나의 아이들에게 종교관을 주입하지 않는다. 자신의 의지를 매몰시키고 신의 의지만을 강조하는 교리를 혐오하고 종교적인 의지로 양분되는 모든 선, 악의 기준을 경멸한다. 나는 내 아이들이 어느 특정 종교나 사상의 걸림이나 그 울타리에 구애받지 않는 자유로운 무애(無涯)의 인간이 되기를 원한다.

일요일이면 아내는 성경책을 들고 교회로 향한다.

평생을 기독교 권사로 살아오신 올해 아흔둘 되신 장모님은 여호와 증인인 우리 집 파출부 아줌마에게 포섭되어 개종하시고 왕국인가 어딘가로 지팡이 짚고 나가신다. 처가 식구들이 난리 났다고 소란을 피웠지만, 당신이 좋아하시고 선택하셨으니 존중받아야 맞다. 아이들은 티비를 보거나 책을 읽고 나는 소파에 누워 빈둥거린다. 그래도 우리 집은 아무 일도 없이 서로 잘 지낸다. 하지만 누구든 상대방에게 권유하거나 강제하면 내게 불벼락을 맞는다. 가정은 안전하고 견고한 평화로운 성(Castle)과 같아야 한다. 그 어떤 종교도 이념(Ideology)도 주의(-ism)도 가정의 평화(Peace)에 우선할 수 없다.

21세기의 위인들인 성철스님이나 니체의 말씀도 맞고, 버트란드 러셀

경이나 아인슈타인 박사 말도 맞다. 한마디로 "사람은 왔다가 덧없이 간다. 천당과 지옥은 없으니 살아있을 때 잘 먹고 잘 살아라. 이웃에 친절과 덕을 베풀어 항상 평화로운 마음을 유지하라. 마음이 평화로우면 천당 속에서 사는 것이요, 마음이 불편하면 지옥 속에서 살다 가는 것이다." 그래도 알 수 없으니 그냥 해피하게 잘 먹고 잘 살아라는 뜻이다.

티벳의 성자 달라이라마에게 한 수행자가 물었다.
"종교란 무엇입니까?"
"종교란 친절이다!"
멋진 말씀이시다. 이 한마디에 모든 것이 다 들어있다.

해가 지나보다. 어둑어둑해진다. 조금 더 가니 임원항 팻말이 보인다. 망상 해수욕장을 지나 묵호항을 넘어 삼척시를 거쳐 임원항까지 대략 80킬로를 주파했다. 구곡간장보다 긴 산맥 길들을 따라 나의 로시난테를 타고 넘어왔다. 날은 벌써 어두워지기 시작한다. 백년보다 긴 하루를 살았다. 오늘도 길에서 날이 저물었다.

날라리 벌

출발하기 전날 밤, 지도를 펴 놓고 다음 날 가야 할 목적지를 대충 정해 놓는다.

하지만 정동진 이후부터는 목적지를 따로 정하지 않고 출발한다. 도로 사정과 그 날의 컨디션에 따라 목적지가 달라지기 때문이기도 하지만 아침에 일어나는 시간이 뒤죽박죽인 까닭이다. 가장 큰 이유는 여정에 쫓기는 게 아니라 기록에 쫓기고 있기 때문이다. 하루를 마무리하고 정리하다 보면 지나온 길들이 그게 그거인 거 같고 어디를 거쳐 어떻게 여기에 와 왔는지 종잡을 수 없을 정도로 헷갈린다. 2~3일 치만 합쳐놔도 엉킨 실타래처럼 찾기가 여간 힘든 일이 아니다. 피곤하더라도 어떻게 해서든 당일치기 것을 끝내는 것을 목표로 하고 있지만 쉬운 일이 아니다. 기록하다가 쓰러져 자기도 하고 자다가 깜짝 놀라 일어나서 다시 이어쓰기도 한다. 미처 끝내지 못한 부분은 어떻게 해서든 마무리 지으려 하지만, 그래도 반나절 부분은 항상 밀려서 쓰는 게 보통이다. 밀려난 부분이 어제의 기억을 덮어먹기도 하고 오늘치 기억을 차압해가기도 한다. 도로명과 지명이 뒤죽박죽 잡탕이 되어 순서 없이 등장할 때는 머리를 쥐어뜯고 한참을 앉아 있기도 한다.

 기록을 남기기 위해 시작한 일은 아니지만, 포기만 않는다면 왠지 개인적으로 기념비적인 뭔가가 될 것 같은 착각에 빠지기도 한다. 짧다면 짧은 이 순간의 경험과 기억이 침묵의 자객인 망각에 잘려나가는 것에 대한 영원한 박제와 다름 아닐 것이며 우연히 시작한 이 기록 자체는 시간이 지나면 언젠가 유언처럼 또는 참회록이 되어 내 가족 곁에 남게 될 것이다. 또한 단 몇 사람이나마 주시하고 있는 내 행적의 추적이 중도 포기라는 여지의 싹을 잘라버리는 심리적 압박 수단이 되고 있다는 점에서 이 기록이 주는 의미가 결코 작다고 할 수 없겠다.
 가장 기본은 솔직하고 꾸밈없는 건조체로 남겨야겠다고 다짐을 하면서도 육체적으로 힘들고 정신적으로 고단하다 보니 기록이 점차 서정적인 만연체로 되어 가고 있다는 점이 염려스럽다.

 여행보다는 생각의 정리에 목적을 두고 떠난 기행(記行)이다 보니 말도 안 되는 철학이 튀어나오고 나의 시답지 않은 종교관이 등장한다. 쥐꼬리만 한 지식으로 각인의 깨달음을 시험하지나 않을까 염려스럽다. 혹시라도 자신의 철학과 사상에 맞지 않더라도 오해는 마시라. 원래 이해는 어렵고 오해는 쉽다. 소박한 소망이라면 내 아들이 나중에 커서라도 나의 기록을 읽고 '투박하나 치열하게 사신 분'으로 기억해 주면 감사한 일이고 나의 아들 딸들이 인생의 협곡을 만나 힘들고 어려울 때 이 기록을 읽고 심지(心志)를 야무지게 다시 틀어쥐는 계기가 되었으면 더 바랄 나위 없겠다.

'행복한 가정은 그 이유가 모두 엇비슷하고, 불행한 가정은 그 이유가 제각각이다.'

톨스토이의 소설 『안나 카레니나』의 첫 문장에 나오는 문장인데 이것을 인용해 '안나 카레니나의 법칙'이라고 한다.

아내는 형편없이 가난하고 미래가 전혀 보장되지 않은 가난한 고학생인 나를 만나 딸 둘, 아들 하나를 잘 낳아 주었다. 대학교 영문과 CC로 만나서 지금까지 함께 살고 있다. 성격도 좋고 야무진데다 어느 것 하나 버릴 것이 없는 여자다. 살면서 내가 하는 일에 단 한 번도 NO라고 말해 본 적이 없는 사람이다. 서방 잘못 만나 험난한 인생 항로를 함께 하면서 불평 한마디 없이 따라주고 살아준 착하고 예쁜 여자다. 그런 점에서 나는 아내에게 탕감받기 어려운 많은 빚을 지고 있다. 아내는 이 세상에서 나 같은 멋진 남자를 본 적이 없다고 말하지만 그건 순전히 내 기를 살려 주기 위한 고단수의 전략임에 분명하다. TV프로그램에서 "다시 태어나면 지금의 아내를 다시 만나겠느냐"라는 어리석은 질문들을 가끔 보는데, 내가 팔불출이 된다 해도 대답은 무조건 YES다. 그 이유는 간단하다.

저승에 갔다가 이승이 좋아 다시 돌아왔다는 사람을 지금까지 본 적도 없으려니와, 설령 다시 태어난다고 해도 현생과 똑같은 얼굴로 다시 태어난다는 것은 신의 오작동이 아니고서는 불가능한 일이다! 그리고 젊어서 만나면 누군들 이쁘지 않겠느냐 말이다! 단언컨대 자기 얼굴에 약간 불만인 우리 마누라는 다시 만나면 틀림없이 성형수술하고 내 앞에 나타날 게 분명하다. 설령 아니라 할지라도 YES에 패를 던지면 점수도 따고 여생이 편해질 텐데, 알지도 못하는 먼 앞일을 두고 끌어댕

겨 미리 단정하고, 만나네 안 만나네 하며 쌍심지를 돋우는 사람들을 보면 참 멍충이들이다. 늙어가면서 마누라 곰탕 끓인다고 걱정하는 사람들을 나는 이해하지 못한다. 세상은 '쑈'라는 사실을 간파해야 한다.

임원항의 민박은 깨끗하다.

모텔들이 몇 개 눈에 들어오는데 낡고 후져 보인다. 바닷가에서 가까운 민박집들은 이미 단체 예약이 되어 있었다. 왜 이런 조그마한 항이 시끌벅적할까 궁금해서 물 한 병을 사면서 슈퍼 아줌마에게 물어봤다. 임원항은 수심이 깊고 해산물이 풍부하여 낚시꾼들이 즐겨 찾는 바닷가란다. 낚시꾼들이 방파제에 서서 조업 중이고 어둑어둑해지자 출항 나간 똑딱선들이 조사들과 함께 입항하고 있었다. 골목마다 싱싱한 회와 맛집들이 즐비하게 포진하고 있고 한잔하고 가시라며 나그네의 소매를 잡아끈다. 꾼들이 이미 점령한 집들은 과장과 성찬이 술잔마다 그득그득 넘치고 있었다. 객쩍게 혼자 앉아 한잔할 수 있는 분위기가 아니었다.

풍요스런 저녁이었다.

골목 깊은 집을 예약했다.

삼만 오천 원 달라는 걸 삼만 원으로 깎았다. 빨래하고 씻고 나니 일곱 시 반, 한적한 집을 찾아 소주라도 한잔하러 나갈까 하다 다시 주저앉았다. 어제 마무리 못한 기록이 산더미처럼 남아있어 부담스럽다. 갑자기 옆방에 일단의 손님들 예닐곱 명이 든다. 목소리로 보아 40~50대 남녀들이다. 술들을 거나하게 한 잔씩 했는지 농담들이 걸쭉하다.

"어이, 김 여사! 우리 아내는 말이야 핸폰을 사줬는데 문자를 잘 못 찍어! 한 번은 이런 문자를 보내 왔어.”

“자기야, 사망(랑)해!” “저년(녁) 잘 먹어!”

모두 자지러진다. 술을 한 잔 받으라커니, 찌개를 더 끓여 내라커니 방음이 전혀 안 된 벽 너머에 마치 내가 동석하고 있는 느낌이다. 나는 좌석이나 방 배정에 항상 재수가 없는 편이다.

배가 고파 잠에서 깼다.

아침 11시다. 어제저녁 잠을 설친 결과다. 큰일이다. 부리나케 행장을 꾸리고 커피 한잔하고 출발한다. 오늘은 얼마 못 가 퍼지겠구나 생각하며 천천히 자전거에 올라탄다. 원덕으로 오니 갈령재가 코앞이다.

자동차 전용도로를 타고 구포 터널만 지나면 바로 경상북도 경계선이다. 그러나 자전거는 갈 수 없다. 해발 443m 갈령재를 구불구불 넘어야 한다. 익산의 미륵산 보다 높은 산이다. 심란해서 한참을 못 가고 서 있다. 25톤 화물차 기사들이 어디에서 식사를 마치고 나오는지 하나같이 한 손에는 커피, 또 한 손에는 이쑤시개를 물고 나온다.

“자동차 전용도로 타삐!”

“걸리면 몰랐다고 하고 빠져나와!”

“재 넘으면 경상돈데 언놈이 잡으러 와!”

길을 물으면 사람들은 거의 반말로 대꾸한다. 헬멧과 마스크 뒤에 감춰져 있는 인물이 쉰다섯이라는 사실을 그 누구도 감지하지 못해서 그럴 것이다. 처음에는 기분이 묘했는데 나중에는 오히려 감사하다는 생각이 들었다. 젊게 봐주고 좋게 봐 준다는데 인상 쓰면 바보다. 내 귀는 팔랑귀다. 남의 충고를 거절한 적이 별로 없다. 사람들은 태어나면서(Birth) 죽을 때(Death)까지 사이에 선택(Choice) 을 잘해야 한다. 셰익스피어 형님의 말씀이시다. 나의 만용은 또 한 번 충동질을 하고 나의 초이스는 말할 것도 없이 자동차 전용 도로다. 위험하지만 길을 줄여보자는 생각에서다.

"자전거를 자동차처럼 빨리 달리면 되니까! 뭐…!"
자동차 전용도로를 한 20분 죽을 힘을 다해 날망에 올라가니 터널이 입을 떡 벌리고 막아선다. 터널 앞엔 웬만한 경찰서만큼이나 큰 삼척경찰서 분소가 나를 째려보고 있었다. 경찰차도 보인다. 가슴이 철렁한다. "앗싸라비야 삼십육계다!"

중국 주나라 때 태공망 강씨가 만든 병법서에 기록된 작전 명령서다. 들어갈 때와 내뺄 때를 잘해야 한다는 말이다. 올라오는 차들은 "쟤 왜 저러나? 왜, 저 구멍에서 어떻게 거꾸로 나오지?" 하며 골 때렸을 것이다. 당해보지 않으면 모를 테지만 쉰다섯 나이치고는 참 민망할 노릇이었다.

나는 혈기방장한 젊은 시절에 경찰서도 몇 번 들락거리고 재판도 한 번 받은 전과가 있다.

순전히 여자들과 관련이 있는데 한 번은 우리 학과 여학생들에게 행패 부리는 깡패 놈을 두들겨 패서고, 또 한 번은 한 여성을 끌고 여관방에 들어가려는 네 놈과 맞짱뜨다가였다. 그 밖의 몇 번은 동네 친구들과 패싸움에 휘말렸는데 지금 생각해도 순전히 유치찬란한 얼치기 촌놈의 패기에 불과했다. 지금은 의대 교수로 있는 친구에게 이런저런 이유로 몇 번 신세진 일이 있다. 그 녀석 결혼할 때 함잡이로 가서 신세를 갚았다고 생각했는데, 함 값 뜯어다 몽땅 술집 가시나 치마폭에 던져주고 꽃값마저 탕진했다고 두고두고 원망을 받았다.

'날라리 벌'이라는 놈이 있다.
꿀벌의 세계는 민주주의적 성향이 강하다.
그들의 유기적인 조직성과 사회성은 인간의 것보다 훨씬 고차원적이다. 그들은 집단의 결정에 순응하고 따른다. 하지만 어느 조직이나 그렇듯이 별종들이 존재한다. 날라리 벌이다. 집단의 결정에 따르지 않고 자기 마음대로 행동하는 반항적 성향을 지닌 5%의 벌들을 말한다. 꽃가루나 꿀도 집단이 아닌 자기 입맛에 맞는 걸 선택한다. 평소 빈둥빈

둥 노는 것 같지만 어느 날 어느 벌도 가보지 않은 미지의 장소로 날아 간다. 수확한 꿀이 다 떨어져 꿀벌 집단이 굶어 죽게 생겼을 때 이 날 라리 벌들이 의기양양하게 돌아와 집단 이주를 주선하여 재앙을 모면 케 해주는 녀석들을 말한다.

인간 사회에서도 마찬가지다.

초신성 날라리 벌들이 있다. 애플의 스티브 잡스나 아마존의 제프 베 조스, 알리바마의 마윈, 버진 그룹의 리차드 브랜슨 같은 사람들이다. 지구의 역사를 바꾸고 인류 문화와 생태계를 바꾸는 슈퍼 울트라 벌들 이 그들이다.

우리 사회는 별종들을 인정하는 데 인색하다. 도드라지면 또라이라 고 취급하고 뿅망치로 때려 모두 평범한 사람을 만든다.

캔 키지(Ken Kesey)의 '뻐꾸기 둥지 위로 날아간 새'를 읽어 보면 부조 리한 사회의 한 단면을 엿볼 수 있다. 잭 니컬슨 주연의 영화로도 나온 적이 있다. 나는 별종을 뛰어넘지 못하는 평범도 아니고 비범도 아닌, 그 경계선에 서 있는 존재인듯 하다.

결국 미시령 반 높이나 됨직한 갈령재를 다시 내려와 처음부터 울고 넘었다.

억울해, 억울해 하는 내 자신을 '5년 이하의 징역이나 벌금 200만 원' 을 각성시키며 꾸역꾸역 정상에 올라가니, "다시 찾아 주십시오! 삼척 시"라는 글귀와 함께 경계비가 서 있다. 다시 찾다니! 다시 아니 오노메 라! 그 자리에서 내 입에서 바로 튀어나온 말이다. 조금 더 가니 경상 북도 안내판이 천사처럼 손을 벌리고 서 있다.

경북 울진의 산세는 우람하고 육중하다. 심산유곡에 빼어난 아름다

움을 갖추고 있다. 정상에는 큰 레미콘 회사가 버티고 있다. 석산, 아
스콘, 레미콘! 내가 요즘 접근하고 있는 또 다른 생태계의 한 형태이다.

"어디에서 오능교?" 억양부터가 다르다.

재 하나 사이를 두고 말투가 이렇게 다르다니 믿기지가 않는다. 정년 퇴직하고 오늘은 아내의 코에 바람 넣어주러 왔다는 낯선 66살 형님(?)하고 한참을 얘기하며 이런저런 정보를 기분 좋게 얻어간다. 어느 나이나 살 만한 가치는 있다.

나는 지금 후포항의 낡은 모텔에 와 있다. 오늘 12시부터 6시까지 84km를 달렸다. 말(horse)로 달려온 게 아니고 바이시클로 달려왔다. 이게 가능했던 것은 우선 갈령재를 넘어 울진 영덕 포항까지는 포장이 말끔히 잘 되어 있고 오르막 내리막은 있지만 지형적인 특성상 전체적으로 완만한 내리막이 대부분이었다. 그리고 이미 강원도에서 단련된 학습 효과 덕분이 크다. 좋은 경험이든 나쁜 경험이든, 좋은 사람을 통해서든 나쁜 사람을 통해서든 배울 건 다 있다. 오히려 힘든 경험, 나쁜 경험을 통해 더 많이 배운다. 기회비용이 적게 들면서 배우면 최곤데 항상 일방(一方)은 없다!

국토의 허리 7번 국도를 달려오면서 이상한 점은, 같은 국도인데 강원도는 자동차 전용도로로 묶어놓고 자전거를 못 가게하고 경상도는 일반 국도로 열어놓고 자전거 통행을 하게 한다는 점이다. 도로는 비슷비슷하고 위험하기는 다 마찬가진데 무슨 차일까? 경상도는 먹고 살만하니 벌금들을 안 매기고 감옥에 안 보내도 되는 걸까? 어스름 해 질 녘이 되어서야 후포항에 간신히 도착한다. 후포 해수욕장이 눈에 들어온다. 후포 해수욕장에서 북쪽으로 야트막한 언덕이 보이고 그 위에는 후포 등대가 서 있다. 어선들이 보이고 생선 비릿한 냄새가 나기 시작한다.

파란 바닷물 너머 아득한 수평선이 타원체로 그어져 있다. 발아래 해안 절경이 그림처럼 펼쳐져 있고 동해가 눈에 시리다.

펜션은 5만 원, 모텔은 3만 원. 두 모텔이 아주 후져 보여서 길가는 두 여인에게 펜션을 물으니 자기 아는 언니집이 펜션을 가지고 있는데 소개할 테니 같이 가자고 친절을 베푼다. 둘만 있었어도 못이기는 척하고 따라갔을텐데 어두워지기 시작한 초행길에 셋은 수적으로 열세라 슬그머니 빠졌다. 두 여인의 엉덩이를 보니 여우 꼬랑지는 보이지 않았다. 여행은 상상과 가정(If)을 진화시키는 재주가 있다.

모텔에 들어가려면 푸막기와 방향제를 사가지고 들어가야 한다. 모기향이 오래됐는지 모기 놈이 깡다구가 쎈 건지 웬만큼 뿌려도 모기는 죽지 않고 펄펄 살아 날아다니고 방은 퀴퀴한 냄새로 가득하다. 오늘 밤도 이놈들과 고군분투할 생각에 심란하다.

내일은 바람이 차고 기온은 더 떨어진다는 데 걱정이다. 동해안이라 해는 일찍 떨어지고 해풍이 육지로 불어 이동하는 데 힘들 것 같다. 동해안은 낙조를 볼 수 없다는 점이 안타깝다.

내 인생의 긴 하루가 또 저물어 가고 있다.

가족

 타는 듯한 갈증으로 눈을 떴다. 시계를 보니 새벽 2시. 어제 포항에
도착하자마자 삼겹살을 먹은 게 원인이다. 짜게 먹은 것이다. 일어나 냉
장고에서 주스 한 병과 물 한 병을 벌컥벌컥 들이킨다. 그래도 갈증은
성마르다.

 오랜 여행 끝에 지친 정신적 허기를 육식으로 채우지 않으면 안 되었
다. 여기저기 기웃거리다 터미널 옆 정육점을 겸한 허름한 삼겹살집을
찾아 들어갔다. 간첩처럼 보이는지 서빙하는 아주머니가 실눈을 뜨고
힐끗힐끗 쳐다본다. 혼자서 삼겹살을 구워먹다니, 내 평생에 이런 일이
다시 있을까 싶다. 돌아누우면 주워 먹고 돌아누우면 주워 먹고 삼겹
살 3인분을 마파람에 게 눈 감추듯 금방 해치웠다. 허천난 놈 복쟁이
알 주워 먹듯이 다 구워 먹었다. 소주는 덤이었다. 숙소를 잡고 들어가
샤워하자마자 곯아떨어져 버렸다. 속이 더부룩하고 정신은 혼미하다.
물먹은 솜처럼 몸이 무겁다. 냉장고 문을 열고 머리를 들이밀어도 개운
치가 않다. 잠바를 걸치고 나가 편의점에 들어가 딸기 우유와 오렌지주
스를 사들고 들어온다.

이곳은 포항이다.

바닷바람이 차다. 포항은 막내 고모가 사는 동네다. 막내 고모와는 연락을 끊고 산 지가 벌써 20년도 더 된다. 부모시대에 잘못 지내면 그 밑의 사촌들은 타인처럼 지낸다. 먼 친척은 이웃보다 못하다.

어머니!

"내 생애 최초의 2인칭인 이 애틋한 부름말을 나는 피멍 든 가슴으로 아픈 그리움 없이는 차마 혀끝에 올리지 못한다!" 어느 논객의 말처럼 어머니라는 호칭을 두고 가슴 절절히 아파하지 않을 사람 이 세상에 있을까! 나의 어머니는 인자 후덕하시고 강인하셨다. 시집오시기 전 겉보리를 찧어서 밥을 해먹던 그 시절, 큰딸인 어머니는 하루 세 끼를 보리방아 찧어 친정 식구들의 밥 수발을 다 했다고 말씀하신 걸 기억한다. 어머니는 진안 장수에서 태어나 중매쟁이의 소개로 아버지를 만

나셨는데, 요즘 잘 나가는 영화배우 송승헌과 똑 닮은 아버지를 보고 묻지도 따지지도 않고 보따리를 싸셨다고 한다. 어머니는 항상 부지런 하셨고 없는 살림에 자식들을 굶기지 않고 살아보려는 의지가 대단하 셨다. 어머니 표현을 빌자면 '몽당숟가락 하나 없는 집안'으로 시집 와 온갖 궂은일을 다해 살림을 일으키셨다. 실제 우리가 한때 밥이라도 먹고 살게 된 것은 다 어머니의 강인한 생활력 덕분이었다. 여자가 양학은 배워 뭐하냐는 외할아버지의 등쌀에 보통학교 문턱에도 못 가보고 돌아가실 때까지 평생 까막눈으로 살다 가셨는데, 평생 남에게 싫은 말을 하거나 불평하는 것을 나는 단 한 번도 들어 보지 못했다. 아들 호재가 성품이나 얼굴이 돌아가신 어머니를 꼭 빼닮았다. 한마디로 펄 벅의 대지에 나오는 여주인공 '오란'을 생각하면 된다.

아버지 형제들은 여럿이었는데 여자 형제 중 막내가 포항에 살고 있다. 여동생들 중 막내가 철이 덜 들어 소싯적부터 분 찍어 바르고 사방 팔방으로 나돌아다녔는데 그 고모가 해병대 특무 상사와 연애 걸어 여기 포항까지 내려와 살게 된 것이다. 내가 논산 훈련병 시절, 어떻게 연락이 되셨는지 고모부가 훈련소까지 면회를 오셨다. 빨간 명찰에 각 잡힌 해병대 모자와 쇠다마를 넣어 철컥거리는 워커를 신고 오신 것이다. 군기가 바짝 들어 이등병이나 일등병 같은 조교들만 봐도 우리들은 발발 기었는데, 박정희 선글라스를 끼고 온 우리 막내 고모부는 거짓말 하나 보태지 않고 사단장보다 멋있었고 맥아더 장군보다 훨 '째' 있어 보였다. 지나가는 기간병들도 우리 고모부를 보면 로보트처럼 경례를 척척 갖다 붙이곤 했다.

형제지간에 분열과 불화는 대부분 돈 때문에 생긴다.

그때 기억에 막내 고모가 돈을 좀 얻으러 우리 집에 왔는데 형편이 넉넉지 못했던 아버지가 홧김에 던진 말에 "내가 이 집에 다시 오나 보라!"하고 뒤돌아선 이후 지금까지 소식을 끊고 산다. 서로 내왕이 있다 한들 부모가 다 돌아가시고 없는 마당에 일부러 소식을 잇지 않으면 후대들은 그 끈을 이어 가기는 어렵다. 결국 사람은 큰 가지에서 나고 분가해서 자기 가지 치면서 살게 되어있다. 가까이 살지 않는 한, 형제지간도 일 년에 두어 번 보면서 화목하게 지내면 최고다. 명절 때 만나 싸우지 않으면 그나마 다행이다. 어머니는 그 뒤에 아버지 몰래 돈을 좀 마련해서 둘째 고모부를 시켜 보낸 걸로 알고 있다.

공부를 제대로 했으면 아버지도 한 가닥은 하셨을 텐데, 공자 왈 맹자 왈 하셨던 할아버지가 보통 학교 일 학년 때, 반장하던 똑똑한 아버지와 작은아버지를 꼬드겨 시골로 낙향한 게 아버지 학력의 전부다. 1920년대 시절 이야기다.

아버지는 병약했고 까탈스러웠다.

예순하나에 돌아가셨는데 일찍 죽는 것은 우리 집안 남자들의 특징이다. 할아버지도, 아버지도, 작은아버지도, 예순둘을 넘기지 못하고 일찍들 가셨다.

제일 오래 산다고 산 형이 예순넷에 갔으니 명복이 모두 박한 집안이다. 머리가 영리하고 잘 생긴 아버지는 일본의 징병으로 끌려갔으나 나가사끼에 원자 폭탄 떨어지기 3일 전에 철수해 살았다. 한 방 먹고도 항복하지 않자 히로시마에 두 방째 맞고 일본은 항복했다. 배곯아 굶주리던 시절, 인물 좋고 처세 좋은 아버지는 일본군 취사반에 들어가 잘 지냈는데 오히려 배곯던 동료 장병들에게 주먹밥이며 누룽지 등을 몰래 훔쳐다 주었다고 한다. 사역을 나가면 모두가 수단 좋은 아버지를 따라 나가려 했다는데, 그 와중에도 연애질도 가끔 했다고 한다.

어린 시절 나는 아버지의 술 심부름을 도맡아 했는데 당숙 어른과 술자리에서 헐헐 웃으며 말씀하시는 걸 못 들은 척하며 다 들었다. 그 후에도 몇 번 사고를 쳐 어머니를 속상하게 한 걸 보면 여자를 후리는 데는 일가견이 있으셨던 것 같다. 남편이 태평양 전쟁에 나가 전사하고 혼자 사는 일본 여자들이 귀국하는 아버지를 붙잡고 가지 말고 함께 살자고 했다는데, 그중에는 땅 많고 돈 많은 과부도 많았다 하니 하마 터면 나는 나가사끼에서 재일교포로 태어날 뻔했다. 다 운명이다.

부모의 가난은 자식들에게 지독한 불편을 주는데, 이게 바로 면역 주사와 다름없다.

그 시절이 다 어렵고 힘들 때이니만큼 벌어먹고 산다는 게 쉬운 일이 아니었다. 두 분 다 아침에 나가시면 밤 열 시나 들어오는 생활을 내가 고등학교 때까지 하셨다. 공부해라, 한 소리를 들어 본 적도 없으려니 와 누가 간섭하는 사람도 없어서 나는 산으로 들로 미친놈처럼 싸돌아 다녔고 물에 빠져서, 나무에서 떨어져서, 불발탄이 터져서 죽을 고비를 여러 번 넘겼다.

누구나 어려웠던 그 시절, 아픈 기억들을 안고 살지만 내겐 특별한 기억이 하나 있다. 어렸을 때부터 이를 닦아 본 적이 별로 없고 케어 (Care)도 전혀 안 돼 오랫동안 충치 때문에 죽을 고생을 했는데, 아프다 고 떼굴떼굴 뒹굴면 충치 먹은 구멍 속에다 소다 가루 넣고 "참아라" 하신 게 전부다. 내 머리가 별로 신통치 않은 이유는 어렸을 때의 충치

부작용 때문이라고 나는 굳게 믿고 있다. 나의 부모님은 치과에 갈 돈도 없으려니와 치과에 가서 치료받아야 한다는 학습이 전혀 안 되셨던 것 같다. 나는 지금도 야매로 뺀 어금니 두 개가 없고 나머지 두 개마저도 시원찮은데 내 친구 정승룡 치과에서 살려내 그럭저럭 잘 쓰고 산다.

인생은 짧은 시기의 망명이다 라는 말이 있다.

나는 짧게 살아오면서 별의별 경험을 다 하고 산다.

짧은 명줄을 나는 겨우겨우 이어가고 있는 것 같다. 그래도 어머니 아버지 두 분께 너무 감사하다. 어디 한 군데 불편하게 만들어 세상에 내놓지 않으시고 사지 육신 멀쩡한 몸을 주신 것만으로도 황송무지하고 감사할 따름이다. 어떤 이유로든 부모 원망하는 애들은 철이 덜든 거다.

엊그제 대포항 횟집에서 일이다.

쉰대여섯쯤 돼 보이는 부부가 팔순 정도의 홀로된 아버지를 모셔왔나 보다. "아버님 이것 좀 잡숴 보세요, 저것 좀 드셔 보세요. 이 집 맛 괜찮지요?" 마치 초등학생처럼 말하며 젓가락으로 이것저것 입으로 가져다 드리며 행복해하는 모습을 보면서 가슴이 먹먹했다. 나는 부모님에게 말대답 한 번 한 적이 없는데 못해 드린 것만 생각나 두고두고 후회스럽다. 원래 잘하려고 돌아보면 부모들은 없더라!

부모는 외로운 법이다.

나이 들면서 우리가 어른으로 대접받으려고 해서 그렇지 부모님 앞에서는 어린아이처럼 굴어야 한다. 그래야 그분들이 즐겁다. 새끼들 똥 오줌 다 받아 키우시고 우리들의 흉허물 다 덮고 이해하며 살아오신 부모님들 앞에서 나이 좀 먹고 어른이 되었다고 자존심 내세우고 각을 세워서도 안 된다. 이미 그분들이 다 지나온 길들을 우리가 가고 있을 뿐이다. 모든 것은 지나 봐야 깨닫게 되고 없어 봐야 소중한 것도 알게 된다. 부모님의 몸을 빌어 어차피 한 번 나온 소풍, 짧든 길든 완성품을 만들고 반납해야 한다. 신으로부터 대출받은 시간을 완전 연소시켜야 또 제대로 대출을 받을 수 있다. 우리는 가불(假拂) 인생이다. 신으로부터 갑자기 '대출 만기' 통지를 받거나 졸지에 '인생 차압' 딱지를 받지 않으려면 잘 쓰고 잘 반납해야 한다. 자기 스스로 알아서 태어난 것도 아니고 자기 것도 아니다. 힘들다고 또는 절망의 늪에 빠졌다고 자기 혼자 명줄을 끊어 버리면 안 된다. 소멸되지 않은 나머지 업장은 또 반복하게 되어있다. 사람은 줄을 잘 서야 한다. "신이 있느냐?"라고 물으면 "모린다!"라고 대답해야 한다. "신은 존재하지 않는다!"라고 함부로 말해서는 안 된다. 그러다 정말 죽어보니 있으면 어쩔텐가! 몰라서 모른다고 했다는데 벌주면 그건 신도 아니다. 아! 나는 얼마나 간사하고 영특한가! 벌써 새벽 네 시 반인데 화장실을 계속 들락거린다. 이거 큰일 났다.

어제 후포항을 떠나 영덕을 오면서 아주 개고생을 했다.
다른 데는 버틸만한데 고개가 떨어져 나갈 듯 아프다. 자전거 타면서 꼭 알아 두어야 할 것은 준비 운동과 마무리 운동, 그리고 중간중간 몸풀기 운동이 필수다. 하지만 초보인 나는 가장 기본적인 사항을 빼먹고 줄기차게 달리기만 한다. 몇 시간이고 똑같은 자세를 유지 하며 계속 그 자세로 달린다는 게 보통 힘든 일이 아니다. 허리에 부담이 오니 목 부분이 함께 통증이 온다. 머리를 지탱해 주는 하중도 만만치가 않다. 안장에 앉아 있는 것 자체가 고역이고 그 상태로 다리를 계속 움직이지 않으면 안 된다는 게 큰 고통이다. 내 애마는 속초를 떠날 때부터 말썽이다. 동해시를 지날 때 손을 좀 봤는데 이 녀석이 계속 삐걱거리는 소리를 내고 있다. 저도 얼마나 힘들면 그럴까 싶어 이해가 충분히 된다. 영덕에 가서 이놈이나 나나 손을 좀 봐야겠다.

돈키호테와 날라리 벌

아, 오십천! 나는 태어나서 이렇게 맑고 깊은 아름다운 하천을 본 적이 없다.

강처럼 흐르는 푸른 물과 갈대와 코스모스, 갈매기와 해오라기 그리고 플라이 낚시와 번쩍이는 은어들! 나는 다시 태어나면 이곳에 살고 자프다! 마침 낚시를 끝내고 올라오시는 한 아저씨를 만났다. 한 보따리나 되는 묵직한 고기 바구닐 들고 올라오신다. 그 안에는 20~30센티는 됨직한 은어들로 가득 차 있었다.

수박향이 난다는 은어는 비늘도 없고 빛깔과 선이 너무 아름다워 마치 여체를 연상시킬 정도였다. 비늘이 없어 미끈거리거나 비릿하지 않으며 마치 통통한 허벅지 살을 만지는 부드러운 감촉이 일품이다. 가던 길을 작파하고 매운탕에 소주 한잔 하고 싶은 마음이 간절하다.

7번 국도를 타고 오는 내내 해변가로 불어오는 모래바람에 얼굴이 따갑고 소금기가 서걱거린다. 거칠 것 없는 강풍은 바람 난 사내처럼 파도를 낚아채 갯바위와 해안 포구에 사정없이 내던져버린다.

　먼 바다로 고기잡이 나갔던 어선들이 거친 숨을 몰아쉬며 항구로 들어온다. 영덕은 게 철이 아니다. 게는 추울 때 올라오는데 11월 5일부터 영덕대게 행사가 있단다. 지금은 홍게나 시베리아산 게가 전부다. 더구나 영덕대게는 한 마리당 십만 원이다. 서민 음식에서 훌쩍 달아나 버렸다. 나도 도루묵찌개 하나 시켜놓고 맛난 점심을 때웠다.

　영덕 대교를 지나니 강구 초등학교가 나타난다. 한의원을 물어 찾아 들어가니 원장님이 식사하러 나가 아직 들어오지 않았단다. 야단났다. 늦기 전에 포항에 들어가야 하는데 은근히 걱정이다. 진료실은 이미 환자들로 만원이다. 한 자리 잡고 누우니 뒤늦게 원장이 들어오는데 오십 줄의 나이에 앞니가 듬성듬성이다. 이 양반에게 침 잘못 맞다 병신 되는 거 아닌가 싶을 정도로 신뢰가 가지 않는 얼굴이다. 교과선지 참고선지를 가지고 와서 그림을 봐 가면서 싸인 펜으로 점부터 찍고 그림과 비교해가며 침을 놓는다. 싸인 펜 자국이 남을 텐데 물어도 안 보고 남의 몸에다 점자를 찍다니 도저히 이해할 수 없다. 멀쩡하게 걸어 나가야 할 텐데 걱정이 앞선다.

목 뒤쪽에 침을 여러 방 놔준 뒤 이 침대 저 침대 돌아다니며 할아버지, 할머니들에게 손자처럼 대화한다. 침을 놔주는데 노인들의 어려운 점을 소상히 꿰고 있다. 가정 대소사까지 상담해주고 할아버지 할머니들이 알 수도, 알 필요도 없는 의학 용어까지 미주알고주알 이다. 할머니 할아버지들에게는 병원이 아니라 즐거운 양로원이다.

마음의 병까지 치료하는 사람이야말로 진정한 의미의 화타(陀華)가 아닐까? 참, 사람은 껍데기 가지고는 알 수 없다. 의사들도 조금만 겸손하고 친절하면 접바둑 두는 고수처럼 환자들에게도 편하게 보일 텐데 자기가 아픈 사람인 것처럼 편치 않아 보이는 사람이 간혹 있다. 많은 환자들을 상대하다 보면 짜증이 나고 힘들겠지만 앞에 앉아있는 환자보다 더 아프고 더 힘들겠는가! 자기 분야의 의학적 지식과 상식 외에 다른 사람보다 나을 게 뭐 있겠는가! 오만과 우아함은 비슷해 보여도 함께 동거할 수 없다.

물리 치료까지 끝내고 나니 한결 나아진 느낌이다.

몸만 아니라 로시난테도 좀 치료해 주고 떠나야겠다. 바로 앞에 자전거 수리점이 있다. 한 평 남짓한 자전거포는 시골이라 그런지 사람이 득시글하다. 왜 자전차포라고 옛날에는 그랬는지 궁금하다. 시골 자전거포임을 확인받으려는 듯, 공터 여기저기에 헌 자전거들이 함부로 나뒹굴어 있고 주인아저씨는 정신없이 분주하다. 시골에서 이 정도면 밥은 먹고 산다. 강구는 면이다. 자전거가 주 교통수단이 되겠다.

돈키호테와 날라리 벌

"기아를 전체 갈아야 쓰겠구마!"

허리가 약간 꼬부라진 주인아저씨는 내 위아래를 훑어보더니 십오만 원을 부른다. 자전거를 아예 한 대 사겠다. 자전거 기어에 기름칠만 하고 도망치듯 빠져나와 포항으로 내처 달린다.

포항으로 가는 길은 길고 춥다. 바람이 차고 손이 시립다. 특히 아랫도리는 더 춥다. 여자들은 스타킹 하나 입고 추위를 어떻게 견디나 참 신기하다. 후포항을 출발하여 영덕을 지나 강구항을 거쳐 영일만을 끼고 포항까지 약 100킬로를 주파하였다. 포항 어귀에 들어서니 이명박 대통령 생가가 있다고 표지판이 보인다. 시간도 늦었고 내가 별로 좋아하는 사람도 아닌데다 관심도 없어서 지나친다. 기업만 해야 할 사람인데 분수에 맞지 않는 너무 큰일을 맡겼다. 포항에 도착하자마자 제법 큰 자전거 수리점부터 찾았다. 물어물어 찾아 안으로 들어가니 인심 좋게 생긴 두 아저씨가 저녁으로 오징어무침에 막걸리를 한잔하고 있다. 안쓰러워 보였는지 같이 앉아 한 잔 걸치잔다. 슬그머니 같이 끼어 두어 잔 잘 얻어먹고 기어에 기름칠 좀 하고 사진까지 잘 박았다.

계산하려 했더니 돈을 주면 서운하단다.

세상은 말하기에 달렸다. 주러 와도 미운 놈 있고 받으러 와도 이쁜 놈 있다더니 이쁜 놈 축에 끼였다. 우리 막내 고모와 푼수 없이 사람 좋은 우리 막내 고모부, 그리고 거진 내 또래가 되었을 우리 사촌들이 포항 어귀 어느 곳에 살고 있을 것이다. 부모님 세대의 인연복이 박해서 서로 인연을 끊고 바람처럼 흩어지고 말았다. 연락 한번 못해보고 지근거리를 지나치고 있다. 이승에서는 다시는 못 만나는 관계가 되었으니 참으로 애석한 인연이라 아니할 수 없다. 서로 섭섭하지나 말고 잘들 살아 주었으면 좋겠다.

글을 쓰다 보니 새벽 5시 38분이다. 잠은 마실 나간 가시나처럼 여전히 돌아올 줄 모른다.

내일은, 아니 오늘은 어찌할까나.

큰일 났다.

진리

여행을 오래 하다 보니 날짜 관념이 무뎌진다.

어제가 오늘 같고 오늘이 그제 같다. 지나온 도시, 거리의 이름, 수많은 산과 바다, 모두가 엇비슷하고 뒤섞여 기억이 가물가물해진다. 뭐든 비워야 다시 채울 수 있는데 비우기보다는 비슷한 현상과 경험들이 반복되다 보니 뒤죽박죽 해졌다. 나는 간다고 갔는데 뒤돌아보면 항상 그 자리에 있는 것만 같다. 신(神)들의 영역에 침범한 적도 관여 해 본 적도 없는데 그 노여움을 받아 끝도 없이 반복되는 형벌을 받은 시지프스처럼 같은 일상을 나는 힘들게 반복하고 있다. 살면서 기록은 꼭 필요한데, 나는 작심삼일 과(科)에 속한다. 남들은 보신각 타종 소리를 듣는다. 해맞이를 한다 하며 새해 각오를 다짐하거나 다이어리도 새로 장만하여 새로운 계획도 짜련만 나는 그런 바른 생활 유형의 인간 축에 끼지 못한다. 어제와 똑같이 살면서 다른 미래가 오리라고 생각지 않기 때문이다. 그러기에 특별한 다짐도 각오도 할 필요를 느끼지 못한다.

나는 나를 잘 안다. 차라리 매사 부딪치는 대로 최선을 다할 뿐이다. 그렇다고 실수를 안 할 것 같아도 어림없는 소리다. 반복 효과 때문에 좀 덜 하긴 해도 큰 차이는 없다. 그건 나이와 관계없는 일이다.

집을 떠난 지 벌써 십 일째다.

지금까지 기록한 분량도 적지는 않아 보인다. 오랫동안 망각의 창고 속에 처박힌 기억들을 끄집어내는 '능력'과 힘든 노정에도 불구하고 긴 기록으로 남길 수 있는 '인내력'이 내 안 어디에서 존재하고 있었던 것 일까! 알 수 없는 노릇이다. 성실이나 공부 쪽과는 거리가 먼 국민학교 시절, 내가 탔던 상이라곤 '일기 대상'이 유일하다. 나의 의지와 관계없 이 6학년 일 년 동안 일기라는 것을 쓰게 되었는데, 반별로 돌아가면 서 나눠 먹게 된 상이 내게 운 좋게 걸리게 된 것이 아닌가 생각할 뿐 이다. 어쨌든 그때 강제노역의 결과가 오늘날 십 분 기능을 발휘하지 않나 싶다. 전교생이 모여 있는 운동장에서 내 이름이 호명되어 교장 선생님 앞에서 상을 받았다. 머리털 나고 처음 받는 큰 상이었고 엄청 긴장을 해서 받다가 상을 놓치면 어쩌나 하는 걱정이 더 컸다. 2남 5녀 집안의 넷째인 나를 아버지가 챙기는 일은 거의 전무후무한 일인데 그 날 아버지는 내게 짜장면을 사 주신 기억이 남아있다.

군대 갔다 오고 대학교 2학년 때 아버지께서 작고하셨는데, 27년 동 안 나와 아버지 간의 오붓한 대화는 거의 없었다. 형과의 불화로 평생을 가슴앓이 하셨던 아버지에 대한 나의 애틋하고 안타까운 감정은 차고 넘쳤지만 아버지의 감정 표현은 항상 인색했다. 내 이름 석 자를 다정하 게 불러 보거나 등 한번 따뜻하게 다독여 준 일이 거의 없었다. 아버지 와 내가 서로 진지한 대화를 나누거나 소통한 일도 물론 없었다. 아버지 는 나에게 그만큼 어려운 존재였고 일본 강제징병 군 출신답게 감정 표 현도 극도로 자제하셨다. 군대 다녀오겠다고 말씀드리던 그 날 아침, 마당 쓸다 뒤 한 번 힐끔 돌아보는 걸로 작별을 갈음했을 정도였다.

뒤돌아서 짐승같은 울음을 삭였을지 모르지만, 적어도 자식에 대한 감정만큼은 차고 넘쳐야 하고 고래도 춤출 만큼 칭찬이 푸짐해야 한다. 자식들에게만큼은 침묵은 금이 아니며 과묵은 결코 평화로운 가정을 유지하는 필수 덕목이 아니다. 그래도 나는 항상 아버지가 그립다.

국토의 등줄기를 타고 내려오면서 어디에서 변곡점을 찍고 방향을 틀 것인가를 계속 생각한다. 포항에서 꼭지점을 찍고 바로 돌아가는 방법과 여기, 영덕에서 광주로 직선 그어 대구로 내려가는 방법, 두 가지가 있다. 여기에서 바로 가면 하루 이틀 정도 빠르고 거리를 단축할 수는 있으나 남해안이나 목포는 포기해야 한다. 두 번 다시 시도 할 것 같지 않을 이 만행을 쉬운 방향으로 결정하면 두고두고 후회할 것만 같다. 더 멀리 돌고 그물도 더 크게 치자는 생각에 부산을 찍고 남쪽으로 계속 내려가기로 결정한다.

남자가 집을 나가면 애인은 빨리 돌아오라고 하고 마누라는 놀다오라는 말이 있는데 마누라는 역시 더 돌고 오란다. 내가 필요없나 보다.

형산강!

울산광역시와 경상북도 포항시와 경주시를 가로질러 동해로 흘러가는 강이다. 한국 전쟁 당시 최대 격전지 중의 한 곳이며 〈학도병〉이라는 영화의 주 무대가 바로 형산강이다. 포항을 벗어날 때만 해도 냇가 정도에 불과해 보여 아주 작은 강이려니 생각했는데 웬걸! 장장 65.5km 나 되는 긴 강이다. 이 강은 포항을 지나 경주를 벗어 날 때까지 나와 동반해주었다. 경주는 이 형산강을 체육공원화에 성공했다는데 형산강을 따라가는 내내 부드러운 잔디가 끝도 없이 펼쳐져 있었다.

원래는 큰 강이었을 텐데 퇴적과 누적이 반복되어 강폭이 좁아지자 고육지책으로 체육공원으로 만들었을 것이다. 18홀 퍼블릭 골프장 하나는 충분히 만들겠다. 잔디는 사람 마음을 푸근하게 만든다. 수려한 경관도 한 몫하고 있어서 강변도로를 배경으로 사진을 남겨야겠다고 가는데 마땅한 사람이 눈에 띄지 않는다. 한참을 가는데 멀리서 가사 장삼을 입고 천천히 걸어가는 스님이 눈에 띄어 잘됐다 싶어 가까이 다가간다. "스님, 사진 한 장만 찍어 주실 수 있겠습니까?"하고 말씀드리자 깜짝 놀라 뒤돌아보시는데 여스님이다. 키가 좀 있어서 비구니인 줄은 생각조차 못 했다. 얼굴이 해맑고 아름다워서 놀란 쪽은 오히려 나였다.

무례한 표현일지는 모르겠지만, 여스님이 예쁘면 한스럽고 더 안쓰럽다. 얼마나 아프고 고프면 세속을 등질까? 평범한 소설적 상상 그 이상의 단애(斷崖)의 칼을 품지 않고서야 가능할 법하지 않다. 세수와 법랍을 물어보면 실례라든가?

보련 스님! 동국대학교 불교학과 3학년! 동국대 분교가 경주에 있다는 사실을 처음 알았다.

　이십 대 후반 정도로 밖에 보이지 않는데도 세속의 나이는 사십 대. 사진을 찍고 쉴 겸 같이 걸으며 몇 마디 나누는데 말이 통한다. 시험 기간인데 점심 먹으러 나왔단다. 나는 전혀 시장하지 않았으나 그 점심은 어차피 나도 먹어야 한다며 동행한다.

　'한 끼의 식사라도 제대로 할 수 있는 사람은 이미 도를 깨친 사람이다'라는 불가의 전언이 있다. 작업이나 수작과는 한참 거리가 멀다. 왠지 그런 마음은 눈꼽만큼도 들지 않는다. 보련스님의 얼굴은 순진무구라는 말이 어울릴 정도로 해맑아서 세속적인 상상과는 정말 거리가 멀었다. 아마 외로운 사람들끼리 대화가 통했다고나 할까! 스님에게 공양 대접하면 의미 있는 일이고 청정한 말씀을 듣고 싶기도 해서 동의를 구하고 조용하고 깨끗한 식당을 찾아 들어갔다. 나는 전생에 법사나 땡중이 아니었을까 하는 착각에 잠시 빠진다.

　보련 스님은 많이 아파하고 있었다.

　진리를 위한 구도의 방법에서 정신적인 방황을 오래 하고 있었다. 대학을 졸업하고 직장 생활을 하다 산 속으로 들어갔단다. 참선을 오래 했는데 이게 아니다 싶어 학문에서 길을 찾고자 다시 나왔단다. 어떤 계기나 큰 동기가 있었겠지만 물어보지 않았다. 큰 실례가 될 것 같고 보련 스님을 다시 아프게 하고 싶지 않았다. 안개 속에 살다가 가는 게 인생일텐데 진리를 찾고 깨달음을 얻기 위해 세상을 등진다는 게 얼마나 힘들고 큰 결단일까! 그러나 막상 승가대학에서 공부를 시작했지만 길을 찾아간다기보다 오히려 교재 읽고 시험 보고 리포트 쓰느라 정신이 없단다. 보련 스님이 구하고자 하는 길은 독립적이고 주관적인 방법이어야 할 텐데 학문이라는 시스템에 빠지게 된 것이다.

진리를 깨우쳐야만 참다운 인생을 살다 가는 것일까?

사는 방법을 제대로 찾아 지혜롭게 살면 되지 않을까? 좋은 배필을 만나 가정을 이루고 아들 딸 낳아 잘 기르고 그 안에서 행복도 슬픔도 누리며 살면 되지 않을까? 그것보다 평범하고 위대한 길은 또 무엇일까? 가장 기본적인 것이 가장 어려운 것 아닌가? 만인이 하는 일이 누구에게는 쉽고 누구에게는 안 되는 것일까? 대화하면서도 세속적인 의문이 꼬리에 꼬리를 물고 계속 이어져 나왔다. 하지만 물어본다는 것이 주제 넘는 일이라 나는 어느 책에서 읽은 내용을 인용해 조심스럽게 이야기를 건넸다.

모든 종교의 출발은 공포로부터 시작한다.

모든 종교의 주제는 대부분 삶(生)이 아니고 죽음(死)이다. 대부분의 종교는 죽음과 공포를 담보로 민중을 현혹하고 돈을 거둬들인다. 무릇 종교란 부정과 죽음이 아니라 긍정과 생명, 그리고 희망을 전파해야 한다. 자기 교리만이 진리이고 자기들의 종교가 세상의 방부제라고 허위 사실을 유포해서는 안 된다. 그리고 신의 의지뿐만이 아니라 인간의 의지도 그만큼 중요하다는 사실을 알려야 한다. 가부좌를 틀고 수도한다고 좋은 스님이라고 볼 수 없듯이 설교 잘하고 말이 유려하다고 훌륭한 목사라고 볼 수 없다. 작금에 청정무구해야 할 수도원이 세속화되고 권력화 되어 세속인들의 지적소유권인 독단, 이기, 협잡, 비방, 탐욕, 간음 등에 대한 불법 복제들을 죄의식도 없이 태연하게 저지르고 있다. 이판(理判)과 사판(事判)이, 목사와 장로들이 돈과 세력을 위해 서로 이전투구 하는 한, 단 한 사람의 영혼도 구제할 수도 오염된 세상을 정화시킬 수도 없다. 가장 기본적인 보편적 가치조차 실현시킬 수 없다. 그러므로 종교적 기득권자들을 제외한 민중들은 종교 속에 생활을 빠뜨릴 게 아니라 생활 속에 종교를 빠뜨려 자신들이 추구하는 선한 관념들을 찾아 위로받으면 된다. 그쪽 밥을 전문적으로 먹는 사람들도 편집과 아집에 빠지지 않기 위해서라도 최소한 비교 종교학이나 철학 정도는 공부하고 중생과 민중을 계도해야 한다. 리더(Leader)는 리더(Reader)가 되어야 함은 두말할 필요도 없다. 외통수는 항상 위험하다.

보련스님을 앞에 두고 혼자 게거품을 물고 사설들을 늘어놓았다.

외람되게도 나는 스님이 노시는 물에서 건져내고 싶었던 게 아닌가 싶다. 크나큰 구업의 죄를 범하는 내가 안되어 보였던지 보련 스님은 억지 춘향 장단을 맞춰주신다. 나처럼 영문과를 졸업하고 자기 대학교에서 강의하는 스님 교수님이 한 분 계시단다. 나와 비슷하게 철학을 강의하는데 학생들에게 인기 짱이란다. 이참에 아예 머리를 확 깎아버려? 이쁜 여자들은 사람 볼 줄 알더라고…! 잠시 혼자 자뻑에 기분이 좋아졌다. 보련 스님과 함께 도를 닦으면 큰 힘을 쏟지 않더라도 사리(舍利) 만드는 건 일도 아니겠다.

스님과 함께 식사하고 나오니 두어 시간이 훌쩍 가버렸다. 스님을 떠나보내고 나니 내 가슴이 더 아팠다. 실례가 될까 해서 권하지 못했으나 마음속으로 속가(俗家)를 간절히 바랐다. 나는 보련 스님이 세속과 어울리며 즐겁고 행복하게 사시기를 마음속으로 간절히 염원했다. 우리는 아니, 나는 그렇게 아쉬워하며 서로 헤어졌다.

'저 우주와 자연은 자신의 의도를 말로 하지 않는다. 그저 만물을 풀

강아지 정도로 생각하며 간섭하지 않는다.'

도덕경에 나오는 큰 가르침을 고백할 기회를 놓치고 말았지만 보련 스님에게 꼭 전하고 싶었다.

아! 도대체 깨달음이란 게 뭐란 말인가?

깨달을 필요는 있는 걸까? 필요한 사람만 알아서 깨달으면 안 될까? 깨달음을 얻은 사람들이 말하는 진리란 무엇일까? 그들이 말하는 깨달음이란 대각(大覺)이 아닌 Veritas, 즉 진리 그 이상도 이하도 아니지 않을까? 알면 자유롭고 모르면 좀 불편한 그것!

Veritas vos liberabit, 진리가 너희를 자유케 하리라!

희랍 시대 때부터 전해져 내려오는 바로 그 말씀!

"한 횃불에 수천 사람이 저마다 홰를 가지고 와서 불을 붙여간다고 할지라도 그 횃불은 조금도 달라지지 않는다. 사람은 어디에도 집착함이 없이 보시하면 공덕도 그와 같아서 헤아릴 수 없다."라는 부처님 말씀이 생각났다.

부산으로 내려가는 동안 애틋하고 아련한 마음에서 좀처럼 벗어나기 힘들었지만 언양 불고기로 유명한 언양을 지나쳐 양산 통도사까지 내쳐왔다. 보련 스님과 두 시간 가까이 얘기를 나누었는데도 70여 킬로를 달려온 것이다. 개 발에 땀나야 이 정도는 달린다. 통도사에 도착하니 경비들이 자전거 출입을 통제한다. 자전거는 들어갈 수 없다는 거다. 사고 난단다. 그런데 자동차는 들어간다. 이런 무슨 개 같은 논리가 다 있나! 몸도 지치고 마음도 지쳐 비분강개하고 있는데 번쩍이는 검정 에쿠스 세단이 스르르 나온다. 경비 두 명이 합장하고 고개를 숙인다. 누구냐

니까 주지 스님이란다! "양복을 입었던데요?" "아, 자가용 기사죠!" 주지 스님은 카우치에 깊숙히 몸을 묻고 계시나보다. 에쿠스 세단이라…! 하기사 요즘 같은 시대에 주지 스님이 걸어 다니면 그게 더 이상하지…!

날은 이미 어둑어둑해졌다. 할 수 없이 지친 몸을 끌고 그 먼 길을 걸어서 경내로 올라간다. 나오는 사람만 아주 드물게 있고 해 저문 이 시간에 들어가는 사람은 나 혼자다. 천년은 돼 보임직한 소나무들의 자태와 솔 향은 세속에 찌든 분진을 씻어주기에 부족함이 없다. 황홀한 정취가 아닐 수 없다. 경내에 들어가니 사람들은 거의 자취를 감추었고 대웅전 안은 캄캄하다. 경단에 돈을 놓으러 더듬더듬 가는데 부처님 좌불이 없다. 나중에 촛불을 켜기 위해 들어오신 보살에게 물어보니 사리를 모시면 부처님 대신이란다. 돈 오만 원을 놓고 합장하고 깊이 절을 한다. 여행 몇 번만 더 하면 등기권리증도 내놓게 생겼다.

통도사. 한국 삼 대 사찰 중 하나, 부처님의 진신 사리가 모셔진 절, 천년 소나무와 솔 향이 가득한 숲 속, 어둠 속을 걸어 나오며 깊은 상념에 빠졌다. 그리고 혼자 중얼거린다.

"그렇다! 진리는 곧 자연이다!"

돈오돈수(頓悟頓修) 할 일 없고 돈오점수(頓悟漸修) 할 일 없는 나 같은 속물들에겐 방법이 없다. 열심히 살고 힘들면 자연 속에 영혼을 푹 담갔다가 흔들어 세척하며 사는 것! 이것이야말로 맑고 깨끗한 삶을 살다 가는 거다. 점수돈오 하면 더 좋고 깨달음이 아니어도 상관없다. 단표누항(簞瓢陋巷)이면 또 어떤가! 인생지사, 어차피 호접몽(胡蝶夢)이 아니던가!

통도사 앞엔 모텔과 룸살롱, 안마 시술소와 술집들로 어지럽다. 나도 그중 한 곳으로 들어간다. 이천 년 전, 예수님께서 예루살렘 회당 안에 들어가시면서 장사꾼들에게 하신 말씀이 생각난다.

"이 독사 새끼들아! 너희가 어찌 지옥의 판결을 피할 수 있겠느냐!"

"이크!"

낙동강

작심 하루다.

통도사에 들러 솔 향이라도 한 번 더 맡고 가야겠다는 어젯밤 각오
는 아침에 눈을 뜨자마자 신기루처럼 사라져 버렸다. 창원까지 가야 한
다는 심적 부담감은 어제의 여유와 호기를 단박에 녹여 버리고 나의
분연한 각오는 한낱 작심으로 끝나 버렸다. 함께 가는 여행이면 먹거리
도 찾아 나서고 작작 유유하며 갈 텐데 나 홀로 가는 이 길은 고단하기
만 할 뿐 식욕은 진즉 달아나 버렸다. 식당에 들어가 혼자 아침을 먹는
다는 것은 정말 내키지 않는 일이다. 고단한 여정이 끝나면 여관에 들
어가면서 아침을 위해 빵이나 과일 몇 개 사가지고 들어간다. 하지만
오늘은 마음을 바꿨다.

여기서 창원까지는 멀다. 약 90km. 400리 가까이 되는 고단한 여정
이다. 말이 90km이지 실제 가는 길은 물어보지 않아도 뻔할 뻔 자다.
길도 복잡하고 굴곡도 심할 것이다. 길을 제대로 짚어가려면 시행착오
도 여러 번 해야 할 것이 틀림없다. 부산에서 창원, 마산 가는 길은 산

업 도로이기 때문에 차량 통행량이 고속도로 못지않을 것이다. 부산을 중심으로 산업 단지나 공업 도시들이 배후에 위치하고 있다. 특히 트레일러와 같은 대형 차량들이 줄을 이어 달리고 있다. 지형이 험한데다 70년대에 만들어진 도로이기 때문에 상태도 아주 좋지 않다. 자전거를 위한 도로는 물론 없다.

오늘은 특히 매연(煤煙)이 나를 괴롭힐 것이다.

안전사고나 나지 않았으면 좋겠다. 전쟁터에 나가는 군인처럼 헬멧을 조이고 타이어에 바람을 빵빵하게 넣었다. 자전거를 점검하고 안장에 올라 출발한다. 엉덩이와 다리가 뻐근하다. 허리가 오늘도 잘 버텨줘야 하는데 걱정이다. 목이 떨어질 것처럼 아픈 것은 몸의 균형과 자세에도 문제가 있지만 허리에서 가중되는 하중의 고통이 목까지 부담을 주고 있는 거 같다. 온몸에 파스 냄새가 진동한다.

아침을 착실히 챙기기로 하고 통도사 앞 경기식당으로 향한다.

통도사 앞 경기 식당은 깔끔하고 음식이 정갈하다. 값도 싸고 비빔밥의 맛을 결정하는 참기름과 고추장 맛은 일품이다. 서비스로 나오는 1/4 크기의 파전은 바삭하고 맛도 좋은데, 찍어먹는 간장 맛이 훌륭하다. 나이 좀 더 들면 전통적인 방법으로 된장과 간장 담그는 방법을 연구 해야겠다. 계산하고 막 나가려는 찰나, 늙스구레한 주방 아주머니가 던지는 말에 하마터면 주저앉을 뻔했다.

"하이고마, 내사마 이만기 이후로 요로코롬 두꺼운 알통 다리 처음 보니까네…!"

내 다리가 알타리 무처럼 못생긴 건 사실이지만, 백주 대낮에 많은 대중들 앞에서 콕 찍어 지적질당하는 건 정말 황당하기 짝이 없는 노릇이었다. 일하는 아줌마들과 주위 사람들이 한꺼번에 모두 쳐다보는 가운데 확인 사살 한 발이 더 튀어나온다.

"힘 좀 쓰겄네, 누군 좋킸다!"

장담컨대 염치와 체면은 나이와 함께 퇴화된다. 남자의 다리 근육이 여자들의 어느 부분을 자극해서 이상야릇한 상상을 불러일으키는지 모르겠으나 나이가 들면 그런 호기심을 제어할 기능이 자동으로 쇠퇴한다고 나는 확신한다. 기본적으로 숏다리에 알통 다리는 감추고자 하는 나의 핸디캡 1번이다. 입담 좋은 그 아줌마는 나의 역린을 건드린 셈이다.

주말이면 나와 운동으로 자주 만나는 박 원장은 나를 만날 때면 어김없이 "너의 전생은 백 프로 머슴일 거라는 데 내 전부를 건다"고 시건방을 칠 뿐 아니라 이상야릇한 표정까지 지어가며 "마님, 군불 다 땠구먼유… 들어가도 되껴?"라며 마치 변사처럼 나를 놀리곤 할 정도다. 어렸을 때 말구루마(수레)로 생계를 꾸려 나가는 옆집 아저씨가 있었는데, 그분의 다리가 핏줄이 튀어나오고 알통이 이만기 다리처럼 울리불리했었는데 어린 내 눈에 보기에도 징그러웠다. 그 힘 좋던 아저씨는 끌던 말이 숫말이었는데, 앞서 가던 암말을 보고 미쳐 날뛰는 바람에 수레 밑으로 굴러떨어져 그 속에서 몇 바퀴 굴러버렸다. 벤허 영화에 나오는 멧셀라(스테판 보이드 역)처럼 그 길로 갔다. 나는 요즘도 밖에서는 반바지를 잘 안 입는데 그 아줌마에게 정통으로 찔렸다.

"좋킨 뭐가 좋다꼬!"

되지도 않는 경상도 말을 꼬부락쳐 후딱 던져 놓고 나왔다. 다리가 불량하게 보이면 왠지 머리가 비어 보인다는 이상한 관념이 내겐 있나

보다. 한때는 그 다리로 운동 잘한다는 소릴 퍽 들었는데 나이 들면 말짱 꽝이다. 운동 잘하는 것보다 공부 잘해서 인생 순탄하게 사는 사람이 부러울 때도 있다. 운동으로 성공하는 것은 훨씬 어렵다. 운동으로 성공하려면 시절도 인연도 잘 타고 나야 한다. 아니면 운이라도 좋아야 한다. 내 알통 다리는 사는데 거추장스러울 뿐이다. 하지만 어쩌면 이 알통 다리가 이번 자전거 여행에서 지극히 고마운 존재가 되어 주고 있는지도 모른다.

일 년 넘게 부산에 살아 봤다. 부산은 참 시끄러운 동네다. 야구 경기가 있는 날 사직 구장에 가 보면 안다. 거기 가서 기아 타이거즈 응원하려면 거짓말 조금 보태서 유서 한 통 써놓고 가야 한다. 부산 갈매기가 호랑이를 잡아먹을 때는 동네가 아주 생난리가 아니다. 지형의 특성상 이곳 사람들은 생활력이 강하고 사투리가 억세다. 술집에 앉아 있으면 선창가 어느 포주집에 앉아있는 착각이 들 정도로 시끄럽다. 대화하는 소리가 영락없이 싸우는 소리다. "고약한 쌍놈들"이란 소리가 절로 나왔다. 처음엔 함께 적응하기가 어려웠다. 나는 음식점에서 또는 술집에서 목소리 높여 큰소리로 말하는 사람들을 아주 싫어한다. 특히 앉은 자리마다 남을 가르치려는 사람들을 경멸한다.

'아무리 어리석어도 남을 꾸짖는 데는 밝고, 아무리 총명해도 자기 잘못을 깨닫는 데는 어둡다.'

중국의 재상 범충선공의 말이 하나도 틀려먹지 않다는 것을 증명이라도 하듯이 한국 사람들은 자기 자신이 전지적(全知的)인 인간이라도 되는 것처럼 남에게 충고하는 것을 아주 좋아한다. 통계 학자처럼 갖은 수치와 자료를 들이대며 말을 잘해도 실상은 헛똑똑이들이 대부분이다. 온정주의를 표방하지만 주위의 사람들을 잘 드는 혀로 썩 썩 베어 나갈 뿐이다.

피가 뚝뚝 흐른다. 상처받고 있다는 사실을 본인만 모를 뿐이다. 손님이 다 떨어져 나간다. 그런 사람들은 늘그막에 외롭다. 염려하는 척해도 상대방이 어려워지면 마치 선지자처럼 '내가 그럴꺼라 말하지 않았더냐' 라고 말하며 으스댄다.

사후인지편견(Hindsight bias)이다. 자고로 말을 잘하는 사람이란 남의 말을 잘 들어 주는 사람이다. 결코 큰 소리로 말하지 않는다. 이야기를 많이 들어줌으로써 상대방이 스스로 길을 찾도록 도와준다. 보편적으로 말이 많으면 실수하게 되어있고 쓸 말도 별로 없다. 말이란 놈은 입안에 있을 때는 내가 주인이지만 입 밖으로 나가게 되면 내가 그 말의 노예가 된다는 말도 있다.

口是禍之門 입은 재앙을 불러들이는 문이요
舌是斬身刀 혀는 몸을 자르는 칼이로다
閉口深藏舌 입을 닫고 혀를 깊이 감추면
安身處處宇 가는 곳마다 몸이 편안하리라

다섯 왕조에 걸쳐 여덟 명의 임금을 섬긴 중국 재상 풍도(馮道)의 설시(舌詩)다. 어렸을 때부터 아들 방에 액자로 만들어 걸어놓았다. 나 또한 구설수를 달고 다니는 사람 축에 끼고 비슷한 경험도 많아 아들이 심지가 깊고 진중하게 자라주길 바라는 마음에서 경구처럼 달아 났다. 나는 분위기를 주도하거나 유머가 많은 사람이 못 된다. 그래서 사람이 별로 재미가 없다.

양산에 들어서니 낯익은 도시 이름들이 눈에 들어온다. 양산은 국회 의장 박희태의 고장이다. 관운이 좋고 무골호인이라 정적이 별로 없다. 촌철살인의 대가이자 폭탄주 제조의 원조격이며 특허권(?)을 가지고 있다. 부산은 힘 있는 정치가를 배출해서 그런지 부산 인근 배후 도시들이 구획 정리가 잘 되어있고 살기 좋은 깨끗한 환경을 가진 도시로 변했다.

익산은 도움도 안 되는 전통 야당에, 인물을 키울지 모르는 사람들의 식견 때문에 걸 불만 쬐다 밀려난다.

부산을 뒤로하고 낙동강을 건너간다.

이 낙동강을 일 년 동안 무수히 건너 다녔다. 익산에서 규모가 좀 있는 어학원을 경영하면서 동시에 부산에 아발론 어학원 두 개를 오픈해 법인으로 경영했었다. 아발론 어학원은 전국 브랜드이고 대형 프랜차이즈 어학원이다. 진입 장벽이 높고 초기 투자비용도 크다. 교육열이 높고 8학군이어서 괜찮게 운영이 되었으나 주주들 셋이서 숟가락을 담그기에는 부족하고, 둘이 먹기는 충분할 것 같아서 두 사람에게 주식을 넘겨주고 손 털고 나왔다. 아쉬웠지만 미련도 없다. '성실'이라는 단어나 '한 우물을 판다'라는 문구는 21세기의 트렌드가 아니다. 딱 1년 만에 이익 팔천 까먹었지만, 나머지 두 이사들에게도 좋은 뒷모습을 보여 주고 나왔다. 명예와 자존감을 잃었을 때 모든 것을 잃는 법이다. 회복할 기회는 앞으로도 얼마든지 있다. 인생 손익계산서에 손해는 없다. 손해 본 만큼 얻어 들이는 것도 있고 또 왔던 그대로 빈손으로 간다.

　'덕불고 필유린(德不孤, 必有隣)'이라는 말도 있다. 덕을 베푸는 게 최고다. 밑진듯하면서 살아야 사람이 따른다. 인생 최고의 도를 '상선약수'라고 하던데, 물처럼 걸리적거리지 않고 사는 게 내 목표다.

　나는 교육 사업을 오래 했다. 교사는 학생에게 섬(Island) 같은 존재다. 물처럼 흘러가지만 영원히 기억되는 존재다. 반면, 교사들에게 학생은 흘러가는 물(Water flows)과 같다. 몇몇 반짝이는 조약돌을 빼곤 거의 기억하지 못한다. 모든 학생들을 기억한다는 게 가능하지도 않지만, 일부 교사들은 학생들에게 별 관심도 없고 성의도 없다. 다만 그 직업에 충실할 뿐이다.

　사교육을 탓할 일이 아니다. 사교육에 종사하는 교사들이 학생 한 명 한 명에 쏟는 관심과 정성 그리고 그 열정을 경험한다면 정규직 교사들은 며칠 견디지 못하고 사표를 낸다. 학교도 성적순으로 한 줄 세울 일이 아니라, 적성으로 여러 줄 세우면 낙오될 녀석들도 국수 가닥처럼 걸어 올려 그 적성에 맞게 학습시키면 아이들의 기회비용도 줄이고 사교육 부담도 줄일 수 있는데 수십 년간의 경험치를 처박아두고 외면하고 있는 교육 현실이 안타깝다.

오늘도 우리 어른들은 윗대들이 유산으로 넘겨주신 그 방식 그대로 21세기 아이들을 좁은 공간 속으로 밀어 넣고 콘텐츠가 제거된 공장 로봇을 새벽부터 밤늦도록 찍어 내고 있다. 천재의 싹들이 피워 보지도 못하고 창의력이 매몰된 채 수채구멍에 처박히고 있다. 어마어마한 손해고 국가적 낭비다. 성적과 적성은 비슷한 말이지만 거꾸로 뒤집으면 완전 다른 뜻이다.

수업도 오후 3~4시까지만 시켜야 한다. 나머지는 모조리 체육 활동과 특기 활동으로 돌려야 한다. 내가 교육부 장관이라면 작금의 교육 시스템교육을 확 때려치울 텐데 나는 장관 자격이 없다.

한때 부산 해운대로 이사 올까도 생각했었다. 하얀 백사장, 푸른 바다, 수많은 마천루들 그리고 그 야경은 마치 홍콩의 어느 도시들을 연상시킨다. 사람은 무슨 일을 하든 자본주의 사회에서 사는 한, 최선을 다해 노력해야 한다. 경쟁에 낙오되어 변명하는 건 쓸데없는 짓이다. 그 목표나 한계치는 사람마다 다 다르지만 분수에 지나치지 않으면 되고 자신이 만족하면 된다.

소프트뱅크 손정의 회장의 얘기다. 자기 재산이 하루에 1 조원씩 불어나던 시절이다. 하루는 쇼핑하는데, 이런 백화점은 지금 당장이라도 몇백 개라도 살 수 있는데 내가 지금 뭐하고 있나 하는 생각이 들더란다. 그렇게 생각하니 갑자기 쇼핑하고 싶은 맘이 싹 가시더란다. 그래서 인류적 가치를 생각하고 새로운 창조적인 발전을 위해 전념하기로 했다고 한다.

나이스한 결정이다. 뭐든 많으면 문제가 생긴다. 적당한 듯 부족한 듯해야 하고 여백이 있어야 메우는 목표가 생기는 법이다. 돈과 여자는 똑같다. 쫓아가면 도망가고, 모른 척하고 열심히 땀 흘려 일하면 슬그머니 뒤에 와 서 있다. 회사 경영은 영리가 목적이다. 그러나 즐겁지 않으면 소용없다. 경영의 수단과 목적은 상생의 즐거움이다. 그걸 찾는 것이다. 돈은 새끼들 키우고 밥 걱정 않고 살 정도만 벌면 충분하다. 가만! 여행 출발하기 전에 마누라가 아파트 관리비 이달 안으로 내야 한다고 했는데, 이거 큰일 났다. 통장에 잔고가 얼마 있더라?

낙동강은 역사다.

대한민국은 낙동강에 큰 빚을 지고 있다. 낙동강이 없었으면 부산이 없고 부산이 없었으면 대한민국 자체가 없다. 한국전쟁 이야기다. 지금은 농담처럼 말하지만, "낙동강 오리알 떨어진다"는 말도 낙동강 전투에서 나온 치명적 파생어다.

낙동강을 넘으면 김해다. 김해공항 때문에 대한민국이 한때 시끄러웠지만 욕심이고 지역 이기주의다. 내가 외국인들을 만나러 김해 공항을 몇 번 왔다 갔다 했다. 나 같은 좁은 식견으로 뭘 알랴마는 김해는 광활하다.

주변에 창원 마산 등 부산권 경남권 공업 도시들이 배후에 있다. 밀양보다 입지 조건이 훨씬 낫고 조금만 고쳐 쓰면 예산 낭비를 막을 수도 있다. 요즘은 필요 없는 김해 경전철을 지어 세금을 낭비했다 하여 전 시장을 잡아들이네 마네 하는 모양이다. 실제 김해시를 관통하는 동안 경전철이 달리는 경우를 나는 딱 한 번 보았다. 전시 행정의 희생물이다. 낯익은 거리, 그리운 이름들, 애틋하고 아쉬운 추억을 뒤로하고 부산을 떠난다.

"우파는 부패로 망하고 좌파는 분열로 망한다."는 말이 있다. 진보는 하나만 틀려도 분열하고 보수는 하나만 같아도 단합한다. 좌파에 밀리고 우파에 깨진 노무현 대통령의 생가가 있는 진영을 지난다. 진영은 단감으로 유명하다. 몇 년 전에 한 번 다녀갔는데 노무현 대통령은 정치를 시민의 무르팍까지 내린 공이 크다. 전통 여당 한나라당 텃밭인 경북, 경남, 지역 속에서조차 '서자' 대접을 받은 노무현 대통령은 서럽게 인생을 마감하셨다. 우리나라 정치꾼들은 '살아있는 영웅'을 만들지 못한다. 사촌이 논을 사면 배가 아프다. 배고픈 건 참아도 배 아픈 건 참을 수가 없다. 죽어 없어져야 호들갑을 떨고 추모한다고 주접을 떤다.

진영에서 창원을 넘어가는 길은 추풍령 고개 이상이다.
벌써 80km 이상을 달려왔다. 힘이 부친다. 구부러진 길들을 바로 펴는 공사를 하는지 도로들이 곳곳이 파헤쳐지고 엉망이다. 자전거 길도 없어서 들고 나르는 일이 비일비재하다. 산악자전거 대회가 따로 없을 정도로 내리막길이 가파르고 굴곡지다. 이런 곳을 조심해야 한다. 고꾸라지면 비명횡사하기 십상이다. 아니나 다를까! 커브를 도는데 갑자기 '빵꾸'다. 학습 효과가 있어서 20분 만에 처치했지만, 부산에서 김해를 지나 진영에서 창원을 넘어오는 동안 나는 위험하고 아찔한 고비를 여러 번 당했다.

트럭 기사들은 식당에서 아예 대놓고 술을 먹는다. 그들도 힘드니까 어쩔 수 없겠지만, 술을 먹으면 감정적일 수밖에 없고 졸음운전도 피해 갈 수 없다. 과속 주행은 기본이며 자전거 주행하는 사람이 못마땅해 일부러 옆으로 바짝 갖다 붙이는 기사도 여럿 봤다. 자전거 주행자의 뒤통수를 칠 정도 너비의 대형 철제를 적재함에 싣고 달리는 기사들도 있었다. 어떤 이는 경고음을 울리기도 하는데 어떤 녀석은 저격수처럼 슬그머니 다가와 아슬아슬하게 옆을 지나치는 경우도 있다. 십여 미터 됨직한 트레일러가 따라붙을 때는 옆이나 뒤를 돌아봐서는 안 된다. 특히 좁은 길에서는 함께 평행선을 유지하기 위해 앞만 보고 반듯이 주행해야 한다. 멀쩡하게 반듯이 잘 가다가도 트레일러가 옆에 따라붙으면 갑자기 핸들이 삐뚤빼뚤해진다.

당황하여 트레일러 중간에 빨려 들어가면 그 길로 불귀의 객이 될 수 있다. 주위에서 자전거 여행하려는 사람이 있으면 뜯어말려야겠다고 다짐하고 또 다짐한다.

재를 넘으니 창원이 훤히 보인다. 작은 재와 작은 재 사이에는 작은 도시가 있고, 큰 재와 큰 재 사이에는 반드시 큰 도시가 있다. 가능성을 제공하는 것은 자연이고 그것을 선택하여 이용하는 것은 인간의 자유 의지에 달려있다. 인생의 고갯길도 마찬가지 아니겠는가!

창원역 근처에 와서 타이어가 다시 한 번 터졌다. 목적지에 다 와서 터져 주었다는 것이 너무 감사한 일이었다. 더 어두워서 일이 벌어졌더라면 오도 가도 못하고 한참을 길에 갇힐 뻔했다. 생각보다 자전거 판매점이나 수리점은 많지 않다. 더구나 급할 때는 다 숨어버리고 없다. 물어물어 MTB 자전거점에 찾아 들어간다. 10년 전에야 값이 나 갔지만 이런 자전거를 타고 어떻게 전국을 헤매고 다니느냐 퉁사리를 얻어먹었지만, 그래도 여기까지 나를 떠받쳐 준 나의 로시난테가 참 고맙다.

갑자기 날이 어두워진다. 가여운 나의 애마를 수선하고 창원역 앞에 있는 여관에 들어가니 일곱 시 반. 안도감으로 침대에 벌렁 눕는다. 일 정을 잡지 않고 떠난 만행이고 급할 것도 없는 여행인데 유유자적하지 못해 안타깝다. 페달을 밟지 않으면 쓰러지는 자전거처럼 행여 쓰러질까 싶어 나는 계속 페달을 밟고 있다. 어쩌면 길 위에 움직이는 모든 것은 다 제자리로 돌아가야 한다는 귀소(歸巢) 본능 때문인지도 모르겠다.

잠시 가던 길을 잃었다고 무어 그리 조급할 게 있는지요
잃은 길도 길입니다
살다보면 눈앞이 캄캄할 때가 있겠지요
그럴 때는 그저 눈앞이 캄캄하다는 것을 인정하는 것
바로 그것이 길이 아니겠는지요
사실 따지고 보면 우리는 언제나 너무 일찍 도착했으나
여태 꽃 한송이 피우지 못했습니다

이원규님의 시(詩)다.
오늘, 나는 너무 일찍 도착했는지도 모르겠다.

기억

　모텔이란 말은 영혼이 없는 단어다.

　삼류나 퇴폐 이미지가 남아있어 기피하지만 여관이 낫고 여인숙은
훨씬 낭만적인 표현이다. 진주 남강이 바라보이는 허름한 모텔에 지금
나는 누워있다. 거진 반송장과 다름없는 상태로 누워있다. 이곳에서
하룻밤을 보내게 된 이유는, 먼저 내 몸이 조금의 이동도 견딜 수 없을
만큼 아프다. 어서 빨리 누워야 할 장소를 찾아야겠다는 조급함과 다
른 곳에 가 봤자 다 그게 그거라는 여관 주인의 감언이설에 속아 이곳
에 들어오게 된 것이다. 다음 날 아침이 되어서야 호텔처럼 멋있는 모
텔이 모퉁이를 돌아 바로 길 옆에 붙어있다는 것과 값도 만 원 차이밖
에 안 난다는 것을 알게 되었다.

　이 방은 인터넷은 고사하고 90년대식 아날로그 TV와 앉은뱅이 냉장
고가 달랑 한 대씩 있을 뿐이다. 형광등도 수명을 다했는지 흐릿하고
눅눅한 이불만 한쪽 구석에 포개져 있었다. 간헐적으로 돌아가는 냉장
고 소리는 마치 커피포트 물 끓는 소리처럼 크고 요란했다. 우중충한

분위기와 퀴퀴한 냄새, 냉장고 모터 돌아가는 소리 때문에 좀처럼 잠을 이룰 수가 없다. 몸은 천근 만근인데 이 불쾌한 환경 때문에 아프지 않은 부분까지 아파오기 시작하고 없던 병도 도지게 생겼다. 웬만하면 왜장과 장렬히 몸을 던진 논개의 남강도 둘러보고 촉석루도 찾아볼 텐데, 지금은 그럴 엄두를 내지 못하고 있고 또한 아무 염사도 없다.

몸이 아프면 만사가 귀찮다.

"이 세상의 삶은 낯선 여인숙에서의 하룻밤"이라는 테라사 수녀의 말씀처럼 영락없이 그 짝이다. 테레사 수녀님도 여인숙에서 주무신 경험이 있나 보다.

진주라 천리 길을 내가 왜 왔던고
촉석루 달빛만 나무기둥을 얼싸 안고
아! 타향살이 심리를 위로 할 줄 모르느냐.
진주라 천리 길을 어이 왔던고…
…
아! 손을 잡고 헤어지던 그 사람,
그 사람은 간 곳이 없구나!

진주라 천리길!

이 노래는 돌아가신 어머님이 혼자서 일하실 때 부르시던 구슬프고 처량한 노래이다. 가사보다 노래는 더 처연하고 애잔하다. 먹고 살기 힘든 시대, 옛날 가수들은 가창력보다 누가 더 노래를 처량하게 잘 부르느냐로 평가받던 시절이 있었다. 고복수나 황금심, 신카나리아 등과 같은 가수들이 지금의 나가수인가 너가수인가에 나오면 김건모처럼 1회전에 맡아 놓고 '땡'이다. 그만큼 한이 많던 시절이 아니었겠나!

이 노래는 내가 아주 어렸을 때 들었던 노래니까 웬만한 젊은 축에 끼는 사람들은 들었을 리 만무하다. 다만 어렸을 적 집안에 라디오라도 가지고 있는 60~70대라면 기억이 날 법도 한 노래이다. 이 노래는 우리 아랫집 경희네 집 축음기에서도 가끔 흘러나오는 소리를 들었던 추억이 있는 노래다.

경희네 아버지는 우리 동네에서 제일가는 부자였다. 또한 그 당시 신식 교육을 받은 몇 안 되는 측량 기술자였다. 동네 사람들은 경희네 아버지만 보면 주눅 든 사람처럼 슬슬 피해 다녔고 경희네 아버지는 목에 디스크 질환이 있는 환자처럼 고개가 항상 뻣뻣했다. 경희네 어머니는 그게 당연하고 마땅하다는 듯이 아무나 하대하였고 아무 일도 아닌 일에 신경질을 부렸다. 사람들은 그 집만 가면 모조리 야코 죽어 나왔는데 내 눈에는 그게 아주 못마땅했다.

한 번은 그 집 기르던 개가 나가 버렸는데 그 원인을 두고 경희네 엄마는 우리 큰 누나를 불러들여 잡도리를 하였다. 개구멍을 뚫어 놓고 강아지의 탈출을 도운 게 나라는 것이다.

"훔쳐간 걸 아줌마가 봤어요?"

"아줌마가 우리에게 해준 게 뭐 있다고 큰소리를 치는 거요!"

나는 어처구니없는 누명에 악에 받쳐 소리를 바락 바락 질러대며 앙알거렸는데, 서로 맷거리 하는 모습을 지나가는 동네 사람들은 모두 신기하다는 듯이 구경하였다. 큰누나는 그 당시 그 모습을 보고 크면 내가 뭐라도 한자리할 놈으로 착각했노라고 몇 년 전에 말했었다.

내가 저지른 잘못이라곤 한 밤중에 경희네 언니들이 우물가에서 목욕하는 모습을 훔쳐본 죄밖에 없다. 한여름 밤이면 경희네 언니들은 웃통을 홀라당 홀라당 벗어부치고 우물가에서 목욕을 하곤 했다. 나는 고개만 내밀고 숨죽이며 그 멋진 장면을 밤마다 훔쳐봤다. 보려고 해서 본 것이 아니다. 산을 깎아 만든 우리 집의 지대가 높다 보니까 맘만 먹으면 얼마든지 다 볼 수 있었다. 물 끼얹는 소리, 말 같은 여자들의 히히덕거리는 소리는 내 심장을 뛰게 만들었다.

깽끼발가락이 좀 아파서 그렇지 그 정도는 내겐 일도 아니었다. 그리고 그 정도의 노동의 대가는 충분히 보상받고도 남는 장사였다. 누가 보더라도 자연적인 일과 인위적인 잘못 정도는 구별해야 마땅하다. 그 당시 나는 커서 경희 같은 부잣집 색시를 얻어 장가가야겠다고 굳게 마음먹을 정도였다. 국민학교 오륙 학년 때였다.

그 후 경희는 여고를 졸업하고 영어를 배운다고 의정부로 올라갔다. 그리고 한 미군과 눈이 맞아 미국으로 건너갔다. 그러나 불행하게도 미군이었던 남편에게 맞아 죽었다. 공부도 잘했고 얼굴도 예쁜 경희는 팔자가 더럽게 풀렸다. 대여섯 살 때 나와 소꿉장난하면서 엄마 역할을 천연덕스럽게 잘도 하던 친구였는데 너무 일찍 가 버렸다. 특히 가난하고 지저분한 그 시절, 내가 경희의 소꿉 서방인 줄 알면 경희네 엄마는 아마도 나를 때려잡았을 것이다. 그 동네를 떠나고 철들고 난 한참 뒤, 소식을 접한 경희의 죽음과 그 집안의 몰락은 그 후로 오랫동안 내 마음의 가슴앓이로 남아있다. 세상의 모든 것은 변한다. 단 하나, 변하지 않는 것은 '세상의 모든 것은 변한다는 사실'이다. 진주 남강, 허름한 여관방에 누워 옛날 생각에 잠깐 젖어들었다.

천리 길은 400km다.
진주에서 한양 가는 거리 정도 될 것이다. 없는 놈은 글재주 있어도 과거보러 한양 간다는 것은 언감생심 가능한 일이 아니었다. 어지간히 사는 사람도 한양 갈 때 노잣돈 대려면 기둥뿌리 하나는 뽑아야 가능했다. 보름에서 스무날 정도를 걸어서 또는 나귀 타고 한양에 올라가는 경비는 만만치 않은 일이었다. 과거 보러 한양 간다는 것은 어느 정도 먹고 사는 양반들이나 가능했던 이야기다. 또 떨어졌다고 손만 빨고 내려올 수도 없는 일이고 한 번 떨어졌다고 다음에 또 안 볼 수 없는 노릇이었다.
과거 몇 번 치르고 나면 집안 망해 먹기 십상이다.

'진주라 천리 길'이란 표현은 교통도 불편하고 어려웠던 그 시절, 걸어 걸어 돌고 돌아 힘들게 오가던 나그네들의 애환과 고달픔을 그대로 표현한 함축적인 표현이다. 내가 돌아보니 창원, 마산, 함안, 의령, 진주, 이 길은 그냥 천리 길이 아니었다. 낙방 거사가 되어 한양에서 내려오든 사랑하는 이와 헤어져 한양으로 올라가든 한 많은 천리 길이었겠다. 옛날에는 연애를 어떻게 했나 싶다. 얼굴도 보지 않고 시집 온 크내기는 서방이 '째보'라도 그냥 주저앉아 살고 말지 다시 돌아가겠다고 보따리 싸는 일은 결코 없었을 것이다. 그만큼 첩첩산중이다.

돈키호테와 날라리 벌

지금이야 터널을 빵빵 뚫고 공중에 다리를 놓아 오가는 일이 일도 아니지만, 자전거는 옛날 길을 애오라지 있는 그대로 돌고 돌아가야 하는 처지이다 보니 사람이 돌아버릴 것만 같았다. 아무리 돌고 돌아도 진주는 쉽게 얼굴을 보여 주지 않았다. 특히 마산에서 함양, 함양에서 진주로 오는 길은 산세가 험한데다 사람 하나 지나다니지 않는 옛길 그대로였다. 죽을 똥을 쌀 만큼 힘들다.

완주군에 있는 내 고향 동상면의 밤티재보다 높은 재를 무려 세 개 넘어서야 문을 겨우 열어 주었다. 진주에 와서야 알았다. 이곳 사람들은 무서워서 어지간한 대낮에도 그 길을 잘 다니지 않는단다. 일제시대 때는 호랑이도 많이 출몰했던 곳이었다니 알만했다.

행주대첩, 한산도 대첩을 포함하여 임란 3대 대첩 중 하나로 기록되는 역사의 도시 진주는 임진왜란 때 민간인을 포함 4천도 안되는 병사로 풍신수길의 3만 이상의 정예 부대를 물리친 곳이기도 하다. 왜놈들도 돌아가느니 차라리 여기서 죽기 살기로 싸울 수밖에 없었을 것 같다. 한쪽은 살기 위해서, 한쪽은 죽이기 위해서 죽자 살자 싸웠지만 임진왜란 그다음 해에 중과부적으로 진주성은 결국 함락되었고 7만여 명이나 되는 진주 군민들이 거의 몰살 되었다.

진주 남강 논개도 그렇게 죽었고 나는 퍼져서 죽었다.

현대를 포기하고 근대를 택한 결과치곤 그 대가가 가혹하고 혹독했다. 내가 자전거 여행하면서 제일 부러웠던 것은 50cc 오토바이다. 50cc 오토바이는 요즘 짜장면 배달하는 아이들도 시시해서 안 탄다. 언덕배기 길을 힘도 들이지 않고 그렇게 잘 올라갈 수가 없다. 할리 데

이비슨과 같은 오토바이도 필요 없다. 50cc, 이놈 하나면 전국 일주 충분하다. 일주일이나 걸리려나!

영덕에서 포항을 넘어오면서부터 목에 심각한 이상 증상이 찾아왔다. 뒷목줄기 부분이 떨어져 나갈 것처럼 아팠다. 갑작스럽게 오랫동안 자전거를 탔으니 어쩔 수 없겠지만 더 이상 참기가 어려웠다. 침 한방으로는 가당찮을 정도로 고질병이 되었는지 아니면 영덕에서 책을 들춰 가며 침을 놓던 한의사 양반의 시술이 잘못되었는지 포항을 거쳐 지금까지 오는 동안 통증은 참을 수 없을 정도로 심해졌고 페달을 밟을 때마다 내 입에서는 악악 하는 소리가 저절로 튀어나왔다.

한발 한발 힘을 줄 때마다 요가 하는 사람처럼 몸을 배배 꼬았다. 진통제라도 사 먹을까 생각했지만 큰 병원에 가서 큰 주사 한 방 맞고 가야겠다고 마음을 고쳐먹었다.

창원과 마산을 넘어 함안의 재를 넘어오는 동안, 그리고 진주의 고개를 넘는 동안 나는 그 멀고도 험한 고갯길을 그냥 걸었다. 터벅터벅 걸을 때는 그래도 좀 나았다. 구부정하게나마 걷는 게 차라리 편했다.

오늘은 좀 일찍 출발했기 때문에 진주를 넘어 하동까지 내쳐 갈 요량이었으나 도저히 갈 수가 없었다. 간헐적으로 요동치는 배탈은 고통도 아니었다.

이중고 삼중고에 시달리며 고개들을 하나하나 꾸역꾸역 넘었다. 경치고 나발이고 안중에도 들어오지 않았고 어서 빨리 가서 눕자는 생각뿐이 없었다. 진주 시내에 들어오자마자 자전거 판매점에 자전거 점검을 부탁하고 옆에 붙어 있는 재활 의학 병원에 들어갔다. 이곳은 진주에서 알아주는 재활의원이란다.

이 병원은 규모부터 엄청 크다. 환자들로 만원이다. 오전에는 진료를 제대로 받을 수 없을 만큼 대기자가 많아 줄을 서야 했다. 직원들이나 간호사들의 친절함은 극진하다. 잘 되는 집안은 다 그 이유가 있다. 무엇보다도 친절하고 깨끗하다. 의사의 진료를 받고 처치실로 올라가니 먼저 찜질부터 시킨다. 주사나 놔 주려니 했는데 건장하고 친절한 물리 치료사들이 나를 압송한다. 자전거를 오래 타고 왔다고 했더니 말쑥하고 잘 생긴 젊은이가 거울 앞에 측면으로 반듯이 서 보란다. 정상적인 사람은 반듯이 섰을 때 귀 부분과 어깨선 부분이 나란히 일직선이 되어야 하는데 나의 머리 부분은 자라목처럼 앞쪽으로 길게 튀어나왔고 등은 할아버지처럼 많이 굽어 있었다. 내 몸이 나도 모르는 사이에 그런 기형이 되어 있었다는 게 놀라웠다. 장기적으로 자전거를 타면 자기도 모르는 사이에 오랑우탄 몸매가 될 수밖에 없단다.

물리 치료사는 능수능란한 솜씨로 내 몸 전체의 맥을 짚어 누르고 온몸을 찍고 펴기 시작한다. 우두둑 우두둑! 사람 몸에서 뼈 분지르는 소리가 난다는 게 신기할 정도였다. 정말 시원하고 개운해서 뭐라고 할 수 없을 정도로 고맙고 감사했다. 기분이 상쾌하고 몸이 날아갈 것만 같았다. 나이 들면 이런 사람을 사위 삼아야 한다.

If youth but knew, if old age but could!
젊음이 알 수만 있다면, 늙음이 할 수만 있다면!
나는 이 표현을 참 좋아한다. 청춘은 힘은 있으나 지혜가 없고 노년은 지혜는 있으나 힘이 없음을 아쉬워한다는 표현이다. 지혜는 지식과 달리 경험과 연륜이 상호 작용하는 가운데 쌓여간다
이 세상에 작은 배우는 없다. 오직 작은 배역들이 있을 뿐이다.

섬진강

숙소를 잡고 침대에 눕자마자 정신없이 곯아떨어졌다. 시끄러운 소리에 눈을 뜨니 밤 12시가 조금 넘었다. 술집 앞에서 싸움이 벌어졌나 보다. 여자의 앙칼진 목소리, 둔탁하고 거친 패대기 소리, 남자들의 악다구니 소리가 동시에 들린다. 억양과 말투가 전라도다. 순천이다. 여자인물 자랑하지 말라는 순천이다. 밤에 잘 나오지 않는지 예쁜 여자는 별로 안 보인다. 순천은 예부터 공부 잘하는 사람이 많아 인물들이 많이 배출되었다.

성형 공장들이 전국 곳곳에 많아 어느 특정 지역에 인물이 편중되었다고 말할 수 있는 시대가 아니다. 남남북녀라는 말도 옛말이다. 성형기술이든 화장품 수준이든 생활 환경이든 모든 여건이 이쪽이 훨 낫다보니 북쪽보다 미인들이 더 많다.

순천에 가서 인물 자랑하지 말라는 말이 아직도 회자되고 있는 것을보면 예전에는 순천에 미인들이 꽤나 많았나 보다. 물이 좋아선가! 순천에는 순천만 자연 생태 공원이 아름답다. 강물을 따라 유입된 토사와 유기물 등이 쌓이면서 드넓은 갯벌이 형성되었는데 갈대 군락이 장관이다. 철새들의 낙원이기도 하지만 해가 질 때 검붉은 낙조는 처연하게 아름답다.

익산역과는 달리 각 도시의 역 근처는 환락가다. 폭발 사고 이전에는 익산역 앞도 집창촌이 번성했고 시내 중앙통은 화려했다. 사람이 많아지고 도시 개념 자체가 변해서 지방의 역세권들이 거의 구도심이 되어가고 있지만, 과거에는 나그네, 뜨네기, 여행객들이 오가는 환승역과 그 주변은 번성할 수밖에 없었다. 순천역 주변의 건물들은 높고 네온사인의 불빛이 화려하다.

술집과 모텔 간판들은 경쟁하듯이 손님들을 유혹한다. 노래방과 술집, 안마 시술소와 음식점들이 밀집되어 함께 공생하고 있다. 교통의 중심이기도 하지만 국도는 반드시 역 앞에서 만나게 되어있다.

순찰차가 득달같이 오더니 사람들을 전부 잡아가 버리고 도시는 다시 긴 침묵 속에 빠져든다. 암내 난 고양이의 애기 울음소리가 골목을 길게 빠져나간다. 도시는 살아있다.

쿵쾅 쿵쾅 쿵쾅… 멀리서 공장 터빈 돌아가는 소리가 끊임없이 들리고 있다. 환청이다. 이건 심장이 뛰는 소리일 게다. 몸이 얼마나 아파야 환청이 들리는 걸까! 옴짝달싹하지 못하고 누워서 환청을 고스란히 듣고 있다. 아무리 불러도 십 리 밖으로 달아난 잠은 좀처럼 다가오지 않는다. 순천은 칠십 퍼센트가 산지이다. 소백산맥의 발치에 있는 산들로 둘러 쌓여있고 보성강과 섬진강이 흐른다.

전주나 공주와 달리 강원도와 경상도, 전라도는 높은 준령들로 경계를 이루고 있다. 도시와 도시를 가로막은 산맥과 준령은 거칠고 복잡할 뿐, 재는 재 같지 않고 산은 산 같지 않다. 높으면 그만큼의 내리막이 보장되어있고 내려가면 내려간 만큼 오르막이 나를 기다리고 있다. 달관인지 포기인지 나도 알 수 없다. 오르막은 무조건 포기하고 걷는 게 상책이다.

워낙 높으면 걷는 속도나 타는 속도가 그게 그거다. 경사가 제법 있는 산도 산악자전거 꾼들은 거침없이 올라가지만, 나는 그럴 나이도 아니고 그런 거친 레크리에이션을 좋아하지도 않는다. 또 그럴 수도 없다. 나는 아주 먼 길을 가야 하기 때문이다.

강원도에서 경상도로, 경상도에서 전라도를 넘어가기 위해서는 셀 수 없는 산들을 넘어야 한다. 우리 동네 우리 고장 전라북도가 자전거 타는 데는 최고다. 조금만 나가면 광활한 김제평야, 옥구평야가 그림처럼 펼쳐져 있고 동진강과 만경강이 젖줄이 되어 흐른다. 다른 고장도 그러려니 하고 자전거 여행을 시작한 것이다.

산맥들이 아무리 가로막고 있어도 도로 확충망과 포장률이 세계 1, 2위를 다투는 대한민국을 자전거로 여행하는데 그게 별 대수랴 싶어 겁도 없이 시작한 여행이었다. 무식하면 용감하다는 표현이 하나도 틀려먹지 않았다는 것을 나는 몸으로 체험하고 있다. 차만 타고 가면 평면도 위를 달린다고 착각하고 산다. 자전거는 입체적일 수밖에 없다. 오르막 내리막을 자가 동력으로 달려야 하기 때문에 등고선의 밀도를 그대로 체험하게 되어있고 그 고단함이 육체에 고스란히 전달된다. 우리나라의 전체적인 지형은 동고서저가 특징이다. 자전거를 타고 개미처럼 다녀보면 그 차이를 확연히 알 수 있을 정도다.

　동쪽에 위치한 강원도, 경상남북도는 충청도와 전라도를 째려보고 있다. 마치 감시하고 있는 듯하다. 산맥을 경계로 살고 있는 이곳 사람들은 말투가 드세고 생존 본능이나 의지력이 보편적으로 강하다. 전, 답이 적다. 쌀농사를 지어서는 배를 굶기 십상이다. 산을 개간해 감자와 보리를 주식으로 삼았다. 강원도 감자바위나 경상도의 보리문뎅이가 나온 이유다. 좁은 땅덩어리지만 높은 산들이 가로지르고 있으니 이동이 쉽지 않다. 억양과 사투리가 차이가 날 수밖에 없다. 경상도 쪽 사람들의 말투는 억세고 가파르다.

　반면에 평야지대인 전라도나 충청도 사람들은 빠를 이유가 전혀 없다. 자연적으로 말이 느리고 느긋하다. 오늘 못하면 내일 하면 된다. 농사라는 게 원래 성질대로 지을 수가 없다. 곳간에 먹을 것도 좀 있고 조금만 나가면 나물, 쑥부쟁이, 무라도 걷어 먹을 수도 있고 조금만 더 나가면 드넓은 갯벌과 바닷가에 먹을 거 천지다. 상대적으로 오른쪽 지형의 사람들에 비해 배를 좀 덜 곯는다.

　조선시대 때부터 서쪽 사람들에 대한 차별이 심했는데 관서 지방의 홍경래의 난이나 고부의 동학농민혁명 등이 대표적인 예이다. 당하니까 꿈틀거리고, 뭉치니까 폭발한다. 순한 사람들이 분노하면 더 무섭다. 하지만 면서기를 하려 해도 논두렁 정기라도 받아야 가능하다는 옛말이 있듯이, 산세와 지력이 강한 강원도 경상도는 정계와 재계의 거물들을 많이 배출해 냈다. 대통령이 네 명이 나왔고 현대, 삼성, 엘지 등 굴지의 거목들을 배출해 낸 지역이 이곳이다. 지력이나 자연 풍수를 무시할 수 없다.

여행 중에 음식과 맛은 빼놓을 수 없는 중요한 부분이다.

강원도까지는 그래도 괜찮았는데 경상도 지역은 입맛 자체가 나와는 도통 맞지 않는다. 맵지도 짜지도 않고 모든 게 다 심심하다. 쎈 지역에 사는 사람들이 쎄고 강하게 먹으련만, 어찌 된 일인지 평야 지역의 얌전한 사람들이 더 자극적으로 먹는다. 그 이유는 지형과도 관련이 없지 않을 것이다. 서해안은 일조량이 풍부하고 염전이 발달 되어 있다. 곡창지대이니 파, 마늘, 고추 등 양념이 풍부하다. 동해안은 산악지대가 많고 가파르다. 배를 불릴 수 있는 곡식 농사가 우선이니 양념의 재료를 재배한다는 것이 쉽지 않았을 터이다. 염전이 있을 턱이 없다. 교통이 불편하니 소금값이 곡식값이었을 게다. 없으면 못 해먹는 거다. 생활은 문화를 만들고 문화는 역사를 바꿔 놓는다.

집밥이 그립다.

가족과 더불어 함께 식사한 지가 언제인지 모르겠다. 입맛이 없다 보니 빵과 과일이 나의 주식이다. 그것도 하루 한두 끼다. 이제는 물린다. 뭐든 오래되면 식는다. 인간관계도 그렇고 애정도 그렇다. 열정은 식을 수 있다. 그러나 근본이 변해서는 안 된다. 모두가 자기 이익에 따라 주판알을 놓는다. 변하지 말아야 할 것들이 변한다.

'사람은 원래 깨끗한 것이지만, 모든 인연에 따라 죄와 복을 부르는 것이다. 향을 가까이 한 종이는 향기가 나고 생선을 꿴 새끼줄은 비린 내가 나는 것과 같은 것이다. 사람들이 조금씩 물들어 그것을 익히지만 스스로 그렇게 되는 줄을 자신만 모를 뿐이다.'

법구경에 나오는 이야기다. 그래서 사람의 가치는 타인과의 관계로서만 측정될 수 있는가 보다. 내 스스로 향나무를 싼 종이인지 생선을 싼

종이인지 알 수 없다. 지나치게 향내를 풍기고 접근하는 사람을 경계해야 한다.

하지만 알 수 없는 일이다.

나는 의리를 중시하지만 정에 약한 사람이다. 치명적인 약점이다. 이 고행의 발심 중 하나도 그와 무관하다고 말할 수 없다. 법 없이 살 수 있는 사람은 법 없이는 살 수 없다. 세상은 천지가 지뢰밭이다. 시간이라는 놈은 무심하지만 나중에 다 껍질을 벗겨낸다.

이제는 행장을 꾸리는 데 이골이 났다.

처음에는 우두망찰하거나 우세두세 하여 시간도 걸리고 뭘 빠뜨리기도 했는데 이젠 거의 전문가 수준이다. 배터리 충전기를 놓고 와 다음 행선지에 가서 다시 사야 했고, 양말은 빨아놓고 몇 켤레를 그냥 두고 왔는지 모른다. 장거리 여행으로 인한 피로도와 일정에 대한 부담감은 집중을 방해한다. 여행은 추억의 책갈피 속에 들어앉아 있을 때가 좋은 것이다.

하동지방에 와서야 음식 맛이 비슷해지기 시작한다.

하동은 전라도 접경지역이다. 진주에서 하동까지 오는 데는 수월하다. 중간에 높고 긴 황토 재를 하나만 넘으면 된다. 황토재 높이는 310미터에 불과하지만 경사도가 완만하여 펼쳐 놓으면 5킬로미터는 족히 되고도 남는다. 자전거에서 내려 고개 푹 숙이고 타박타박 걸어 올라간다. 이 길고 긴 거리를 걷는 사람은 나밖에 없다.

정상에 올라가니 저 기나긴 길을 자전거를 끌고 어떻게 올라왔나 싶다.

돌아보면 나는 참 먼 길을 걸어왔다. 희망의 길, 기쁨의 길, 좌절의 길, 외로움의 길. 길은 떠나기 위해 존재하는 것이 아니라 돌아오기 위해 존재한다고 하는데 나는 언제나 돌아갈까! 아무리 길이 많아도 종착지는 하나라는데 이 길은 나를 어디로 인도하려는 걸까!

진주는 높고 하동은 낮다.

하동은 낮지만 광양은 또 높다. 그 사이에 섬진강이 흐른다. 하동은 제첩국으로 유명하다. 한 식당에 들어가 늦은 점심을 시켰다. 주인 아주머니가 혼자 사는지 퉁명스럽기 짝이 없다. 수작하는 것도 아닌데 무얼 물어도 대답이 짧고 귀찮다. 귀신도 떡 하나에 내쫓는 법인데 장님 손금 보듯 대충 대충이다. 밥만 팔지 말고 친절도 덤으로 함께 내놓으면 인생도 푸짐해지고 나간 복도 찾아 돌아올텐데 아쉽다. 저 아줌마가 힘들 때 내가 걸려들었나 싶기도 하다. 재첩국과 고들빼기로 씁쓸함을 위로하고 나오니 섬진강이 한 폭의 동양화처럼 펼쳐져 있고 고기 잡는 배와 한가롭게 낚시하는 사람들이 자수처럼 모래톱에 박혀있다.

돈키호테와 날라리 벌

섬진강!

전라북도 진안 장수 팔공산에서 발원하여 전라남도 서쪽으로 보성강과 합류하고 동쪽으로 광양만까지 흐르는 긴 강이다. 전체 길이는 약 212km란다. 신께서 붓질을 길게 하셨다. 광양만은 지났고 보성강은 내일이다. 하동에서 섬진강 다리를 건너니 전라남도 이정표가 눈에 들어온다. 서쪽으로 가면 순천이요 북쪽으로 가면 구례다.

서쪽으로 가면 집에서 멀고 북쪽으로 가면 가깝다. 구례로 올라타면 이 삼일이면 집에 도착하고 순천으로 내려가면 4~5일은 족히 더 걸린다. 섬진강을 끼고 달리는 자전거 여행을 얼마나 꿈꾸었던가! 화개장터와 쌍계사도 있다. 구례에서 조금 더 올라가면 곡성이다.

대학교 1학년 때 나를 쫓아다녔던 여자가 곡성에 살았다. 지금은 쉰 줄에 앉아 손주 볼 나이가 되었을 텐데 어디에서 살고 있는지…. 사람의 인연 중에 다시는 못 볼지 모르고 헤어져 이승에서 영영 못 보고 마는 인연이 가장 애석하다. 불편해서 기어이 안 만나고 마는 인연은 또 어떠한가! 마음은 섬진강으로 길을 놓지만 이러지도 저러지도 못하고 다리를 넘는다.

섬진강, 이 다리도 내 평생 다시 볼 수 있을라나…!

다리를 건너고서도 한동안 마음을 결정하지 못하고 자전거로 뱅글뱅글 몇 바퀴를 돈다. 가자. 아무 데로나 가자. 나그네에게 길이 있을손가!

나도 모르게 순천 쪽으로 빠진다. 훨씬 어렵고 더 지루한 쪽으로 가게 된 것이다. 돌아서니 아쉽고 허통해서 눈물이 핑 돈다. 광양으로 올라가는 재는 왜 그리 높던고…! 광양은 넓기만 한 게 아니다. 여기도 지리산 끝자락이다 보니 산세가 만만치 않다.

산들이 끝없이 펼쳐져 있다. 순천 가는 길은 멀고도 험하다. 이름하고는 딴판이다. 뭐든지 속에 들어가 봐야 알 수 있는 것인가? 뜬금없이 광양불고기 간판이 눈에 들어온다. 언양불고기가 유명하듯이 광양불고기도 유명하다. 그 고기가 그 고긴데 왜 유명한지를 모르겠다. 아마 많이 주나 보다. 그렇지 않고서야 전국적으로 유명할 리 없잖은가! 맛집도 아닐텐데…! 하지만 염사가 전혀 없다.

진주에서 하동까지 52km 왔고, 하동에서 순천까지 38km 내쳐 올라가야 한다.

바나나우유 한 병과 오이 두 개를 배낭에 사서 넣는다. 오이는 내가 제일 좋아하는 성스러운 음식이다. 독하게 마음먹는다. 구례가 전남이지만 그리 가면 겉만 훑고 간다.

여기까지 와서 남도의 끝자락을 어찌 둘러보고 가지 않으리!

벌써 시월도 다 지나간다.

이게 내 업이었던가! 인생은 심연(深淵)에서 왔다가 심연으로 가는 것!
이게 업이라면 마치지 않고 어찌 또 다른 심연으로 흘러가리오!

가자! 가자꾸나!
나의 로시난테여!

벌교

눈을 뜨니 새벽 3시 45분.

잠자고 일어나는 시간이 뒤죽박죽이다. 어제 마치지 못한 글을 마무리해야 한다. 마무리하지 못한 부담감이 깊은 잠을 밀어내고 내 의식을 곧추세운다. 여행을 떠난 이후, 기록을 남긴다는 부담감 때문에 밤에 꽃잠을 제대로 자 본 적이 거의 없다. 잠을 제대로 자지 못한 몸 상태로 하루치 동력을 끌어낸다는 것이 여간 힘든 일이 아닐 수 없다.

일지를 기록하기 위해서 온 길을 되짚어 거슬러 올라가야 하는데 기억은 중첩되고 노정은 엇비슷해서 여간 헷갈리는 게 아니다. 기록을 남긴다고 보통은 두세 시간 또는 서너 시간을 수면 시간하고 대체하고 있는 셈이다.

사진은 또 어떤가!

아무리 일정에 쫓기더라도 좋은 경치나 기록할 만한 좋은 그림이 나오면 오르막이든 내리막이든 가던 길을 멈추고 몇 컷은 찍어두고 갈 수밖에 없다. 반복되는 장면과 기억들이 망각이라는 블랙홀에 휩쓸리지 않기 위한 자구책이다. 내리막은 그래도 괜찮다. 하지만 오르막에서는 자전거를 멈추기도 사진기를 꺼내기도 귀찮다. 폭탄이 날아오는 것도 아닌데 숨이 턱까지 차오르고 손발이 후들후들 떨린다. 종군 기자도 아닌 주제에 육필 수기가 따로 없다. 단 하루만이라도 잠 좀 푹 자봤으면 원이 없겠다.

잠을 많이 자는 것을 멍청하다고들 하는데 '아니다'에 내 전부를 걸어도 좋다. 잠은 축복이다. 잠 많은 자는 축복받은 사람이다. 나이 들면 그 사실을 확실히 알게 된다. 사람은 나이 들수록 잠도 짧아진다. 살 만큼 살았으니 갈 준비를 서서히 하라는 시그널이다. 갈 날이 멀지 않았으니 제대로 살고 있는지 자지 말고 확인하라는 신호다. 나는 낮잠도 5분이면 땡이다. 그 후론 정신이 명징해지고 장거리 가는 내내 말똥말똥하다.

그런 면에서 차만 타면 태평스럽게 잠이 드는 아들이 나는 부럽다. 익산에서 부산을 가려면 서너 시간은 족히 걸린다. 차에 올라타면 5분이면 잠든다. 그리고 부산에 도착해서야 눈을 뜨는데, 한 3분 정도 잠을 잔 것 같은데 벌써 다 왔느냐고 투덜댄다. 지루하고 힘든 서너 시간을 줄기차게 운전한 사람도 있는데 말이다.

시간의 상대성이다.

영겁은 죽은 자의 시간관이다. 나의 자전거 여행은 영겁을 토막 낸 찰나일 뿐이다.

TV를 못 본 지 오래다.

TV를 별로 좋아하지도 않지만 지금은 모든 세상 것들과 단절되어 있다. 하루 종일 달리고 숙소에 오면 빨래하고 샤워하고 기록을 올리는 것만으로도 벅차다. 잠이 오면 곯아떨어지고 깨어나면 일어나서 또 쓴다. 당일치 일지를 쓰는 게 아니라 어제 끝내지 못한 내용을 마무리한다. 항상 하루치가 밀린 상태로 기억을 역류시켜 꾸역꾸역 이어 붙이고 있다. 쓰다가 곯아떨어지고 깜짝 놀라 일어나면 늦은 아침이다.

부랴부랴 출발 채비를 서두른다. 세상의 한가운데 있지만, 모든 것들로부터 떨어져 나와 있기에 나는 세상 밖의 사람이기도 하다. 인연이 있는 사람들로부터 잠깐씩 기억될 뿐, 나는 잊혀진 존재로 작은 우주를 떠돌고 있다. 매일 우리는 이별을 연습하고 있다. 그러다 머지않은 어느 날, 익숙한 것들로부터 떨어져 나와 영원히 우주의 티끌로 사라지고 모든 사람들로부터 영원히 잊혀진 존재가 될 것이다. 생자필멸! 살아 있는 것은 반드시 소멸되리니…!

스포츠 신문을 포함하여 조간신문이 집에 가면 한 질이나 쌓여있을 것이다.

누가 시켜서 한 일도 아니고 자업자득이니 할 수 없지만, 나 자신을 더 힘들고 고통스런 노정으로 몰아가는 것을 보면 내가 하는 일을 제대로 알 수가 없다. 삼보일배도 있고 부처님 앞 천배도 있다는 데 이따위가 무슨 고생이더냐 하고 스스로 자위한다. 오히려 울릉도나 제주도를 포함시키지 않은 것만도 다행인 줄 알라고 내 자신을 어르기도 하고 타협하기도 한다. 죽어나는 게 내 엉덩이다. 아침에 일어나 자전거에 올라타면 특히 엉덩이가 빠개질 듯 아프다. 온몸은 말할 것도 없다. 연식이 어느 정도 된 기계를 하루도 쉬지 않고 기름 한 번 안치고 돌리고 있으니 몸에서 삐걱대는 소리가 안 나면 정상이 아니다. 하지만 조금 더 지나면 무뎌지니 그나마 견디고 간다. 주인을 잘못 만났으니 저도 어쩌겠는가!

스물다섯까지는 제1기 —성장기
쉰다섯까지는 제2기 —활동기
예순다섯까지는 제3기— 굳히기
나머지 제4기 —봉사기

이렇게 일부러 토막 치면서 살아오진 않았으나 인생의 노정을 정리하면서 살려고 한다.

정말 중요한 시기는 예순다섯부터인데, 현역에서 물러나면 뜻이 맞는 사람들끼리 사회봉사나 의료봉사를 통해서 조금이나마 내가 사회에서 받아 온 도움을 돌려 갚고 싶다. 부모님의 몸을 빌어 이 세상에 왔다. 송곳 하나 꽂을 땅 한 평 받은 거 없이 어렵게 성장했다. 크든 작든 물질이 되었든 정신이 되었든 나 혼자 성취한 지금이 아니다.

금수저를 물고 태어나 세상을 갑으로 살아온 사람들은 자기가 잘 나서 잘 먹고 잘 사는 것이라고 착각한다. 앞서 간 사람들의 눈물과 희생을 통해 얻어진 자유와 민주를 마치 공공재처럼 쓰고 누린다. 타인의 고통이나 을들의 고단함을 머리로만 이해하고 가슴으로 나눌 줄 모르는 에고이스트로서 갖은 복락을 누린다. 누구의 도움도 받지 않았다고 착각하면서.

자고로 자신이 누리는 복이란 자신이 노력한 대가일지 모르지만 혹시 모를 전생에서 쌓은 공덕에 대한 합당한 대가일지 모른다. 그러므로 이승에서 그걸 다 소진하고 탕진해서는 안 된다. 혹시 뒤따를지 모르는 다음 생을 위해서라도 나누고 치덕할 필요가 있다.

이기심과 욕심은 부패하게 되어 있다.

이기적인 욕망의 끝은 패가망신이다. 덕의 끝은 넓고 푸른 바다이나 욕망의 끝은 하수 종말 처리장이다. 악취가 코를 찌른다. 까닥 잘못하면 하수 종말 처리장에서 인생을 마감한다. 나의 성공은 나 혼자만의 노력의 결과물이 아니라 주위의 많은 사람들의 협조와 희생을 통해 얻어진 결실이다. 베풀고 나눠 주고 함께 누려야 한다. 왼손이 하는 일을 오른손이 모르게 하라는 말이 있다. 이 자리에서 말한다는 게 창피한 일이기도 해서 삼가지만 적어도 나는 내가 하지 않은 일을 남에게 충고하거나 내 자식들에게 실천하라고 말하는 사람이 아니다.

부췌현우(附贅縣疣)!

자연 앞에서 인간이란 한낱 살에 붙은 혹과 사마귀에 불과한 미약한 존재에 불과하니 잘난 척하지 말라는 얘기다. 많이 가진 사람이나 적게 가진 사람이나 살다 보면 다 거기서 거기다. 적게 가져도 나눌 수 있고 스스로가 관대한 마음을 가질 수 있다면 그 사람이 이 세상에서 제일 부자다. 인생은 짧고 욕심은 덧없다.

여행을 떠난 이후 정동진에서 첫 번째 일요일을 맞이했고 두 번째 일요일은 순천에서 맞는다. 집을 떠나온 지 십사일 째 되는 셈이다. 정동진에서는 여행이 덜 여물어서인지 떠난다는 것 자체가 귀찮고 힘들었지만, 이제 3분의 2를 돌았다는 생각에 기대와 희망이 생겼다. 짐을 정리하고 떠날 준비를 하는 손놀림이 경쾌하다.

배가 고프다 못해 아프다.

노릇노릇하게 구워진 토스트와 커피를 먹어본 지 도대체 언제였던가! 그런 식당이나 레스토랑을 눈 씻고 찾아봐도 없다. 식당가가 분명히 어딘가에 몰려 있겠지만 큰 도시를 제외하곤 아침에 문 여는 집이 많지 않다. 설령 있다 치더라도 멀리 떨어져 있으면 갈 엄두를 내지 못한다. 항상 늦게 출발하기 때문에 길을 재촉해야 하는 까닭이다. 용케 모퉁이에 국밥집 하나가 눈에 띄어 찾아 들어간다.

보편적으로 경상도에는 콩나물 해장국 집이 많지 않다. 돼지국밥을 더 좋아하고 돼지국밥집이 훨씬 더 많다. 여러 설이 있다. 부산에는 큰 도축장이 있어서 거기에서 나오는 부산물을 이용해 돼지국밥이 시작했다는 설과 한국 전쟁 당시 낙동강까지 국군이 밀려 내려올 때 부산에 몰린 피난민들이 만들어 먹었다는 설이 그것이다. 어찌 되었든 돼지 살과 내장, 머릿살 등을 한꺼번에 몰아넣어 끓인 뜸물 같은 잡탕이다. 내륙 지방의 내장탕과 비슷하지만 돼지국밥은 온갖 부위도 함께 넣어 끓인 음식이다. 결핍의 시절이라 남기고 빼고 자시고 할 것 없이 하나라도 더 쓸어 담아 양을 늘려야 했었을 것이다. 전통이 남아 있어 지금도 경상도 지역에서는 돼지국밥하고 막국수 같은 밀면집이 성행한다. 개인적으로 설렁탕이나 돼지국밥처럼 멀건 음식을 좋아하지 않지만 오늘은 할 수 없다. 순천까지 돼지국밥집이 넘어온 것이 신통하다.

오늘은 벌교를 지나 장흥까지 가야 한다. 잘하면 강진까지 갈 수 있겠다는 마음으로 출발한다. 순천에서 벌교 가는 일은 어렵지 않다. 국도 2번을 타고 4차선 도로를 따라가면 되고 길도 평이해서 큰 어려움이 없다. 벌교에 들어서자 꼬막 축제가 한창이다. 꼬막축제 막바지여서 그런지 다른 읍보다 훨씬 활기차다.

시장이 살아 있다는 느낌이다. 벌교는 온통 꼬막이다. 시장에 망태 포장된 꼬막들로 넘쳐난다. 꼬막은 찬바람이 부는 10월부터 우수, 경칩이 끝나는 3월까지 먹는 별미다. 추울 때 알이 통통하게 벤 꼬막을 삶아서 그냥 먹거나 양념에 무쳐 먹으면 별미다. 간간하고 쫄깃쫄깃한 맛이 일품이다. 집에 가만히 있으면 마누라가 꼬막이라도 삶아 내 오고 이쑤시개로 꼬막 까먹는 재미가 쏠쏠할 텐데 고생을 사서하고 있다.

벌교에서 주먹 자랑하지 말라는 말이 있다.

실제로 벌교는 예부터 유명한 주먹출신들이 많았다. 곡창지대인데다 한때 밀수라는 음성적 수입으로 돈이 많았던 지역이기도 하다. 돈 있는 곳에 여자 있고 여자 가는 곳에 남자 있다. 수컷들이 모이면 힘자랑하게 되어있다. 고기도 먹어 본 사람이 잘 먹고 주먹질도 해 본 사람이 잘 쓰는 법이다. 그게 그 지역의 문화가 되고 역사가 된다. 파종된 환경에 맞춰 자라는 게 사람이다.

벌교는 『태백산맥』의 작가 조정래의 고향이다. 조정래 문학관이 여기에 있다. 한국 전쟁 전후 좌우익 간의 피비린내 나는 정쟁 속에서 빨찌산 정하섭과 무당의 딸 소하의 애틋한 사랑을 소재로 한 소설이다. 영화로도 만들어졌는데 소설이 훨씬 재미있다.

　구례, 순천, 여수, 벌교 등은 한국 전쟁 이후 지리산으로 쫓겨 간 빨찌산들의 주 활동 무대였다. 이 지역은 한때 좌우익 간의 치열한 전투와 혈전의 역사를 고스란히 간직하고 있는 지역이기도 하다. 조정래의 『태백산맥』은 단순한 상상 이상의 역사적 기록물이다.

　근본적으로 작가라는 직업은 뼈를 깎고 신경 세포를 갉아먹는 작업이다. 많은 생각을 한 단어에 가두고 이를 연결하여 문장을 만들고 그 문장을 연결해 장편을 만드는 작업이야말로 아무나 쉽게 못하는 고난도의 작업이고 무간지옥의 잔혹한 형벌과 다름없다. 자신을 글 감옥에 가두고 피를 짜서 글줄을 쓴다는 게 얼마나 힘든 노력이겠는가! 누에가 먹는 대로 고치 빼듯 술술 풀어쓰는 타고난 글쟁이라면 좋으련만 나 같은 아마추어들에게는 언감생심 어림없는 희망에 불과하다. 쌩으로 비틀어 문장을 만드는 나의 필력이 가소롭고 또 한편으로 애처롭기조차 하다. 누구나 한두 권은 흉내 낼 수 있다. 하지만 우리 시대를 대표하는 조정래 같은 다작 장편 작가들의 에네르기와 그 원천은 부럽고 존경스럽다.

꼬막 축제가 끝물이다.

잔치에는 별 관심 없고 문학관 가는 길을 물으니 지나쳤단다. 축제라고 차들의 내왕이 번다하다. 내쳐 거슬러 올라가는 데 앞에서 차가 갑자기 돌진한다. 피하려다가 움푹 팬 도로에 걸려 자전거와 함께 그대로 나뒹굴고 말았다. 오른쪽 어깨와 무릎에 강렬한 통증이 몰려온다. 많은 사람들이 구경났다고 빙 둘러 쳐다본다. 아픈 건 그만두고라도 창피하기 짝이 없다. 행낭부터 수습하고 자전거를 끌고 군중의 시선을 피해 한쪽으로 나오는데 다리가 저절로 절뚝거린다.

나는 여기까지 오는 도중에도 무수히 넘어졌다. 그런데 이번엔 좀 심한 것 같다. 오른쪽 다리 정강이 부분과 오른쪽 어깻죽지가 까지고 피가 난다. 상처가 깊고 쓰리다. 오른쪽 팔목도 충격을 받아선지 시큰거린다. 약국에 가서 약과 파스를 사고 대충 응급조치를 한다. 자전거를 살펴보니 타이어가 길게 찢어졌는지 바람이 한꺼번에 빠져나가 버렸다. 타이어 튜브를 꺼내 자세히 살펴보는데 어디가 어떻게 펑크가 났는지 알 수가 없다. 펑크 난 자리를 찾는 것도 여간 시간이 걸리는 게 아니다. 세숫대야에 물을 붓고 튜브를 넣어 보면 바람이 새는 자리를 금방 찾을 수 있다. 하지만 그럴 처지가 못 된다.

미세한 바람을 찾아 튜브를 얼굴에 대 보고 혀로도 대 봐야 한다. 펑크 난 여러 곳을 찾아 때워도 좀처럼 바람이 채워지지 않는다. 물고기 내장을 빼듯이 튜브를 넣다 뺏다, 바람을 넣다 뺏다를 반복하고 확인한다. 반복된 헛수고에 신경질이 뻗친다. 나도 방심했지만 좁은 도로에서 과속하고 사라진 운전자가 더 밉다. 자전거 주제에 감히 덤빈다고 그냥 지나치고 말았겠지만, 그 부주의로 인해 남아 있는 나는 액땜을 고스란히 처리하고 있다. 대충 수습하고 문학관 안으로 들어간다. 한 작가를 기리기 위해 만든 문학관이다. 일명 태백산맥 문학관이다. 작가는 가도 작품과 기념관은 남는 것. 얼마나 유명해야 문학관을 지어주나 부러웠다.

문학관을 나오니 바로 옆에 태백산맥에 나오는 현 부자네 가옥을 고풍스럽게 실제 모습으로 만들어 놓았다. 현 부잣집 바로 옆에는 이상한 불사가 눈에 띈다. 자세히 보니 '대한 불교 천태종 흥교사'라고 팻말이 붙어있다.

이 절은 왠지 작가와 무관하지 않아 보인다.

작가의 부친이 스님이라는 소문이 있었다. 천주교의 계파인 영국 성공회나 기독교가 결혼을 허용했듯이 불교 계파 중의 하나인 천태종이나 태고종도 결혼이 가능하다. 일본 불교의 영향이 크다. 일본의 불교는 스님들은 거의 백 프로 결혼하는 걸 허용했다. 자식들이 장성하면 그 절을 세습한다. 샤먼들이 결혼하면 세속화되고 타락하기 쉽다고 생각하는 논리는 중세기적 사고다. 결혼 여부와 관계없이 헝클어질 놈들은 알아서 헝클어지고 스스로 찾아서 타락한다.

기념관을 나오니 시장기가 밀려온다. 간이 천막집으로 들어 가 꼬막비빔밥 하나를 시킨다. '꼬막 무침을 제대로 하는 처녀라면 다른 음식 솜씨는 더 물을 게 없다'는 말이 있다. 배고픈 가운데 먹는 꼬막 비빔밥은 참 별미였다. 예쁜 아가씨가 꼬막 비빔밥을 제대로 비벼 내 와서 그런지 전주비빔밥이 울고 가게 생겼다!

장흥을 향해 출발한다.

올라서야 갈 수 있는 장흥 땅도 만만치 않은 곳이다. 계속 오르막인데다 걸출한 재가 버티고 가로막는다. 남쪽으로는 천관산, 부곡산, 천태산이 버티고 있고 유명한 탐진강이 강진평야를 가로질러 강진만으로 흘러든다. 걷다가 타다가 끌고 가다를 반복해서 정상에 위치한 휴게소에 올라가니 온몸이 땀으로 흥건히 젖어있다. 안으로 들어가 물 한 병 사고 아이스크림 하나를 들고 나온다. 여기까지 자전거로 어떻게 올라왔나 싶은지 사람들이 모두가 이상한 눈으로 쳐다본다. 시원한 물을 벌컥벌컥 들이킨다. 그리스 올림프스 산의 신들이 마신다는 '넥타'도 이

보다는 못할 것이다.

긴 터널 세 개를 지나야 장흥이 나온다는데, 지금 두 개를 지나고 있다. 노루 꼬리만큼 남은 해가 서산에 아슬아슬하게 걸려 있다. 강진까지는 14km, 한 시간 거리다. 날은 곧 어두워질 것이다. 별 탈 없이 무사히 도착해야 하는데 다시 펑크라도 난다면 큰일이다. 인가도 별로 없고 캄캄한 길에 갇히거나 행여 지나가는 차량에 부딪히면 치명적이다. 인심도 옛날 같지 않아 하룻밤 쉬어 가자면 곧바로 신고가 들어간다. 아니면 까무라치거나…. 범강 장달 같은 사내가 야밤중에 시커먼 얼굴을 함부로 들이밀었다가는 사단이 난다. 그래도 읍, 면 정도는 되어야 후진 모텔이라도 찾을 수 있다. 여기는 첩첩산중이다.

그래, 가 보자!
죽더라도 강진 가서 죽자!
다산 정약용 선생 옆에서 죽자!
유배의 고장! 강진!
기다려다오!

탐진강!
글자 그대로 탐라도 사람들이 육지에 처음으로 진출하여 배를 대어 올라왔다 해서 탐진강이다. 탐진강이 흐르는 강진은 바람이 거칠고 황량하기 이를 데 없다. 갯벌에서 불어오는 사나운 바람에 몸이 으슬으슬하다. 추워지기 시작한다. 해는 완전히 자취를 감추었고 캄캄한 밤이 되어서야 마을로 들어선다. 오늘 하루만 96km를 달려왔다.

평지를 달려온 게 아니다. 산 넘고 강 건너 물 건너 고개 넘어 돌고 돌아 온 거리다. 더 이상 자전거에 올라앉아 있을 힘도 없어 자전거를 끌고 타박타박 마을 진입로로 들어선다. 탈진되기 일보 작전이다. 따뜻한 밥과 구수한 된장국을 달게 끓여 놓고 나를 '기다릴 이' 없는 또 다른 이름의 낯선 타관 땅이다. 입에서 단내가 나고 바튼 기침이 터져 나온다. 한참을 걸어서 한 마트 앞에 겨우 도착한다. 지나가는 사람에게 부탁해서 청승맞게 사진을 남긴다. 웃고 있어도 웃는 게 아니다.

자전거를 보니 벌교에서 터진 앞바퀴의 바람이 완전히 빠져있다. 때운다고 때운 펑크 자리가 시원찮았던 모양이다. 실바람으로 계속 빠졌던 모양이다. 그러면 내가 어디에서부터 걸어 왔단 말인가! 모르긴 모르되 한 시간 이상은 걸었던 모양이다. 무슨 생각을 하며 걸었단 말인가!

무념무상으로 걸었던 게 분명하다.

목적지에 다 도달해서야 이런 상황을 알게 되었지만 신의 가호에 그저 감사할 따름이다. 지나는 행인에게 물어보니 자전거 수리점이 이 동네 가까운 데 있다는 사실도 알려 준다. 쉴 곳부터 먼저 잡아야 하지만 내일을 위해 자전거 수리부터 맡기기로 하고 물어물어 찾아간다. 늦은 일요일인데도 불구하고 문이 열려 있다.

"늦게 찾아와 죄송합니다."

"개얀타!(괜찮다), 개야네!"

"아따! 겁나게 딱 맞게 잘 와 부런네!"

"막 문 닫아불라 했는디!"

돈키호테와 날라리 벌

인연

"아침은 안되는디 워쩌쓰까요?"

"아줌씨도 읎고 그라요."

아침을 때울 요량으로 어제 저녁 들렀던 식당에 다시 들르자 주인아저씨가 내게 한 말이다. 이 집의 김치찌개는 얼큰하고 구수한, 말 그대로 전라도 토종 맛이었다.

"그란디 지가 해 디리면 워쩌쓰까 모르건네요!"

난감한 표정을 짓고 있는 내가 안돼 보였던지 부정과 긍정을 한꺼번에 던져 놓고 주방 안으로 들어간다.

"그냥 대충해서 좀 주쇼, 잉!"

감사하고 고마운 마음에 아저씨에게 같은 사투리로 굿거리장단을 쳐주었다. 시골에서 모처럼 만에 느껴 보는 '어머니 표' 김치찌개에 대한 향수 때문에 어떻게 해서라도 한 끼 더 얻어먹고 가야 한다는 생각에 뭉그적거리며 슬그머니 자리에 앉았다. 하루를 경계로 각기 다른 사투리를 듣는 건 여행이 가져 다 주는 또 다른 묘미다. 전문 요리사가 아니라는 점을 별충이라도 하려는 듯 나 혼자 먹기에도 벅찬 훨씬 많은 양의 찌개와 밥을 내왔다. 사실, 김치찌개는 돼지고기와 김치, 양파 등을 숭덩숭덩 썰어 넣어 대충 끓여도 그 맛이 그 맛이지만 흑돼지와 오돌뼈를 넣어 끓인 김치찌개는 이 집만의 별미였다.

신문지에 돌돌 말린 돼지고기 한 근을 장에서 사 오시는 날은 아버지 어깨에 힘이 들어 가 있었다. 어머니는 대식구를 위해 아버지가 사 오신 고기 양보다 훨씬 많은 김치와 물을 부어 끓여 내놓으셨지만, 어머니의 김치찌개는 장성해서도 결코 잊지 못하는 고향의 맛이다.

삼겹살은 풍요로운 시대의 반영이다.

언감생심, 오늘날처럼 돼지고기만 따로 구워 먹는다는 것은 과거에는 상상도 할 수 없는 일이었다. 전쟁 후 태어난 우리 베이비붐 세대들은 명절날이나 제삿날 같은 특별한 날을 제외하곤 고기는 쉽게 먹을 수 있는 음식이 아니었다. 감자나 무, 보리 등을 넣은 혼식이거나 밀가루 수제비 음식이 주식이었다. 그거라도 먹을 수 있었던 우리 집은 그나마 좀 나은 편이었다. 없으면 못 해 먹는 거다. 하루 한 끼 먹는 집도 있었고 물로 배 채우는 사람도 있었다.

내 친구네는 아버지가 몸도 불편한데다 먼 동네를 다니며 구걸을 하며 살았는데 짐승 사료용 밀기울에 부추 좀 썰어 넣고 고춧가루 같은 것을 뿌려서 먹고 있었다. 갑작스런 나의 방문에 깜짝 놀란 그 친구는 먹던 밥을 황망스럽게 빼닫이에 넣고 아궁이를 발로 툭툭 차며 딴짓을 하였다.

나도 고개를 돌려 못 본 척했지만, 결코 잊을 수 없는 가슴 아픈 기억으로 남아 있다.

PVC 비닐 봉투는 6, 70년대 들어 흔전만전 사용하게 된 공산품이 되어 버렸지만 옛날에는 모조리 종이나 신문지를 사용했었다. 종이가 귀할 때여서 신문지나 쓰다 남은 헌 교과서는 그냥 버리는 법이 없었다. 마을을 순례하는 고물 장사나 엿장수에게 돈이나 현물로 바꾸거나 그중 상태가 좋은 것들은 헌책방에 내다 팔기도 했다. 책 살 형편이 못 되는 아이들은 헌책방에 가서 책을 구입해야 했다. 신학기만 되면 서점과 헌책방, 문구점 등을 순례하다시피 하고 책방은 사람들로 인산인해였다.

지금은 초등학교, 중학교까지 의무교육이기 때문에 교과서도 국가에서 무료로 지원해 주고 있지만 6, 70년대에는 돈 없으면 학교도 다니지 못했다. 우리 동네에는 초등학교도 못 나온 애들이 많았다.

신문지나 못 쓰는 잡지 또는 책들도 버리는 법이 없었다. 적당한 크기로 오려서 화장실에 비치해 두고 쓰는 집들이 대부분 이었고 그 일을 정성스럽게 가위질하는 아버지의 모습은 구도자의 그것과 다를 바 없었다. 자주 떨어지는 화장실의 종이를 두고 두 장씩 쓰지 말고 한 장씩만 아껴 쓰라고 아버지에게 타박을 듣기도 하였다.

궁핍과 결핍의 시대였다. 화장지는 언감생심 다른 나라 또는 잘사는 사람들의 이야기였다. 종이가 없던 시절에는 어떻게 살았는지 상상하기 어렵지 않지만 그 어려웠던 시절을 우리 윗세대들은 다 견뎌냈다.

식사를 마치고 자전거에 힘겹게 올라탄다.

이제 제대로 앉기가 힘들 정도로 목과 허리의 통증이 심하다. 고질병이 되지 않을까 걱정이 될 정도다. 소변은 비정상적으로 자주 마렵고 소변을 볼 때마다 감도가 불쾌할 정도가 되었다. 자전거를 오래 타면 전립선에 문제가 온다더니 이러다 정말 그 기관이 장식품으로 끝나지 않을까 싶다. 사타구니는 물론이려니와 온몸에서 아프지 않은 곳이 없을 정도로 통증이 심각하다. 물리 치료라도 좀 받으려고 어느 병원이 잘하느냐 물으니 강진 의료원을 가르쳐 준다. 강진 의료원을 가는 길에는 강진의 시인 '영랑의 생가'가 있었다. 몸이 아파도 여기는 들렀다 가야겠다.

모란이 피기까지는
아직 나는 나의 봄을 기다리고 있을테요.
모란이 뚝뚝 떨어져 버린 날
나는 비로소 봄을 여읜 슬픔에 잠길테요.
(중략)
모란이 피기까지는
나는 아직 기다리고 있을 테요.
찬란한 슬픔의 봄을…

꽃이름, 모란!
얼마나 예쁜 이름인가!
목단이나 작약보다 훨씬 부르기 좋다.
　모란이 조국 광복이나 사랑하는 님을 의미한다는 식으로 학교에서
배우고 시험도 치르고 하였지만 정지용과 더불어 문학 순수 주의자였
던 영랑도 그런 의미로 시를 썼을까 하는 의구심이 든다. 민족주의 시
인이었던 한용운이나 윤동주라면 그럴 수도 있겠다. 붙이기 나름이고
해석하기 나름이다. 다른 의미도 있을 텐데 이미 정해진 해석 외의 답
을 쓰면 틀렸다고 하고 시험도 떨어지고 그랬다. 그런 식의 가르침이 필
요했을까 하는 의구심이 든다. 반공 교육 애국심 고취 교육 등 꼰대들
의 외통수 교육이 학교 주변 곳곳에 널려있다.

　그러나
　강진에 오면 누구나 시인이 될 수밖에 없다.
　황량한 바람과 갈대밭.

추수가 끝난 외로운 들녘.

검붉은 저녁노을.

드넓은 평야와 산.

그리고 강과 바다

처연할 정도로 쓸쓸한 자연환경은 영랑에게 시적으로 풍부한 영감의 젖줄이 되었겠다.

사랑에 아파했든 지적 욕구에 굶주렸든 이 찬란한 시를 쓴 영랑의 슬픔이 조금이나마 이해되고 시공간의 차이가 있을 뿐 지금의 내 처지와 별반 다를 바 없어 보인다.

노방생주(老蚌生珠)라는 말이 있다. 오래도록 깊은 상처를 받은 조개가 새뽀얀 진주를 배태하듯이 아리고 고파야 영혼을 울리는 시를 조탁할 수 있나 보다.

김윤식!

지주의 아들이자 인텔리인 영랑은 한국 전쟁을 넘기지 못하고 젊은 나이에 죽었다. 이상, 김소월 등 천재들은 일찍 요절한다. 피를 토해 글을 써서 그러나 보다. 방문객이라고는 달랑 나 하나뿐인 쓸쓸한 영랑 생가를 나온다. 꼴에 만행이 아닌 문학기행이 되겠다.

강진 의료원을 찾아가니 지역에 맞지 않게 건물이 크고 위압적이다. 간판만 없으면 영락없는 학교다. 정형외과 쪽은 앞선 대기자들로 만원이다. 사정사정해서 조금 일찍 들어가니 이미 환자들이 마루타가 되어 전부 누워 있다. 거의 대부분이 할아버지 할머니들이다. 이, 삼천 원만 내면 하루 한두 시간 특별 서비스를 받을 수 있으니 아프지 않은 사람도 매일 오겠다. 요즘은 기계가 의사고 효자다. 간호사가 시키는 대로 나도 골골 할아버지처럼 슬그머니 비집고 누웠다.

강진에서 광주를 올라가는 길은 두 가지다. 나주를 거쳐 광주로 바로 올라가는 직선코스와 영광 무안 함평 나주를 거쳐 한참을 돌아가는 곡선 코스. 목포 독천 쪽으로 길을 놓고 싶은 마음이 울컥울컥 핏덩이처럼 솟구쳐 올라온다. 지금까지 달려오면서 내 자신과 얼마나 힘겨운 싸움을 해 왔던가! 이정표를 볼 때마다 수많은 갈등이 생겼지만 한 번도 내 자신이 편한 길을 선택하지 않았다. 누가 보는 것도 심판하는 것도 아닌데, 나는 내 자신에게 왜 이렇게 가혹한지 모르겠다. 인내심이나 깡다구가 그리 강한 사람이 아닌데도 말이다.

그래, 가자!

돌아 돌아 더 멀리, 강토 밖으로 멀리 돌아가자!

죽어 남는 게 뭐 있겠는가!

육신은 죽어 한 줌 먼지도 안되어 우주의 티끌로 사라질 존재에 불과하다.

어차피 화장되어 태워질 몸뚱이, 아등바등 아낄 것 따로 없다.

조장(鳥葬)으로 날 짐승의 먹이가 되어 하늘 높이 날아가면 더 좋다.

조선 천하 기생 황진이도 죽어 그랬다지!

불쌍한 나의 숏다리여, 다시 한 번 부탁하노니

마지막까지 너의 주인을 위해 탈나지 말고 젖 먹던 힘까지 최선을 다하자꾸나!

멀리 평야지대에 기암괴석으로 우뚝 솟은 월출산이 눈이 시리다.

바위는 아름답다.

월출산도 마찬가지지만 설악산, 금강산 등 우리나라 산들의 칠십 퍼센트가 화강암으로 이루어져 있다. 화강암이 풍부한 우리나라만큼 물맛이 좋은 나라는 많지 않다. 석회질이 적은 까닭이다. 중국이나 동남아 그리고 유럽의 몇몇 나라는 석회질이 많고 탁해서 물을 사 먹어야한다. 석회성분의 무기질을 잠깐 동안 마시는 건 괜찮지만 오래 먹으면안 된다. 관절염이나 심혈관에 문제가 생긴다고 읽었던 기억이 있다. 우리나라, 우리 강토는 정말 살기에 좋은 환경이다.

추수가 끝난 들판은 쓸쓸하고 황량하다.

쓸쓸하고 황량한 건 어디 저 들판뿐이랴!

도로 곳곳엔 무화과 열매를 파는 노점상들이 즐비하다. 꽃은 피는데 꽃이 보이지 않는다고 해서 무화과라는 이름을 얻었다. 전라남도와 경상남도에서 주로 재배되고 판매되는데 전남 지방이 훨씬 많이 유포되고 재배되고 있다. 무화과는 맛에 비해 생김새가 의뭉하다. 모양새도 볼품없고 색깔도 거무튀튀하다. 가던 길을 멈추고 몇 개 사서 먹으니 달고 맛있다. 지금이 제철이다.

월출산을 끼고 돌아 한참을 더 가니 목포 언저리에 도달한다. 대불공단을 지나 영산강 하굿둑을 지나친다. 한강, 낙동강, 금강과 함께 영산강은 우리나라의 4대강 중의 하나다. 하굿둑 공사를 하는지 길이 엉망이다. 하굿둑은 홍수 조절은 될지언정 유수의 유입을 감소시켜 수질 오염의 원인이 되기도 한다. 공장이며 아파트에 가려진 영산강은 탁하고 시무룩해 보인다. 우회도로를 끼고 긴 오르막 재를 넘으니 무안이라는 팻말이 보인다. 무안은 어디에 숨어 있는지 국도에서는 보이지 않는다. 시골 동네를 지나치는 분위기다. 지형적으로 도로가 삼척만큼이나 요철이 심하다. 가도 가도 오르막이 끝도 없이 나온다.

끝도 없는 길을 나는 끝도 없이 가고 있다.

도로는 형편이 없다.

곳곳이 파여 있고 잡석들이 도로에 압정들처럼 깔려 있다. 무안도 지자체장이 독직 사건으로 떨려나고 공천 문제로 시끄럽다는 뉴스를 접한 기억이 난다. 내년 보궐 선거에 정신이 팔려 있을 것이다. 민심은 뒷전이고 낙후가 안 봐도 뻔하다.

멀쩡한 사람도 배지를 달면 머슴에서 정승으로 급변한다. 다들 생선 가게 매대 위 고양이들 같다. 이권과 자기방어를 위해 이합집산한다. 정치는 자신을 위해서가 아닌 주민과 시민을 위해서 해야 한다. 그러나 자신의 권위와 이권을 위해서 정치판에 뛰어든다. 그런 사람들의 지배를 받기 싫어 투표는 하지만 누가 누군지 분간할 수 없다.

지방자치 시대.

풀뿌리 민주주의가 완성되려면 성장통을 더 겪어야 하고 민주주의 학습이 더 되어야 한다. 한 세대가 가고 그다음 세대가 주인공이 되어야 가능할까 싶다. 교육이 제대로 되고 의식들이 깨어 있어야 한다. 제대로 뽑아야 하고 정치꾼들의 잘못된 언행들을 잊지 말고 다음 표로 직결시켜야 한다. 그러나 불행하게도 사람들은 잘 잊는다. 특히 대한민국은 치매 공화국이다.

인간은 생각보다 합리적이고 이성적인 존재가 아니다. 단지 그렇게 착각하고 말하고 싶을 뿐이다. 이런 곳에 공항을 유치한 꾼들이 놀랍다. 오늘 하루 무안은 나그네를 야무지게 죽여 놔 무안했을 것이다.

함평천지 늙은 몸이 광주 고향을 보려하고
제주 어선을 빌려 타고 해남으로 건너갈 제
흥양에 돋는 해는 보성에 비쳐있고
고산의 아침 안개 영암에 둘러있다.

우리 둘째 딸이 창으로 부르는 〈호남가〉의 첫 대목에 나오는 함평 천지를 지난다.

가을은 축제의 계절이다. 함평은 나비 축제로 번성했고 지금은 국화 축제가 한창이다.

전국의 중심부를 관통하는 1번 국도, 동해안 허리를 감싸고 내려오는 7번 국도, 남해안을 밑으로 싸고 도는 2번 국도들은 앞으로 완공되거나 현재 공사 중이다. 이 도로들이 완공되면 구 도로와 인접해 있는 지역들의 경제는 훨씬 더 나빠질 것이다. 우회도로나 네비게이션도 그런 부분에 일조하게 되어서 그런 현상은 갈수록 심화될 것이다. 옛날에는 길을 물어도 미안해서 껌 한 통이라도 사 가지고라도 가는데 들를 필요도 물을 일도 없게 되어 버렸다. 현대화의 양면성이다.

이번에 알게 되었지만 전국의 도로에 매겨진 숫자의 홀수는 남북(종)으로, 짝수는 동서(횡)를 의미한다. 피난 갈 때는 홀수로 된 도로 표지판을 보고 남쪽으로 내려가야 한다. 짝수를 보고 가면 물에 빠져 죽는다. 물론 젊은이들은 홀수 도로를 따라 총 들고 북쪽으로 가야 한다.

나주다.

전주와 나주를 조합해 전라도라는 말이 나왔을 정도로 나주는 한때 번성했었다. 나주는 옛날의 나주가 아니다. 중심가만 약간 번다하고 지나치는 주변 환경들은 마치 읍, 면에 와 있는 착각을 일으킨다. 수박을 겉만 핥고 있으니 정확하지는 않다. 나주로 올라오는 길은 아예 자전거 도로 자체가 없다. 도로가 좁기 때문에 빠른 속도로 달리는 틈을 비집고 들어가 함께 달려야 하는 위험한 구조를 가지고 있다.

나주에는 친한 친구 녀석이 살고 있다.

키가 백 구십 가까이 되고 태권도가 공인 5단이다. 별명이 킹콩이다. 이 친구는 악연으로 만났는데 순연으로 맺어지게 된 경우다. 군대 있을 때 장정으로 만났고 이등병 생활을 같이했다. 나는 키는 작은데 야무지다 해서 발칸포병 연대 향도라는 직책이 주어졌다. 사역을 시키는데 도무지 씨알이 먹히지 않았다. 남원 장정인 이 친구는 키도 난쟁이 똥자루만 한 전주 장정인 내가 같은 훈련병 주제에 향도랍시고 나댄다며 도통 말을 들어 먹지 않았다.

덩치답지 않게 어찌나 뺀질거리는지 이 친구를 잡지 못하면 교육 기간 내내 피곤할 것 같았다. 손을 한 번 봐 줘야겠다고 맘을 단단히 먹고 있었다. 혼자로는 실력으로나 물리적으로 도저히 감당이 안 될 것 같아 기회를 노리고 있던 어느 날, 비슷한 상황이 벌어지는데 구원 투수처럼 중대장이 나타나는 모습을 보고 이 친구에게 선방을 날려 버렸다. 한 주먹감도 안 되는 쬐꼬만 녀석의 갑작스러운 일격에 킹콩은 그대로 나자빠졌다. 운동선수답게 용수철처럼 튀어 오른다. 분을 참지 못하고 황소처럼 씩씩거렸지만 어떻게 하겠는가! 반장의 완장을 차고 있는데다 중대장이 다가오고 있는데… 여긴 군대다.

사람이든 짐승이든 먼저 맞으면 순이 죽게 되어있다. 그 친구 스스로 물러서고, 나도 모르는 척해서 사태는 수습되었다. 훈련 기간이 끝나고 우리는 개 팔리듯 뿔뿔이 흩어지고 완전히 잊혀진 친구가 되었다. 그런데 뜻하지 않게 대학에 와서 우연히 만나게 되었다. 킹콩은 전역 후 건장한 체육과 대학생이 되어서 나타났다.

악연도 오래되면 삭혀지고 군둥내가 나는가! 비슷한 처지인데다 고학생이라는 동병상련으로 4학년 때 자취생활을 함께한다. 이 친구가 하루는 어깨가 축 처지고 시무룩해서 자취방에 돌아왔다. 자전거를 누가 훔쳐 갔다는 것이다. 마루에 걸터앉아 책을 읽던 나는 이 소리를 듣고 실소를 금할 수가 없었다. 일등병 시절 자대 배치받아 전령으로 근무하던 때, 공수 부대 애들 네 명이 엉겨 붙다가 이 친구에게 모조리 아작이 난 적도 있을 만큼 이 친구는 운동도 잘했고 쌈박질도 능했다. 간이 좀 작은 게 흠이지만… 뛰는 놈 위에 나는 놈 있다고 누군가 이 친구의 실체를 잘 모르고 한 짓임에 분명하다. 이 친구의 자전거는 고물이었지만 고학생의 유일한 교통수단이었기에 코가 빠질 수밖에 없었다.

"야, 임마! 걱정마라! 내가 해결해 주꾸마!"

저녁이 되자 이 친구를 데리고 중앙 도서관 앞으로 간다. 시험 기간이라 도서관 앞에는 수많은 자전거들이 운집되어 있었고 학생들도 삼삼오오 여기저기 앉아 휴식하거나 담소들을 나누고 있었다.
"여기서 가장 좋은 걸로 하나 골라 봐라!"
나는 마치 선물이라도 하는 양, 의기양양하게 턱 짓으로 싸인을 보낸다. 꼴에 으리 번쩍한 최신형 자전거가 욕심나나 보다. 앞, 뒤 타이어가 열쇠로 꽁꽁 잠겨 있다.
"야, 들어! 너는 뒤를 들고 나는 앞을 든다!"
힘이 장사인 친구한테는 자전거를 든다는 것은 일도 아니다. 여러 사람들이 보고 있는데도 자전거를 불끈 들어 아주 태연하게 끌고 나왔다. 도서관 뒤 컴컴한 숲속으로 우리는 기어들어갔다. 열쇠를 잘라 내고 몇 가지 부품들 떼어내서 단 20분 만에 전혀 다른 모습의 헌 자전거로 만들어서 우리는 숲속에서 기어 나왔다. 그 뒤, 그 친구는 자전거를 마치 처음부터 자기 것인 양 잘 타고 다녔다. 그 친구는 지금 나주에서 선생질하고 있다. 도둑질하면 천벌 받는다고 학생들을 가르치면서….

그러나 세상에 공짜는 없는 법! 그 이후로 나는 결혼하고 우리 애들에게 사 준 자전거는 모조리 도둑맞고 분실되었다. 업보다. 업보는 갚아야 소멸된다. 결국 이 고통스런 자전거 만행으로 그 빚도 함께 갚을 수 있으면 좋겠다. 사람의 인연이란 묘한 것이어서 만나려고 해도 안 만나게 되는 사람이 있고 만나기 싫어도 만나게 되는 인연이 있다. 좋은 인연으로 시작했으나 나쁜 인연으로 끝나는 경우가 있고, 나쁜 인연으로 시작했으나 좋은 인연을 맺게 되는 경우가 있다. 세상을 살다 보니 전자가 후자보다 훨씬 많다. 세상의 처세라는 것이 교도소 담장 위를 걷는 것과 별반 다를 바 없더라! 까닥 잘못하면 원치 않는 저쪽으로 떨어지기 십상이다.

100 − 1 = 99가 아니라 마이너스가 되는 경우를 수도 없이 많이 봤다. 한 번 실수하면 공든 탑이 무너지고 만다. '디테일의 법칙'이다. 처세는 그만큼 어렵다. 해답은 '생각의 근육'을 키우는 데 있다. 한 인간의 내공 또는 생각의 근육은 저절로 생기는 게 아니다. 독서를 많이 하거나 고생을 많이 하면 된다. 글을 써 보는 것도 하나의 방법이다. 이도 저도 안 될 때는 무조건 참는 것(忍)인데 성질 급한 놈이 제풀에 먼저 허물어지게 되어 있다.

나주는 곰탕으로 유명하다. 소고기로 우려낸 말간 곰탕 국물은 얼큰하고 맛이 깊다. 곰삭은 향기가 나는 내 친구가 사 주어서 더 그럴 것이다. "장미가 무슨 이름으로 불리든 그 향기는 마찬가지다." 셰익스피어 말이다. 나는 이 말에 백 번 동감한다. 사람의 본질은 변하지 않는다. 몇십 년 만에 만난 내 친구는 하나도 변하지 않았다. 대머리를 감추기 위해 가발을 쓴 것을 제외하고 나주 곰탕처럼 구수했다. 삼대 나주 곰탕 원조집이 나주 곰탕의 원조이고 실제 맛도 좋단다. 음식점은 원조가 대부분이고 삼대가 많다.

강진에서 나주까지 91km를 달려왔다.
내일은 고향길이다. 나주에서 익산까지는 136km다.
이 길을 달려 보련다.

죽거나, 아니면 까무라치거나!

귀환

사람들은 내가 마초적 분위기를 가진 강한 남성성이 특징이라고 말합니다. 그런 연유로 내가 의지력이 아주 대단한 사람일 거라고 단정 짓습니다. 하지만 나는 의외로 우유부단하고 의지력이 박약한 사람입니다. 뭘 한 번 하려 해도 수십 번도 더 생각하기도 하고 또 어느 때에는 너무 쉽게 결정하기도 해서 도무지 완충지대가 없는 성격입니다.

햄릿과 돈키호테가 수십 년 동안 나를 거점 삼아 함께 동거하고 있습니다. 햄릿을 거쳐서 돈키호테로 가면 최고의 수가 나올 텐데, 상황에 따라 이놈 저놈이 순서 없이 나오기도 하고 어떨 때는 거꾸로 나오기도 해서 아주 애를 먹기도 합니다. 그러니 장고 뒤에 악수 둔다고 천려일실 하는 경우가 비일비재합니다. 이번 일도 두어 번 자전거를 타다가 별생각 없이 시작한 일입니다. 결국 뼈고생을 하고 말았습니다.

나의 어린 시절은 천방지축이었습니다.

산으로 들로 계곡으로 세상 물정 모르고 천둥벌거숭이처럼 뛰어놀았고 젊어서는 판단력과 지혜가 부족하여 박살이 나는 경험을 숱하게 겪었습니다. 장년이 되어서도 어디로 가야 제대로 가는 것인지 어떻게 살아야 좀 더 가치 있는 삶을 살게 되는 것인지 아직 다 알았다고 볼 수 없습니다. 때론 모든 걸 잃고서야 깨닫는 한낱 아둔패기에 지나지 않습니다.

사람들이 타인에 대해 가지고 있는 이미지는 잠깐씩 보았던 기억과 장면들을 조합해서 맞춘 '불완전한 퍼즐'에 불과합니다. 자기 자신도 잘 모르는데 남을 다 안다는 투로 말하는 사람들의 '근자감'을 나는 이해할 수 없습니다. 제인 오스틴의 『오만과 편견』처럼 우리는 껍질만 보고 판단하고 재단하는 경우가 태반입니다.

한 사람을 두고 내성적이라거나 외향적이라는 이분법적인 판단 논리는 위험합니다. 간헐적 행동과 불완전한 퍼즐만 보고 결정하는 경우가 대부분이기 때문입니다. 빙산의 잠겨 있는 부분을 못 보고 지나치는 경우가 많습니다.

사람은 보편적으로 양향성(Ambibalance)의 동물입니다. 균형감각, 균형 잡힌 시각을 지향하려고 노력한다는 의미입니다. 절대 악도 절대 선도 없습니다. 두 가지 모두 '평범성'에서 출발합니다. 악의 평범성, 선의 평범성입니다. 강함과 부드러움, 열등의식과 자신감, 웅변과 침묵 모두 동전의 양면에 불과합니다.

어떤 환경, 어떤 운명과 조우하느냐에 따라 CUE와 CUT이 반복됩니다. 인류사에 큰일을 저지른 사람치고 양향성이 발달되지 않은 사람이 드뭅니다. 나폴레옹이 그랬고 처칠이 그랬으며 히틀러가 또한 그랬습니다. 내성적인 듯하면서 일을 저지를 땐 크게 저지른다는 의미입니다.

나는 눈물이 많습니다.

16일 동안 대장정을 치르면서 숱하게 많은 눈물을 흘려야 했습니다. 힘들어서 울고, 고통스러워서 울고, 보고 싶어서 울고, 서러워서 울고, 기뻐서 울었습니다. 남자는 절대로 눈물을 보여서는 안 된다며 제 아들을 호되게 나무라면서도 뒤돌아서 울기는 혼자 다 웁니다. 초등학교 5학년 땐가 안 간다고 떼쓰는 아들 녀석을 해병대 캠프에 들여보내 놓고 울고, 퇴소하는 날 마중 가서 체통 없이 또 눈물을 흘립니다. 아들은 이런 아빠를 이미 다 알고 있는 거 같습니다.

악명 높은 장성갈재를 올라갈 때, 자전거로 백양사 단풍구경 갔다가 내려오는 자전거 매니아 세 사람을 처음으로 만났습니다. 어디를 그렇게 외롭게 가시냐고 물어봅니다. 전국을 일주하고 귀향하는 중이라고 하자, 깜짝 놀라며 "앗따! 있어부요!" 하는 소리에 박장대소를 하며 웃었습니다. 그리고 그들과 헤어져 모퉁이를 돌아서서 슬그머니 눈물을 훔칩니다. 그들과 유리되고 다시 혼자가 된 까닭입니다.

수컷 사회에서 사람들은 다 강한 척합니다. 목도리도마뱀처럼 말입니다. 그래야 있어 보이고 째 있어 보입니다. 사람들은 복잡다난한 사회에서 다양한 페르소나를 가면처럼 사용하고 있습니다. 하지만 강한 척한다고 해서 용기 있는 것도 아니며 잘 운다고 해서 겁쟁이는 더욱 아닙니다. '진정한 용기란 겁쟁이와 무모함의 중간에 있다'는 세르반테스의 말을 생각하면 말입니다.

"나의 평범함을 인정하라.
남의 미움을 받아들이는 용기를 가져라.

실제보다 더 잘 보이려 하지 마라.

인생이란 게 아무리 노력해도 10명 중 1명은 나를 좋아하고,

7명은 그저 그렇고, 2명은 나를 싫어할 수밖에 없는 것이니

모두에게 인정받으려 사랑받으려 칭찬 들으려 하지 마라.

남이 나를 낮게 평가했다고 내가 정말 하찮은 사람이 되는 것이 아니듯,

마찬가지로 남이 나를 높이 평가했다고 해서 내가 높아지는 것이 아니다."

오스트리아 심리학자 Alfred Adler 교수가 그의 저서『버텨내는 용기』에서 말한 내용입니다. 평가받기 위해 사는 사람은 없습니다. 미움받고 싶은 사람은 더더욱 없습니다. 하지만 함께 사는 사회에 자신이 있는 한 이 굴레에서 누구도 자유롭지 못합니다. 실수에 관대하지 못한 사회에 살고 있기 때문입니다. 열 번 잘하다가도 한 번 실수하면 이상한 사람으로 취급받기 쉽습니다. 자신은 실수해도 남의 실수는 용서할 수 없습니다. 인간적인 실수, 사회적인 실수, 도덕적인 실수 등 우리 인간이 절대 해서 안 되는 규율과 규칙이 너무 많습니다. 하나님의 에덴동산에서 지켜야 했던 단 한 가지 금기 사항에 비해 우리 인간이 지켜야 할 금기 사항을 열거하기 시작하면 머리에 쥐가 날 정도입니다. 복잡한 현대 사회에 사는 대가이기도 합니다.

나는 분명히 말하고 싶습니다.

어떤 실수에 대해서 두려워하지 말라고 말입니다. 사회적 양심에 반하고 세상 이치와 자신의 진실에 반하지 않는다면 남의 시선과 판단을 두려워할 필요가 없습니다. 다른 사람이 나에 대해 어떻게 생각하는지

걱정할 필요가 없습니다. 내 자신에 대한 믿음과 신념의 끈을 놓는 순간, 나는 그들의 소유가 될 수밖에 없습니다. 내 자신이 그들의 승인을 받아야 할 필요가 없습니다. 그들이 추구하고 지향하는 생각과 방향대로 살아야 할 이유가 전혀 없습니다. 내 자신을 증명하기 위해 노력하기보다는 내 자신의 본연의 삶을 살고, 고유의 삶을 추구하면 됩니다. 나는 내 자신의 온전한 주인이기 때문입니다.

"눈치보지 마라. 꼴리는대로 하고 살아라."고 말할 수 있어야 합니다. 지난 15일 동안 내가 속한 사회적 유기체와 다양한 인간관계에서 벗어난 나는, 진정한 자유인이었으며 온전한 자유의지의 삶을 경험했습니다.

갈재를 넘어 내장산과 백양산 뒷모습을 보면서 산의 진면목은 저렇게 감춰져 있는데, 많은 사람들이 화려한 부분만을 보고 사는구나 하는 생각이 들었습니다. 비록 외곽을 돌았지만 전국을 돌며 우리 강토의 맨 얼굴을 보면서 한없는 애정이 솟구쳤습니다.

'우리는 추방당한 후에야 비로소 그곳이 낙원이었음을 안다.'

헤르만 헤세 형님께서 하신 말씀이 절절히 가슴에 와 닿았습니다. 땅덩어리가 좁네 마네 했던 것은 결국 자기 비하, 이상도 이하도 아니었던 것입니다. 국토의 천덕꾸러기라고 멸시받았던 내 고장, 전라북도가 얼마나 아름답고 넉넉하며 자전거 타기에도 얼마나 좋은 환경인가를 처음 알았습니다. 새삼 길을 물으면서, 물을 얻어먹으면서 우리나라 사람들의 인정과 친절함을 온몸으로 느꼈습니다.

'지역갈등'이란 불학무식한 정치판 깡패들이나 하는 소리였습니다. 캄캄한 밤중에 정읍에서 전주까지 자동차 전용도로를 세 시간 가까이 달려오면서 나를 피해주고 속도를 줄여주신 수많은 차량 운전자들을 보면서 내가 그동안 얼마나 워스트 드라이버(불량 운전자)이었는지 역지사지의 교훈으로 뼈저리게 느끼게 해 주었습니다.

갈재를 넘어가기 전, 간이 휴게소에서 만난 중년의 한 사내를 만나지 않았더라면 나는 좀 더 일찍 도착했었을 것입니다. 내 맞은편에 앉아 있는 남자는 나를 흘끔 흘끔 쳐다보며 샌드위치를 종잇장처럼 뜯고 있었습니다. 호기심이 가득 찬 눈빛을 보내다가 마침내 어디에서 오는 길이냐고 묻습니다. 나주에서 오는 길이라고 말하니 믿을 수 없다는 표정이었습니다.

익산에서 까꾸로 돌아오는 길이라고 말하면 까무러칠까 봐 거두절미해 버렸습니다. 반색하며 자기 집에 잠깐 초대하고 싶다고 말합니다. 갈길이 멀다고 하니 잠깐이면 된다고 거의 사정하다시피 합니다. 시간을 보니 지금 이대로 출발하면 익산에 해 있을 때 도착할 것 같았습니다. 그러면 극적인 효과가 좀 떨어질 것 같기도 하고 가족과 함께 구수한 된장국과 따뜻한 저녁밥 한 끼 타이밍보다 약간 이를 것 같았습니다.

그리고 좀 늦게 도착해야 아내가 고생했다고 쳐 줄 것 같아서 그러마라고 따라나섰습니다. 시골 사는 사람들의 '잠깐'을 잠깐 혼동하면 그 대가가 어떻게 되는지 그 사실을 알아차리는데 그리 오래 걸리지 않았습니다. 따라나서고 보니 그분의 집은 거진 익산에서 김제 가는 거리였습니다. 금방 후회했지만 이미 내친걸음이었습니다.

하지만 16일간의 대장정은 나를 이미 철인으로 만들어 놓았습니다.

그 정도는 아무것도 아닌 거리였습니다. 문제는 이 분이 자전거 속도를 전혀 감안하지 않는다는 것이었습니다. 자동차를 타고 리드할 때는 뒤쫓아 오는 자전거 속도를 감안하여 인도해야 하는 데 따라가기가 벅찬 속도로 혼자 달려 나갔습니다. 내가 아무리 강철 같은 철인이 되었다 하더라도 초행인 시골길을 차에 맞춰 함께 달린다는 것은 무리였습니다. 내가 왜 따라나섰나 하고 후회했지만 이대로 돌아간다는 것은 좋은 마무리를 망칠까 봐 힘껏 페달을 밟아 전력을 다해 뒤따라 나갔습니다. 나는 거의 뚜르 두 프랑스에 참가한 선수처럼 달렸습니다.

도착해보니 인가도 뜸한 산기슭의 농가였습니다. 낙향해 혼자 살고 있는 그분은 부인도 없고 자식들도 없이 혼자 살고 있었습니다. 뒤란에 칠면조만 몇 마리 키우고 있었습니다. 하다못해 강아지나 닭들도 풀어서 키울 법한데 로빈슨 크루소처럼 혼자서 살고 있었습니다. 이야기를 나누다 보니 외롭기도 하고 부럽기도 해서 그냥 말동무를 하러 자신의 집에 초대한 것입니다. 머루주를 내놓으며 한잔하고 자고 가라고 합니다. 그럴리야 없겠지만 자다가 잘못해서 잡아먹힐 것 같았습니다.

친구도 없이 이렇게 외롭게 사는 이유가 뭐냐고 물어보니 사람을 잘못 만나 사기를 당해서 인간 세상에 환멸을 느껴 스스로를 유폐시켜 버렸다고 말합니다. 그래서 절해고도와 같은 유리된 이곳을 선택했다고 말합니다. 안타깝지만 감정이 전혀 전달되지 않았습니다. 사람을 지키든 가족을 지키든 최소한 어느 한 가지도 지키지 못한 낙향거사의 넋두리로밖에 들리지 않았습니다. 오랜 시간 그분의 이야기를 들어 주기에는 내 시간이 너무 아까웠고 잠깐의 내 잘못된 선택에 대해 다시 후회가 밀려오기 시작했습니다. 초대해주셔서 고마웠노라고 말하며 주섬주섬 챙겨 나오기 시작했습니다.

사람은 단 한 번 이 세상에 왔다 갑니다. 두 번 나왔다는 사람 본 적 없고 전생을 기억한다는 사람도 본 적 없기 때문입니다. 실패도 성공도 자기 할 탓입니다. 최선을 다해 매진하다 주저앉을 수도 다시 일어날 수도 있습니다. 문제는 그 자리에 주저앉아 다시 일어나려 하지 않는다는 데에 있습니다.

인간 관계망도 자신에게 달려 있습니다. 인간 관계망은 '함께'에서 출발합니다. 뒤따라오는 자전거를 감안하지 않는 것은 '함께'가 아닌 '독주'이며 그분의 실패는 자신만을 생각하는 그 '일방'에 있는 듯 보였습니다. 인생 끝자락에 가족도 친구도 없이 혼자 남는다는 것은 자기 실패와 변명 그 이상도 이하도 아닌 듯해 보였습니다. 변명은 자기 실수를 한층 돋보이게 만들 뿐입니다.

"자전거를 하나 사세요.
그리고 달려 보세요
세상천지가 얼마나 넓은지
세상 사람들이 얼마나 열심히 사는지
무작정 떠나 보세요.
그러면
새로운 길이 보일 것입니다.
그때 다시 시작하면 됩니다!"

이 사람에게 꼭 해 주고 싶은 말이었지만 아무 말도 하지 않고 나왔습니다.

때마침 전주 쑥고개까지 아내는 아들과 함께 마중 나와 주었습니다. 너무 반갑고 가슴이 벅차 우린 아무 말도 할 수 없었습니다. 우리들은 서로 껴안고 한참을 소리 죽여 울었습니다. 주위 사람들이 이상하다는 듯 쳐다봤지만 창피는 개나 물어가라였습니다. 아내는 어서 앞장서라고 등을 토닥여 줍니다. 집으로 가서 또 울자고 말합니다. 자전거에 올라타 다시 힘차게 페달을 밟기 시작했습니다. 내가 앞장서고 아내와 아들은 자동차로 조용히 뒤따라와 주었습니다. 16일 동안 달리면서 그렇게 힘들었던 여정도 아프던 몸도 가족과 함께하니 신기하게도 전혀 아프지도 힘들지도 않았습니다. 전주에서 익산을 한 번도 쉬지 않고 주파하면서 어떻게 그런 초인적인 힘이 났는지 정말 알 수 없습니다. 내 몸은 나도 모르는 사이에 강철 체력이 되어 있었습니다. 아내에겐 남편의 위엄을, 아들에겐 아빠의 근엄과 자랑스러움을 보여 주고 있다는 생각에 온몸에서 뜨거운 희열과 새로운 희망이 솟구쳐 올랐습니다. 내일은 또 다른 태양이 떠오를 것이라는 걸 확신하면서 말입니다.

이 자리를 빌어 내 아들, 딸들에게 꼭 해 주고 싶은 말이 있습니다.

첫째

오늘 하루 24시간은 神이 하사한 특별한 선물임(Today is particular present given to you from God)을 가슴에 담아 두면 좋겠습니다. 선물을 받고 시작하는 아침이라면 하루를 즐거운 마음으로 시작했으면 좋겠습니다. 어제와 똑같이 살면서 다른 미래를 기대한다는 것은 게으른 자의 희망에 불과합니다. 우리가 통과할 '마디' 중 어느 한 부분도 소홀할 수 없습니다. 우리는 시간이라는 양초를 일 년에 한 자루씩 태웁니다. 지금까지 나는 쉰 네 개의 양초를 태운 셈입니다. 내게 주어진 양초가 앞으로 얼마나 더 남아 있는지 모르겠지만, 내가 태운 십육 일간의 양초는 완전 연소가 되어 있을 것입니다. 신께서 좋았노라고 말씀하시지 않을 까닭이 없습니다. 하지만 어느 날 갑자기 신으로부터 '압류딱지'가 날아올지 알 수 없는 일입니다. 누구나 언젠가 자기 인생에 '차압딱지'가 날아오긴 합니다만 매년 상환 연기를 받고있을 뿐입니다. 차압딱지가 제대로 붙는 날, 대출이자 내놓아봐라 하신다면 통장 잔고에 얼마나 찍혀 있을지 두렵습니다.

남에게 친절했느냐
이웃과 사이좋게 지냈느냐
너보다 못한 사람에게 얼마나 덕을 베풀었느냐
이게 이자이니라! 라고 한다면,
우리는 얼마를 내놓을 수 있을까요?

둘째
어떤 난관에 부딪쳐도 절대로 포기하지 않았으면 좋겠습니다. 끝까지 살아남았으면 좋겠습니다. 장애물을 도전으로 걸림돌을 디딤돌로 생각하고 타고 넘기를 바랍니다. 넘어지더라도 자신을 위해 변명하지 말고 의연하게 툭툭 털고 일어나 다시 시작해 주시기를 간절히 바랍니다. 강한 자가 살아남는 게 아니라, 살아남는 자가 강한 자입니다. 포기하지 않으면 인생의 기회는 얼마든지 있습니다. 신으로부터 대출받은 시간을 인간이 포기 신청할 권리는 주어지지 않았습니다. 죽으려고 맘먹는 사람에게 반드시 해 주고 싶은 말이 있습니다.

죽고 싶냐?

그래, 죽어라!

그러나 먼저 자전거를 꺼내 놓아라.

자전거를 타고 세계를 한 바퀴 돌고 와서 죽어라!

죽을 각오로 돌고 와서 다시 한 번 도전해 보아라!

죽고 싶다는 당신의 오늘은 누군가에게는 간절한 염원이듯 우리에게는 오늘이 있고 또 내일이 남아 있습니다. 힘들다고 불평하거나 포기하지 말아야 합니다. 불평하는 것은 자신을 감옥 속에 가두는 일입니다. 포기한다는 것은 희망의 꽃을 꺾는 바보 같은 일입니다. 다른 일을 하기 위해 에너지를 비축하는 것은 포기가 아닙니다. 내가 할 일이 아직 남아 있다는 것은 중요한 일입니다. 나에게 주어진 일에 감사하며 범사에 감사하며 살아야 합니다. 힘들면 잠깐 털고 일어나 여행을 떠나야 합니다. 현상과 그림자로부터 벗어나야 객관적 실체를 볼 수 있습니다. 실체와 본질은 자기가 경험하지 못하는 곳에 존재하고 있습니다.

'어두운 과거가 현재를 가두는 감옥이어서는 안 된다. 과거는 바꿀 수 없지만 우리는 과거의 아픈 기억을 해소할 길을 찾아보아야 한다. 용서야말로 과거를 털고 미래를 향해 나갈 수 있는 유일한 감옥 문의 열쇠다. 용서하라. 두려울 일이 없어진다.'

프레드 러스킨의 경구입니다. 나주에서 익산까지 약 140km의 거리를 혼신을 다해 달려오면서 나는 과거를 용서하고 현재와 화해를 했습니다. 인간이든 동물이든 순종이 어디 있겠습니까? '구존동이(求存同異)'라는 말도 있듯이, 모두 비슷비슷한 사람들끼리 함께 섞이고 부대끼며 살아가야 한다는 사실 그리고 조금씩 이해하고 양보하면서 살아야 하지 않을까 하는 마음을 가지고 돌아왔습니다. 순례자(Pilgrim)가 되어 돌아왔습니다.

전국일주 16일, 약 1,500여km 자전거여행!!

물리적 수치보다 외로움과 고독함, 그리고 그 힘든 일정을 포기하지 않고 무사히 끝냈다는 것이 자랑스럽습니다. 아무나 할 수 있는 일입니다. 하지만 누구도 쉽게 하지 못하는 일이기도 합니다. 하던 일을 멈춘다는 것, 자신에게 휴식의 기회를 선물한다는 것은 쉬워 보여도 간단한 일이 아닙니다. 타던 자전거를 멈추면 쓰러지는 것처럼 관성의 법칙을 벗어난다는 것은 모든 게 불안 심리이기 때문입니다. 나는 자전거를 선택했지만 이 방법은 결코 좋은 선택은 아닙니다. 무모하기도 하고 위험하기 때문입니다. 부디 일상에서 벗어나 떠나시기 바랍니다. 혼자서 훌쩍훌쩍 떠나십시오. 먼 거리가 아니어도 좋습니다. 가까운 거리면 자주 떠나시면 됩니다. 손잡을 수 있는 아내와 남편이 있으면 더 좋습니다. 진리는 몇 평 남짓한 사무실 안에서보다 세상 천지에 더 많이 깔려 있습니다. 삶에서 멀리 떨어져 나오면 자신을 훨씬 자세히 들여다볼 수 있습니다.

이 지면을 빌어 꼭 감사해야 할 분들이 계십니다. 이 만행을 무사히 마칠 수 있도록 모든 것을 허락해주신 내 자신의 신(神)께 먼저 감사를 드립니다. 하루도 빠지지 않고 무사히 달릴 수 있었던 것은 좋은 날씨를 주셨던 덕분이며 곳곳에 도사린 위험과 어려움을 떨쳐 주셨다는 것을 잘 알고 있습니다. 저를 사랑하신다는 것을 잘 알고 있습니다. 분명 보이지 않은 당신의 힘이 없었으면 이 일은 불가능한 일이었습니다. 마지막으로 이렇게 건장한 체력과 가난을 유산으로 물려주신 부모님께 감사할 따름입니다.

두 분 다 너무 일찍 서둘러 떠나셔서 좋은 세상 다 보지 못하고 떠나신 게 실로 애절한 일이지만 그 어려운 환경에서도 무탈하게 키워 주시고 강인한 체력과 정신을 물려주신 부모님의 헌신과 사랑은 제 평생의 자본금이었습니다. 이 모든 것은 사랑하는 어머니 아버님 덕분입니다. 자식은 섬기려 하나 부모님은 기다려 주지 않으신다고 어쩌면 이렇게 딱 맞는 교훈에 가슴 저리게 만드시는 걸까요. 한평생 살면서 가장 유감스럽고 후회스런 부분입니다.

누군가 이런 말을 했다지요!
'어느 누구도 과거로 돌아가서 새롭게 시작할 수는 없지만, 지금부터 시작해서 새로운 결말을 맺을 수는 있다'고 말입니다. 시간은 누구에게나 공평하게 주어진 자본금 같은 것입니다.
나에게 허락되는 나머지 시간을 더 좋은 영혼을 만들 수 있는 재료 삼아 새로운 마음으로 이제 새로운 출발을 해야겠습니다.

2
新 서유견문

출발

헬싱키 공항은 어둠이 깔리고 있다.

비행기 창문 너머로 자작나무 숲과 관목들이 끝없이 펼쳐져 있다.

때마침 내리는 진눈깨비는 광활한 대지 위에 휘몰아치고 있었다.

대자연은 '침묵과 장엄'으로 자신의 존재감을 드러내고 있다.

"나대지 마라! 그리고 겸손하라!"

지금 시각은 오후 3시, 8시간의 시차가 있으니 한국은 오후 10시 정도일 것이다. 편서풍을 거슬러 비행한 까닭에 10시간 정도 걸린 셈이다. 5년 전에 큰 애가 공부하고 있던 캐나다에 들렀다 온 적이 있다. 그때는 약 11시간 정도 걸렸는데 좁은 공간에서 앉아 가는데 지루해서 아주 죽는 줄 알았다. 미국 뉴욕에서 공부 안 한 게 천만다행이다. 거기에서 오려면 16시간 걸린다. 사람 잡는 비행이다. 큰 애는 9년 만에 영문과를 졸업하고 돌아와 중동(中東) 굴지의 석유회사의 애널리스트로 근무 중이다.

우리의 최종 목적지는 스웨덴이니 앞으로도 한참을 더 가야 한다. 헬싱키에서 환승해서 덴마크 코펜하겐으로 먼저 가야 한다. 그리고 코펜하겐에서 차로 50분을 더 가야 스웨덴이다. 한국과 스웨덴의 직항로가 없는 까닭이다. 전라도 촌놈이 하루에 세 나라를 더 방문하는 셈이니 출세도 이 정도면 대단한 파격이다. 하지만 연식이 오래돼놔서 몸은 아주 곤죽이 다 되었다.

부산 해운대에 가면 바닷가 한쪽 구석에 사주보는 점쟁이 할아버지가 있다. 작년에 일행들 분위기에 편승해 사주들을 함께 봤다. 나더러 내년부터 사업하러 외국을 여기저기 돌아다니게 생겼다고 한다. 뜨내기들만 상대하니 달착지근한 소리만 골라서 한다고 생각해 콧등으로도 안 들었다. 익산과 부산에서 학원을 경영하는 사람이 유람도 아니고 사업하러 외국 나다닌다는 것이 터무니없는 일이었다. '엉터리 사주쟁이 할아범'이라 간주하고 휘장을 소리 나게 걷어붙이고 나왔다. 그리고 까마득히 잊고 살았다.

정말 사람의 일이란 한 치 앞도 내다볼 수 없는 일인가. 딱 1년 만에 직업이 바뀌었고 지금 사업차 북유럽에 와 있으니 그 할아버지 하는 말씀이 영 틀려먹은 건 아닌 셈이다. 사람이 평생 한 직업으로 인생을 좋내는 경우가 태반인데 나는 벌써 직업을 세 번 바꿨다. 대학을 막 졸업하고 서울에서 무역 비즈니스맨으로 그 후 학원 경영자로 그리고 지금 아스콘과 석산업으로 변곡점을 세 번 크게 찍고 있다.

끝까지 한 우물을 팠으면 이루지 못할 바는 아니었으나 무역회사를 일찍 접은 점은 아쉬운 감이 없지 않다. 낮과 밤이 뒤바뀐 생활. 불규

칙적인 식사, 술과 담배와 접대. 외국 바이어들의 펨푸질까지 어느 것 하나 정상적이지 못한 생활에 나는 충분히 지쳤다.

오랜 숙고 끝에 그 분야에서 생장률과 나 자신의 분리 독립의 가능성에서 불가판정을 내리고 미련없이 손 털고 낙향했다. 뭐든 자기가 하고 싶은 일을 하고 잘하는 일을 해야 한다.

무역부 과장으로서 수많은 외국인을 상대하면서도 나의 마음은 콩밭에 가 있었다. 마이크를 잡고 수백 명을 상대로 영어 강의하는 게 나의 로망이었다. 아내와 함께 정리하고 내려오니 강사로서 이미 유통기한이 지난 나를 받아 주는 데는 없었다. 그 업계에서는 새파랗게 젊은 강사들을 선호하고 있었고 내 실력과 상태가 어느 수준인지 모르고 강좌를 맡길 학원 경영자는 없었다. 몇 번을 퇴짜 맞고 영문과 어느 선배의 소개로 전주의 조그만 학원에 들어가 겨우 한 강좌를 맡을 수 있었다. 이름하여 '성문 종합 영어'였다. 그 당시 영어 바이블이라 할 수 있는 이 책을 마스터 하지 않고서는 서울대 들어갔다는 사람이 없을 정도의 수준 있는 교재였다. 영문과 나왔다고 누구나 이 책을 쉽게 가르치기는 만만하지 않다.

하지만 내가 누군가!

멧돼지 저(猪) 자를 붙여 저돌적(猪突的)이라고 하듯이 젊어서 친구들이 부르는 내 별명은 멧돼지였다. 서울의 일류강사들의 교재와 시중에 나와 있는 유명 영어책들까지 산더미처럼 쌓아 놓고 밤새워 공부하기 시작했다. 나는 이미 한참 늦어 있고 뒤처져 있었다. 나의 1년은 타인의 10년이다. 강의하고 돌아오면 밤새워 공부하고 영어 교재까지 집

필하고 편집했다. 1년 만에 나보다 더 강의를 잘하는 사람이 없겠다는 자신감이 조금 붙었고 내 이름으로 나온 영어 교재까지 덤으로 한 권 생겼다.

익산으로 넘어와 학원 교습소를 오픈했다. 그 후, 5년 만에 익산에서 가장 큰 어학원과 대형 입시학원으로 성장시킨다. 23년을 경영에 힘쓴 뒤 함께 고생했던 직원들에게 학원을 통째로 넘겨주고 손 털고 나왔다. 더 좋아하는 새로운 일이 생겼기 때문이다. 인생이 단조로우면 재미없다. 삶에 염료를 칠 필요가 있다.

박살나는 인생, 모험과 도전이 상존하는 인생이야말로 내가 추구하고자 하는 목표다. 인생이 해피엔딩만 보장된다면 실패와 역경을 딛고 성공하는 삶. 박진감 넘치고 모험과 스릴이 넘치는 드라마틱한 인생을 산다는 것, 그것은 남자들이 바라는 로망이 아니던가!

하지만 미래는 알 수 없는 것!

가지 않은 길에 대한 불안과 제약 조건들 때문에 누구나 결단을 내리기가 쉽지 않다. 결국 많은 사람들이 가던 길들을 관성의 법칙에 따라갈 수밖에 없다.

'괜히 왔다 간다'라는 묘비명을 남기고 간 중광스님이나 '우물쭈물하다 내 이럴 줄 알았다'고 말하고 간 버나드 쇼처럼 하지 못한 일에 대한 후회와 미련을 남기고 떠나는 것은 나의 철학에 반하는 일! 생리에도 맞지 않고 그렇게 살고 싶지도 않다. 어차피 빈손으로 와서 빈손으로 시작했기에 잃을 것도 별로 없다. 잃을 게 없으면 다시 시작하면 된다. 아내는 항상 말한다. "미스타 킴은 확인된 돈키호테!"라고.

핀란드는 북구라파에 위치한 나라답게 바람이 매섭다.

오후 세신데 벌써 어둡다. 1952년 하계올림픽이 개최된 곳으로 알려진 헬싱키는 핀란드의 수도이며 우리에게도 낯익은 이름이다. 헬싱키 공항이나 덴마크의 코펜하겐 공항은 생각보다 옹색하다. 생각해보니 우리나라의 인천공항은 엄청 크고 웅장하다.

공항은 그 나라의 관문이고 얼굴이다. 인천 공항도 처음에 지을 때는 연약 지반이어서 침해가 될 거라느니, 안개 때문에 비행기 이착륙에 지장이 있을 거라느니 그런 난리 부르스가 아니었고 난다 긴다 하는 학자들과 직업이 '데모'인 일부 환경론자들까지 팔 걷어붙이고 반대했었다.

하지만 까딱없다.

그 사람들 지금 어디 가서 밥들을 먹고 있는지 궁금하다. 근거 없는 찬성도 문제지만 반대를 위한 반대는 지탄받아 마땅하다. 인천공항은 수년째 공항 평가 세계 일등이다. 아시아의 허브로서 손색없다. 광활한 영종도에 세운 인천 공항도 지금은 더 넓히는 공사를 하고 있다.

스웨덴

노르웨이와 인접하고 있는 국가다.

북 스칸디나비아 반도의 등뼈에 위치한 스웨덴은 한반도보다 2.5배나 크다. 인구는 900만 명이며 1인당 소득은 5만 불 정도 되는데 인구만 빼놓고 우리보다 모든 게 두 배다. "From the cradle to the grave(요람에서 무덤까지)"라는 말은 사회 복지의 기준을 나타내는 용어인데 세계에서 복지제도가 가장 잘 되어있는 나라 스웨덴은 "태내에서 천국까지"라는 말로 바꿔 표현하고 있을 정도다.

우리가 반값 등록금 때문에 시끄럽지만 이곳은 대학교까지 모든 교육이 모조리 공짜다. 이것은 외국인에게도 포함되는데 학비가 없어서 학교 못 나왔다는 말은 핑계다. 몰라서 못 다니거나 의지가 부족하여 못 다니는 경우가 더 많다. 쑥스러운 얘기지만 나는 4년 동안 대학 등록금을 한 번 내지 않고 모조리 공짜로 다녔다. 가난하고 병든 아버지는 나의 대학 등록금을 낼 처지가 아니었다. 형편도 형편이었지만 스물

여섯 늦깎이 주제에 학교를 다니면서 부모님에게 손을 벌리거나 돈을 내고 다닌다는 것이 쪽팔렸다. 평소 병약하신 아버지는 내가 대학 2학년 때 그마저도 돌아가시고 말았다.

한국의 대학생들도 비좁은 나라에 처박혀 도토리 키 재기 하며 아등바등할 일이 아니다. 큰 뜻을 품고 멀리 내달려야 한다. 모든 학비가 무료인 것은 룩셈부르크 삼국을 포함한 덴마크 핀란드도 마찬가지다. 외국인의 눈으로 봐서 그런지 이곳 사람들은 거진 다 금발에 바비인형처럼 생겨 먹었다.

얼마나 좋은가! 공부도 공짜로 하고 연애도 색목인하고 색다르게 하고 일석이조다. 또 어찌 알겠는가. 잘만하면 북 구라파 금발 미인과 눈이 맞아 복지천국인 유럽에서 눌러 살게 될지. 꼭 미국이나 캐나다로만 나갈 일이 아니다. 요즘 젊은이들은 돈이 없는 게 아니라 꿈과 야망이 없다.

여기서 살려면 세금만 착실히 내면 된다. 수입의 40에서 60프로를 국가에 내야 한다. 버는 만큼 내서 서로 골고루 잘 살자는 뜻이니 얼마나 좋은가! 적게 내거나 내지도 않으면서 무상복지, 무상교육, 무상급식들을 외치면 그게 더 문제 아니겠는가!

우리의 최종 목적지는 스웨덴의 말뫼(Malmo)라는 도시다.

말뫼는 스웨덴에서 세 번째로 큰 도시이며 세계 100대 기업 중 하나인 샌드빅(SANDVIC) 본사가 있는 도시다. 샌드빅은 크락샤나 유압드릴 등을 생산하는 세계적인 회사다. 우리 팀원 네 명은 이번에 샌드빅으로부터 초청받아 왔다. 석산개발과 관련된 기계와 생산 과정을 시찰하기 위해 온 것이다. 기계 한 대가 약 25억 정도 되는데 이미 한 대는 오더

해서 선주문이 끝나고 선적해 있는 상태다. 샌드빅 서울 지사장과 나, 그리고 직원들 도합 5명이 일행이다.

완전 깜깜한 오밤중이다.

덴마크 코펜하겐 공항을 출발할 때 시간을 보니 오후 3시 30분이다. 벌써부터 한밤중이니 어쩌자는 얘긴가! 도대체 적응이 안 된다. 자동차로 밤길을 달려 스웨덴의 말뫼에 도착하니 일요일 오후 5시가 된다. 꼬박 12시간 만에 지구 서쪽 끝 나라에 와있다. 참, 좋은 세상이다. 근면은 타고나야 하는데 조금만 부지런하고 생각만 고쳐먹으면 세상을 다르게 살다 갈 수가 있다. 백수가 과로사한다.

말뫼는 스웨덴에서 가장 남쪽 끝에 위치한 도시이다.

인구가 25만 명밖에 안 된다. 말뫼에 오니 교과서에나 나오는 중세 유럽의 한 도시에 와 있는 느낌이다. 몇백 년은 됨직한 붉은 벽돌의 건물들이 거의 예술 작품들이다. 우리 조상들은 왜 초가집만 짓고 살았는지 모를 일이다. 아무리 농경 사회라지만 흙 많고 돌이 지천인 나라에서 스케일 좀 크고 넓고 높게 지을 생각들을 하지 않고 살았는지 의아스럽다. 이민족 침입도 역사적으로 오백 번도 넘게 침탈 당했으면서도 크고 높고 견고하게 짓고 살 생각들을 않고 살았는지 안타깝다. 무능을 핑계로 청빈과 안빈낙도를 위안으로 살았던 양반들의 인생관과 중상제도를 경시했던 조선 사대부 양반들의 좁은 식견이 안타깝다. 사촌이 논을 사면 배가 아플 정도이니 결국 나보다 잘 나고 잘 사는 것은 참을 수 없다는 우리 인간들의 배타적 관념일지도 모른다. 아흔아홉 칸 이상의 집은 상감마마 아니면 지을 수 없다는 말을 두고 하는 말이다.

돈키호테와 날라리 벌

호텔 힐튼에 여장을 풀고 잠깐 휴식을 취하고 나니 오후 7시.

샌드빅 회사에서 마중 나온 일행들이 근사한 레스토랑으로 안내한다. 오크나무 숲속 언덕에 자리 잡은 이 레스토랑은 5백 년이 넘었단다. 가만있어보자. 오백년이라! 우리나라가 1500년경이라는 얘긴데 그때 그 시절에 조선은 임진왜란 일어나기 백 년 전쯤 시대겠다. 그 시기에 이렇게 크고 고풍스런 건축물을 축조한 기술이 놀랍다.

낙이불류 애이불비(樂而不流 哀而不悲)라는 말도 있는데 오늘 내가 너무 냉 온탕을 넘나든다. 시공간의 차이로 말미암은 역사적 차이성과 문화적 상대성도 있을 텐데 말이다.

영화에나 나옴직한 근사하고 멋있는 분위기의 레스토랑으로 들어서니 모든 좌석이 예약되어 있다. 잘사는 유럽 사람들답게 모두가 여유 있어 보인다. 우리도 살 만큼 사는데 아늑하고 근사한 이국적인 분위기에 금방 주눅이 든다. 동양인은 우리들뿐인지라 안내되어 들어가려니 내 몸에서 마늘 냄새가 휘적휘적 풍길 것 같아 갑자기 소심해진다.

한국도 지금은 다문화 사회가 되어 가고 있다.

한때 동남아시아 사람들을 보면 무조건 후진국 사람들로 간주하여 외면하거나 하대하는 경향이 꽤 있었다. 백인을 제외하곤 혼혈은 사람 취급도 안 했다. 우리나라 만큼 인종 차별과 편견이 심한 나라도 없다. 외국어 학원을 오래 경험해 봐서 안다. 한국의 부모들은 자기 자녀들이 흑인 선생이나 동남아 선생으로부터 영어를 배우는 것을 아주 싫어한다. 정통 영어 발음이 아니라는 이유다. 잉글리쉬를 유색인종에게 배운다는 것은 도저히 참을 수 없다는 거다.

하지만 나는 그들의 우악스런 편견에 결코 동의할 수 없었다.

세계 인구 70억 중 영어를 모국어로 사용하는 인구는 10%도 안 될 것이다. 63억 나머지 사람들은 정통 영어를 구사하지 못하거나 아예 영어를 못한다는 얘기다. 그럼 세계 밖으로 나가 이들과 어떤 언어로 소통하고 어떻게 함께 지낼 수 있단 말인가! 우리 자신들 또한 아무리 노력해도 정통 영어를 구사할 수 없다. 서툴게 말해도 서로 알아듣고 이해할 줄 안다. 다만 내가 하고 싶은 이야기를 정확하게 전달하는 능력이다. 잘하면 좋겠지만 언어는 소통하는 게 목적이지 잘하는 게 목적이 아니다.

나는 오히려 그들을 더 우대하고 채용했다.

피부색으로 말미암아 그들의 나라에서도 겪어 보지 못한 얼토당토 않은 인종적 편견을 그들은 받아야 했고 한국인들, 특히 학부모들의 편견을 그들도 다 알고 있었다. 이를 극복하기 위해 흑인 African-American들은 백인 교사들보다 훨씬 더 성실히 준비하고 열과 성의를 다해 가르쳤다. 특히 흑인들은 영특하고 우수했다. 나태하고 교만하고 게으른 백인들과는 비교할 수 없었다. 그 편견에 대한 죗값을 여기에서 받고 있다는 생각에 나는 괜히 위축된다. 하지만 그건 나만의 착각이다. 남을 빤히 쳐다보는 것은 그들의 예의가 아니다. 아주 즐겁고 맛있어 죽겠다는 표정들이고 낯선 동양인들의 등장에 관심조차 두지 않는다.

크리스마스가 내일 모레다.

이곳 사람들에게 크리스마스는 대단한 명절이다. 11월부터 모든 일정이 크리스마스에 맞춰져 있다. 주문한 음식이 나왔다. 바이킹족을 조상으로 둔 사람들답게 소고기도 뭉텅뭉텅이고 양도 엄청나다. 우스갯소리를 잘하는 친구 놈이 있다. 식당에 가서 한우인지 수입소인지 구별하려면 고기를 포크로 찍어 보면 안단다. 한우는 "음메!" 소리가 나고 수입소는 "오, 마이 갓!" 하는 소리가 나온단다. 포크를 들어 고기를 슬쩍 한 번 찔러본다. 샌드빅 직원이 내가 하는 짓을 이상한 표정으로 쳐다본다.

삼지창으로 고기를 찍어, 펄펄 끓는 화로에 담가 익혀 먹는 샤브샤브다. 몽고인들의 전통 음식 샤브샤브를 스웨덴에 와서까지 먹게 되다니… 다른 점은 다양한 종류의 치즈와 소스가 함께 놓여 있다는 점이다. 소고기도 느끼한데 소고기에 치즈까지 발라 먹는다. 한두 점 먹다 삼지창을 슬그머니 내려놓았다. 느끼하고 질려서 내 취향이 아니었다. 붉은 소고기는 신선했으나 물에 데치니 말고기 같았다. 소고기는 된장 고추장이 제격이고 최소한 굵은 소금 정도는 뿌려 구워 먹어야 하는 건데 맵고 짜게 먹는 것은 이들의 식문화가 아니다. 문화 외계인의 한계다. 된장 고추장이 있느냐고 물어보고 싶었지만 여권을 압수당할까 싶어 가만히 앉아 있었다.

돌아가면 우리나라 김치와 삼겹살을 배터지게 먹어야겠다고 두 손을 불끈 쥐었다. 식사를 하는 둥 마는 둥 하고 일행들과 헤어져 숙소로 어슬렁어슬렁 혼자 걸어서 온다. 일요일인데다 가게들도 전부 문을 닫아서 별로 볼 게 없다. 지나다니는 사람들도 별로 없고 자가용이나 택시들만 오갈 뿐이다. 차들이 모조리 벤츠나 아우디인 것을 보니 신기하다. 간혹 정장 차림에 자전거를 타고 거리를 지나가는 예쁜 금발 미녀들을 힐끔거리면서 나는 전라도 촌놈의 촌티를 풀풀 날렸다. 참 아름답고 고풍스러운 도시다.

"죽은 뒤, 내(來)생에 이곳에서 태어나게 해 줄까?" 하고 신께서 물으신다면, 나의 대답은 "Absolutely NO!"라고 말할 것이다. 여기는 노래방도 삼겹살집도 당구장도 모텔도 네온 싸인 간판도 하나가 없다. Nothing이다. 진실한 말은 하늘에 오르는 사다리라고 했다. 진짜다!

이 사람들이 뭘 해 먹고 사는지 정말 궁금했다. 바이킹의 후손답게 주변국들에 쳐들어가 지금도 약탈해 와서 먹고사나 할 정도로 성업 중인 곳이 없다. 하기사 먹고 살만하니 밤늦게 그런 일에 종사할 만한 사람도 없을 것이다.

함께 간 샌드빅 직원에게 물어보니 말뫼는 23만 정도의 상공업 항구 도시란다. 식품, 조선 섬유, 기계 공업이 중심이고 해가 지면 상점 대부분이 문을 닫는단다. 퇴근하면 집에서 가족과 함께 식사를 하는 것이 하나의 문화라고 한다. 모든 게 가족 중심이란다. 그러니 밤에는 한결같이 조용하고 평화롭다. 마누라가 들으면 틀림없이 이민 가자고 조를 게 뻔하다. 사람 사는 게 다 엇비슷할 텐데 이곳 남자들은 저녁에 심심해서 어떻게 사나 걱정이 될 정도였다. 스키나 하키 등 겨울스포츠가 활성화되어 있다지만, 이렇게 일찍 해가 져놔서 긴긴 겨울밤을 도대체 무엇을 하며 지낸단 말인가! 모든 운동을 할 수 있는 실내체육관들이 곳곳에 있지 않고서는 가정 안정화 사회 안정화를 어떻게 이루는지 궁금하다.

겨울밤이 무지 길다는 소릴 듣고 생일이 섣달과 동짓달 생들이 많겠다고 얘기하니 외국인 가이드 생일도 동짓달이라고 한다. 거 봐라! 역사는 밤에 이루어진다고 하지 않는가!

아, 그래도 나는 사시사철 햇빛이 찬란하고 활기차고 바쁜 우리나라가 훨씬 좋다.

돈키호테와 날라리 벌

이곳 북유럽 국가인 덴마크나 핀란드 스웨덴 노르웨이는 한겨울엔 해가 두세 시간 잠깐 떠 있을 뿐이다. 그나마 인색하기 짝이 없어서 해는 항상 구름 뒤에 숨어 있다가 어쩌다 한 번 얼굴을 보여 줄 정도였다. 치사할 정도였다. 낮이 낮 같지 않고 항상 우중충하다. 북부지방은 이보다 심한데 겨울은 하루 온종일 흑야이고 여름은 온종일 백야다. 흑 아니면 백, 화끈하다. 이쪽 사람들이 해만 보면 웃통을 활딱 활딱 벗어부치는 이유를 여기 와서야 알게 되었다. 땅덩어리가 둥근 지구의 꼭지에 살고 있으니 그 자연환경에 맞춰 살아야 한다. 아침 9시나 되어서야 해가 떴구나 하는 정도이니 아침의 기준을 어디에다 맞춰야 할지 도통 알 수가 없다. 대부분의 상점들이 오전 10시나 되어서야 문들을 연다. 9시에 오면 "NO!"란다. 한국 같으면 사장님 화내시겠다. 이렇게 장사하면 우리나라에서는 굶어 죽기 딱 십상이다.

그런데도 스웨덴은 1인당 국민총생산(GDP)이 5만 불 정도고 세계 11위다. 한국은 29위 정도. 1인당 GDP는 3만 불 정도다. 내 코가 석 잔데도 여기까지 와서 남의 나라 걱정하고 있다. 쥐가 고양이 걱정하고 있다. 나의 오지랖 때문이다. 그런데도 이곳 인구밀도는 형편없다. 뭐가 부족해서 아이들을 안 낳으려고 하는지 도무지 이해가 되지 않는다. 이상한 것은 가방을 메고 학교 다니는 애들을 도통 볼 수가 없다는 것이다. 애들이 전부 지하로만 다니는 것도 아닐 텐데 신기하기 짝이 없다. 다들 노리끼리 해서 내 눈에만 안 보이는 건지 알 수가 없다.

학교는 8시에 시작하여 오후 4시면 끝나는데도 학생 한 명 보지 못했다. 우리나라는 이 시간이면 길거리가 학생들과 학원 차들로 넘쳐나고 도시가 시끄러울 텐데, 어린이들이 보이지 않으니 좀 심하게 표현하면 죽은 도시 같다는 느낌이다. 겨울에 와서 그런 느낌이 더 드는지도 모르겠다.

　북 구라파의 겨울밤은 이방인들에게는 무료함 그 자체다. 한국처럼 밤 문화가 전혀 없으니 어둑어둑해지면 나는 호텔에 들어가 잠을 초청할 수밖에 없다. 함께 투숙한 동행인은 각도만 잡히면 바로 곯아떨어지는 하마 형이다. 뱃구레가 크니 코 고는 소리도 요란하다. 잠자기는 글렀다. 하루 두세 시간 푹 자면, 수면으로 충분한 나에게 긴 밤은 거의 고문이다. 엎치락뒤치락하며 밤새 뒤척인다. 긴긴 겨울밤을 여행 기록을 정리하거나 책을 읽거나 하며 밤을 꼴딱 새웠다.

　아침 8시다.
　딱히 할 일도 없고 무료해서 식사하기 전에 산보라도 할 생각으로 거리로 나선다. 어느 한 가게 안을 들여다보니 직원 세 사람이 뭔가를 정리하고 있다. 문을 지긋이 밀어보니 문이 닫혀있다. 시계를 보니 9시다. 하나라도 더 팔려고 잽싸게 튀어나올 텐데 그냥 빤히 쳐다볼 뿐 문을 열어 주지 않는다. 가지 않고 인상 쓰고 있었더니 한 여직원이 나와 10시에나 오라고 말한다. 우와~ 세상에 융통성이라는 말도 있고 유도리라는 일본 말도 있는데 얄짤 없다.
　한국 같으면 이런 종업원은 당장 해고다. 여름 한 철 장사하는 것도 아닐 텐데 어찌 사람들이 악착스러워 보이지 않는다. 모든 국민이 한꺼번에 요이~ 땡! 해서 요이~ 땡! 하고 끝나는 규칙만 엄수한다면 이게 최곤데 스웨덴은 아마 그걸 잘 지키나 보다.
　앗, 실수다. 요이 땡은 일본 말이다…

외국인들이 한국에 오면 서울의 수많은 차량에 먼저 놀란다.

한국의 고속도로는 한밤중에도 차량들이 꼬리를 문다. 자그마한 땅덩어리에 5천만이 복작대며 살려니 바쁘게 살 수밖에 없다. 빨리빨리 움직이지 않으면 먹고 살 수가 없다. 오죽하면 한국의 국가 번호가 82(빨리)일까! 북유럽 등 스칸디나비아 반도의 국가들처럼 석유나 지하 부존 자원 등이 전혀 없는 나라, 대한민국이 세계와 어깨를 나란히 하며 이만큼이나 살게 된 것은 교육과 근면, 타고난 부지런함 덕분이 아니겠는가!

식사하고 나서 잠깐 휴식을 취하고 나니 아침 10시 반.

우리 일행을 픽업하기 위해 샌드빅 직원 둘이서 호텔로 왔다. 회사에 들어가기 전에 점심으로 예약된 레스토랑으로 먼저 안내하고 싶단다. 우리는 방금 아침을 챙겨 먹었다. 우리 상황을 알 리가 없으니 그들로서는 당연한 접대겠지만, 한 시간 반 만에 식사를 또 해야 하다니 이거 먹다 죽게 생겼다. 거절은 손님에 대한 예의가 아니다. 몇백 년은 됨직한 참나무들로 둘러싸인 근사한 레스토랑으로 안내되어 들어가는데 이곳도 200년도 넘었단다. 이쪽 동네는 건물이나 식당이 보통 몇백 년이 아니면 명함 내 놓기가 어렵겠다.

식사가 끝난 후 남자 직원들을 따라 드디어 샌드빅 회사에 들어선다. 본사 지붕에 스웨덴 국기와 태극기가 나란히 펄럭인다. 방문객들을 위한 세심한 배려가 아닐 수 없다. 만리타향에 와서 태극기를 보는 순간 시쳇말로 가슴이 울컥한다.

　샌드빅은 1882년 설립된 회사니 약 130년 역사를 가진 회사다. 우리 나라에서는 50년이 넘은 기업은 손에 꼽을 정도인데, 몇십 년의 역사 는 이곳에선 기업이라 할 수 없을 정도로 모조리 오래된 것들 투성이 다. 샌드빅 회사도 세계 100대 기업 안에 드는데도 불구하고 건물 외 관은 낡고 허름한 붉은 벽돌 건물이다. 하지만 내부로 들어가니 안에 는 초현대식 구조다. 건물이 오래되었음에도 불구하고 곳곳이 깔끔하 게 정돈되어 있고 건물들 자체가 고색창연하다.

　회의실에서 차 한잔 하면서 회사의 역사와 생산 과정을 안내받는다. 직원을 따라 생산 공장 내부로 들어가 회사 곳곳을 안내받고 제품 제 작 과정을 설명 듣는다. 거대한 용광로에서 주물 되는 과정과 전자 시 스템으로 통 쇠를 깎는 과정을 보여주는데 회사에 대한 신뢰감이 확 든다. 일하는 사람들의 표정은 여유 있고 즐거워 보인다. 어떻게 보면

일하는 것 같고 어찌 보면 노는 것처럼 보인다. 외래객의 방문을 받으면 방해된다고 생각이 들 텐데 전혀 문제가 안 된다는 표정이다. 오히려 우리와 눈이 마주치면 나를 잘 아는 사람처럼 눈인사를 먼저 한다. 공장 내부를 돌아다니는 젊은 친구는 아예 스케이트보드를 타고 다닌다. 워낙 넓으니 걸어 다니는 것보다 훨씬 빠르고 보기에도 즐거워 보인다. 임금을 주는 사람이나 받는 사람이 신나고 즐거워야 한다. 그런 기업이 장수하고 큰 기업이 된다. 영업하는 사람이 침 튀기며 백 번 홍보해 봤자 소용없다. 회사원들의 일하는 모습과 분위기, 깔끔하게 정돈된 현장 하나면 충분하다. 이런 내공은 결코 하루아침에 만들어지지 않는다. 상호 간에 빵문제가 완벽하게 해결되지 않으면 결코 가능한 그림이 아니다. 그리고 꾸준한 교육과 학습이다. 중요한 이 사실 하나가 회사의 오래된 역사와 전통을 만들어 준다. 노사가 함께 만든다.

북 구라파 사람들은 자기네의 고유의 언어가 있지만 영어가 공용어다. 비록 엑센트가 강하지만 웬만한 사람들은 영어를 문제도 없이 사용한다. 하다못해 택시 운전사들도 영어가 유창하다. 이곳은 몰입교육(Immersion School)이 특징이다. 몰입교육이란 모든 수업 자체를 영어로 진행한다는 얘기다. 우리 한국은 모방은 하고 있으나 학교에는 여전히 벤또(도시락) 세대가 영어를 가르치고 있고 또한 알아듣는 학생도 많지 않기 때문에 몰입교육은 기대만큼 효과가 크지 않다. 학원에서 커버하고 있으나 스피킹 리스닝 시간의 절대량이 부족하기 때문에 있는 집 아이들은 외국으로 나간다. 세계 어디 가도 굶어 죽지 않으려면 영어 하나만이라도 잘 배워놔야 한다. 전공이 영어인 게 다행이고, 나의 영어는 아직 쓸만하다.

호텔로 돌아와 샤워하고 잠깐 휴식을 취하고 나니 오후 7시.

회사에서 초대한 500년 된 또 다른 레스토랑에 안내되어 들어간다. 이곳 사람들은 도대체가 숫자 개념이 없는 모양이다. 내 영어가 시원찮나 할 정도다. 오십 년이 아니라 500년이란다. 파이브 헌드뤠드라고 했다. 싸우전드와 헌드뤠드 정도는 알아먹는다. 운하를 옆에 두고 자리 잡은 근사한 레스토랑이다. 차려진 음식의 간을 막 보려는데, 레스토랑 쉐프가 다가와서 친절하게 인사한다. 자기 차는 한국의 KIA에서 만든 차인데 값에 비해 품질은 최고라며 엄지손가락을 척, 치켜세운다. 묻지도 따지지도 않았는데 말을 붙인다. 크리스마스의 이브 같은 분위기 속에서 스웨덴 전통 음식보다 애국심에 도취되어 가슴이 뿌듯하다. 일행들도 나처럼 기분이 좋아선지 스웨덴 위스키가 독한지도 모른 채 잔들을 비워갔다.

스웨덴은 자동차의 강국이다.

우리에게도 익숙한 VOLVO, SAAB, SCANIA 등은 스웨덴이 자랑하는 세계적 자동차 메이커들이다. 이런 브랜드 속에서 한국차가 스웨덴에서 인기 짱이라니 마치 내 일처럼 기쁘다!

기분 좋은 만찬과 여운을 커피 한잔으로 입가심하고 샌드빅 직원들과 헤어졌다. 숙소로 어슬렁거리면서 천천히 걸어온다. 전통기업이라는 것, 세계적 기업이라는 게 무엇을 의미하는지 생각한다. 나도 저들처럼 잘할 수 있을까 하고 기대해 본다. 추운데도 길거리 노천 카페에 앉아 찬 맥주를 마시며 삼삼오오 담소하는 그들의 모습들을 보며 추위에도 생존력이 강한 야생 야크(Yak)의 본질을 보는 것 같았다.

연속으로 몇 끼를 양식으로 먹었더니 속이 느글거린다. 호텔에 들어와 가지고 간 컵라면을 끓여 김치와 함께 아주 아주 달게 먹었다. 한국 사람은 거저 김치를 먹어야 힘이 난다. 잠들다 깨어 보니 새벽 2시, 한국은 오전 9시겠다. 어제 하루 일정을 기록하고 정리하고 나니 5시다. 아직도 새벽이 되려면 네 시간은 더 지나야 한다. 잠 많은 사람은 스웨덴이 딱이다.

스웨덴은 그룹 ABBA의 나라다.

한참 때, 스웨덴이 만들어 수출하는 VOLVO 차량보다 음반 수입으로 벌어들이는 한 해 수입이 더 많다 할 정도로 아바는 세계적으로 유명한 혼성 4인조 그룹이었다. ABBA라는 이름은 그들 네 사람의 첫 글자를 조합해 만든 이름이다. 항상 강조하는 말이지만 남자들은 여자를 잘 만나야 한다. 남성 두 명이 자기 여자 친구들을 끌어들여 혼성 4

인조 보컬을 만들었는데 이 여자들이 노래를 기가 막히게 잘한다. 워털루라는 노래로 한마디로 대박을 쳤다. 그리고 그들이 부르는 거의 모든 노래는 큰 성공을 거두었다. 젊은 세대에게 구닥다리 소리를 들을지 모르겠지만 이들의 노래를 듣고 있으면 흥겹고 즐겁다. 맘마미아, 댄싱퀸, 하니하니, 치키타 등 수많은 히트곡을 만들어 70년대를 풍미했다. 이들은 크게 성공해서 스웨덴에서는 재벌들로 손꼽힌다.

성공하면 깨지는 게 순리인가! 그룹 아바는 서로들 얼마 못 살고 이혼으로 깨졌다. 하지만 이곳 사람들에게 ABBA는 여전히 넘버원으로 자리매김하고 있었다. 나와 같은 7080세대들에게 아바는 음악적 감성의 젖줄이었다. 아바의 박물관은 스톡홀름에 있단다. 정말 한번 가보고 싶었는데 애석하게도 일정에 없다. 테니스 스타 비에른 보리가 스웨덴 사람이고, 골프여제 애니카 쏘랜스탐이 이곳 말뫼 출신이다. 산업시찰이다 보니 일정이 빠듯해 스웨덴의 수도 스톡홀름을 못 보고 지나친다는 게 아쉽다.

다이너마이트의 아버지, 노벨상의 설정자, NOBEL의 나라 스웨덴을 그렇게 떠난다.

02

덴마크

오늘은 덴마크다.

덴마크와 스웨덴은 지척 간에 있다. 발트해를 지나 자동차로 40분이면 국경을 통과한다. 검문소도 없다. 해저터널로 4km, 연륙교로 8km를 달리면 덴마크 수도 코펜하겐에 도착한다. 모두 비이킹 족들의 후예들이니만큼 옛날에는 엄청 싸우고 살았다. 하지만 지금은 싸울 필요가 없다. 싸울 만큼 피터지게 싸웠고 싸워서 서로 좋을 게 없다는 교훈을 알고부터는 사이좋게 지낸다.

덴마크는 한국의 1/5밖에 안 되는 자그마한 나라다. 하지만 오해는 금물. 덴마크의 자치령인 세계에서 가장 큰 섬, 그린란드를 합치면 한반도의 10배 이상 큰 땅덩어리가 된다. 그린란드에는 에스키모인과 닮은 이누이트 족이 살고 있다. 80%가 눈으로 덮여 있지만 지하자원이 무궁무진하다. 1인당 GDP는 세계 7위, 6만 불 조금 넘는 아주 잘 사는 나라다.

우리의 여행의 목적지는 스웨덴과 핀란드다.

돈키호테와 날라리 벌

크락샤 공장이 위치한 스웨덴과 유압드릴을 생산하고 있는 핀란드 방문이 주 목적인데 핀란드로 건너가기 전, 덴마크 여행을 감초로 집어넣은 것이다. 호텔 프런트에 내려가니 브래드 피트와 닮은 요한(Johan)이 나이가 지긋한 SAS 항공 스튜어디스 출신 예쁜 여자 가이드와 함께 기다리고 있었다. 내 나이 정도나 됐을까? 예쁘고 교양 있어 보인다. 나는 여자에 약한데 오늘 여행이 제대로 눈에 들어올지 은근히 걱정이다.

이곳의 대학 졸업생 평균 임금이 520만 원 정도란다.

세금 32퍼센트 떼고 나면 360만 원 정도 받는데 요한이 내게 해 준 말이다. 부족하지 않느냐고 물어보니 나머지를 국가에서 다 책임지니 부족함이 전혀 없단다. 최저임금이 300만 원이고 대학 나온 사람이나 안 나온 사람이나 별반 다를 게 없다. 월급을 많이 받는 사람은 세금을 더 내야 한다. 최고 67%까지 내야 한다는 데 어찌 보면 많이 받으나 덜 받으나 그게 그거겠다. 스웨덴의 평균 근로 소득세 비율이 약 55% 정도인데 반해 한국은 35% 정도 된다. 그중 면세자 비율이 40% 정도 되니 한국은 덜 내고 더 많이 뜯어 먹고 살자는 주의이다 보니 복지 개념이 좀 다르다. 실업자가 되어도 자기가 받던 월급 90%를 1년 동안, 70%의 월급을 2년 동안 받을 수 있으니 회사에서 짤려도 사는데 지장이 전혀 없다. 싫증나면 회사 확 때려치우고 남유럽이나 브라질, 동남아시아 등으로 여행을 훌쩍 떠날 수 있으니 인생이 찰지고 기름지겠다. 퇴직 후 연장 근무 신청하면 회사가 오히려 좋아한단다. 명예퇴직제도가 있지만 오히려 퇴직금이 깎인다니 덴마크 살기 좋은 나라다.

하지만 북유럽 사람들의 행복지수는 오히려 낮고 자살률은 높다.

소득이 증가하면 행복 지수가 높아지지만 일정 시점이 지나면 더 이상 행복도는 증가하지 않는다는 이스털린(Easterlin)의 역설처럼 다 갖춰진 사람들에게 희망과 목표지수가 아무 의미가 없다. 방글라데시나 부탄과 같은 나라가 오히려 행복지수가 제일 높다. 삶의 행복을 결정하는 것은 물질이 아니라 '희망과 사랑'이라는 것이다. 희망은 목적이고 사랑은 나누고 베푸는 것을 의미한다. OECD 국가 중 한국의 자살률 1위는 산업화에 대한 대가이고 그만큼 희망과 사랑이 메말라져 가고 있다는 증거다. 희망은 비타민과 같다. 사랑은 없어도 살 수 있지만 희망이 없으면 사람은 죽는다.

이틀 함께 지내면서 요한과는 이미 친해졌다. 나이는 나보다 어린데 생각은 깊다. 여자친구도 그 나이 때 나보다 훨 많다. 자기는 5년 전부터 여자 친구와 동거를 하고 있는데 여자친구가 많아서 결혼할까 말까 고민이라고 실토한다. 나쁜 놈이다. 질투 유발자다. 이곳 사람들은 결혼하기 전에 동거가 필수처럼 되어 있다. 이 사람 저 사람하고 살아보고 마음에 맞는 사람하고 결혼하니 흠도 아니고 시행착오도 줄일 수 있겠다. 우리가 고리타분해서 그렇지 그렇지 요즘 한국의 신세대들은 이미 그런 삶을 살고 있다.

"인간은 일부일처제로 살도록 진화되지 않았다."
내가 한 말이 아니다. 리쳐드 테일러라는 사람이 『일부일처제의 신화』라는 책에서 말했는데 근사한 말이다. 이거 내가 제대로 말하고 있는지 나도 헷갈린다. 나의 구동축(口動軸)은 브레이크가 가끔 고장 나는

게 흠이다. 뒷감당이 안 될 때가 많다. 발트해 연안에는 스위덴의 풍력
발전소가 수십 대가 놓여있어 그 모습이 장관이다. 풍력발전소는 보기
에 느림보처럼 돌아가는 것 같아도 초당 2,000Kw 정도를 생산한다.
한 가정이 하루 3Kw를 사용한다고 가정할 때 어마어마한 발전량이다.
느리다고 깔볼 일이 아니다. 모르니까 깔본다. 해저 터널을 지나오니 코
펜하겐이 코앞이다. 아침부터 비가 흩뿌리기 시작하더니 코펜하겐 시내
로 들어오니 비바람은 이미 거칠어져 있다.

비 내리는 코펜하겐이라… 영화의 한 장면이다! 하늘엔 먹장구름이
잔뜩 끼고 있어서 하루 종일 우중충하고 비는 왼 종일 내리고 있다. 코
펜하겐은 거의 평지에 가깝다. 산을 찾아보기 힘들고 바다를 끼고 있
는 위치적 조건 때문에 비바람이 많이 분다.

도시의 건물들은 하나의 거대한 건축 박물관과 다름없다. 모두가 수

백 년은 됨직한 건축 유물들이 카드에 나오는 그림처럼 고풍스럽고 위풍당당한 작품들이었다. 비가 오는데도 우산을 받고 다니는 사람은 거의 없다. 해가 뜨는 날보다 비가 오는 날이 더 많으니 굳이 우산을 들고 다닐 필요가 없겠다. 레인코트 하나면 끝나겠다. 레인코트, 레인부츠, 우산 장사하면 여기서는 먹고는 살겠다.

덴마크는 자동차값이 비싸기도 하지만 자전거를 타고 다니는 사람이 많다. 겨울비라 제법 쌀쌀한데도 우산도 받지 않고 자전거를 타고 다니는 사람들이 많아 신기할 따름이다. 얼마 전 비 맞고 자전거를 타고 전국 일주한 경험이 있어 남의 일 같아 보이지 않는다.

안데르센의 나라답게 도시가 살아 있다. 안데르센 거리에 오니 비로소 어린이들이 좀 눈에 띄는데 꼭 천사들을 보는 느낌이다.

우리도 잘 알고 있는 안데르센은 평생을 아웃사이더로 살았다. 가난하고 고독했던 안데르센은 평생 독신으로 살다가 외롭게 죽었다. 인어공주, 벌거벗은 임금님, 성냥팔이 소녀, 미운 오리 새끼 등이 그의 작품이고 우리에게 친숙하다.

외롭고도 고독한 그의 삶이 이러한 순진무구와 같은 남다른 동화를 쓰게 한 원동력이 되었는지도 모른다. 어느 것 하나 유명하지 않은 작품이 없지만 '미운 오리 새끼'는 그의 자서전적 동화다. 나도 한때는 미운 오리 새끼였는데 아내에게는 지금도 미운 오리 새끼다. 자신이 백조인 줄 모르고 평생을 미운 오리 새끼처럼 살다가 죽는 어른도 많다. 동화를 많이 읽으면 자신이 백조라는 사실을 깨닫게 된다. 어른들이라고 해서 어려운 책만 찾아서 읽을 일이 아니다. 향기 나는 사람은 알아서 사람들이 찾아온다. 가난해도 그는 백조처럼 살다 가는 것이다. 덴마크를 떠날 때 나도 안데르센 향수(?) 하나 사 가지고 가야겠다. 내 몸에서 나는 퀴퀴한 냄새를 좀 감추어야겠다. 꼭 들르고 싶었는데 비도 오고 일정이 빠듯하니 안데르센이 살았다는 건물을 그냥 지나친다.

운하를 두고 양옆으로 고색창연한 건물들이 도열되어 있다. 천장이 투명유리로 된 유람선을 타고 뉘하운(Nyhavn) 운하를 일주하는데, 비는 아까보다 더 거세졌다. 비가 오지 않으면 유람선 상단의 유리문들을 활짝 열어 훨씬 아름다운 풍광을 볼 수 있을 텐데 오늘은 일진이 좋지 않다. 사진 한 장이라도 더 담아 가려는 욕심에 비를 맞아 가면서도 열심히 카메라 셔터를 눌러댄다.

머스크와 같은 세계 제일의 상선회사, 구 증권 거래소, 국회의사당, 크리스티안스보르 궁전, 국립박물관, 프레드릭스 교회 , 아밀리엔보르 궁전 등의 르네상스 양식과 바로크 양식의 유서 깊은 건축물들을 보면서 덴마크 수도 코펜하겐이야말로 거대한 건축박물관이라는 생각이 들어 정말 부러웠다. 유람선은 세계 최초 테마파크인 티볼리 파크를 점찍고 돌아오는 코스인데 이 공원 안에는 안데르센의 동화로 유명한 인어공주 상이 있다. 실제 인어공주는 80cm 정도 밖에 안 되는 왜소한 체격의 동상에 불과했는데 안데르센 때문에 세계적인 관광명소가 되었다. 비바람에 고스란히 노출된 인어공주는 동화 내용처럼 애처롭기 짝이 없어 보인다.

유람선을 타고 가이드 하는 남자는 나이가 서른 남짓한 젊은 친구다. 마치 『죄와 벌』의 라스꼴리니코프와 같은 지성미와 고독한 매력이 돋보이는 아주 잘 생긴 청년이다. 영어를 마치 프랑스어처럼 말하는데 웬만한 여자들은 뻑 가게 생겨 먹었다. 유람선을 내릴 때, "당신, 참 영화배우처럼 멋지게 생겼다"고 했더니 "당신도 약간 아니게 생겨 먹었다"고 수줍게 말하며 내 턱수염을 가리킨다. 자전거 여행을 하면서 얻은 수확인데 수염 기르기를 잘했구나 하고 잠깐 나도 자뻑에 빠졌다. 기념으로 사진 하나 박자고 해서 남겨 두었다.

입헌군주국인 덴마크의 마르그레타 여왕은 영국의 엘리자베스 여왕보다 온 국민의 존경과 신뢰를 더 받고 있었다. 아마리엔보 궁전 앞에는 대형 요트가 정박해 있었다. 모로코의 왕자가 타고 온 거란다. 마치 크루즈와 같이 화려하고 웅장해 보였다. 무슨 팔자로 저렇게 근사하게 사나 싶다.

하지만 나이가 들어갈수록 가질 수 없음에 대한 갈망보다 제대로 사는 것에 대한 열망이 더 크다. 또한 힘든 가정에서 어렵게 성장하며 검은 아프리카를 건너오며 여러 번 박살 난 내 인생도 그에 못지않게 너무 소중한 까닭에 갈등도 열망도 거기까지다.

'사람들은 자기가 갖지 못한 것을 가지고 있는 상대를 부러워하지만, 결국 자신이 가진 것이 가장 아름다운 것이다.'

장자가 말한 '풍연심'이다. 장자도 나처럼 요트가 없었나 보다.

부자들의 집 앞에는 어김없이 자가용처럼 요트가 잔 파랑에 너울거리며 있었다. 반대편 쪽 가난한 사람들의 집 앞에는 요트가 보이지 않지만 서로 이웃하며 불화 없이 잘 지낸다는 가이드의 설명이다. 덴마크는 카톨릭도 기독교도 아닌 93%의 사람들이 복음 루터교를 믿는다.

　고등학교 때 윤리 선생님의 말씀이 생각난다.

　'기독교를 믿는 유럽은 잘 사는데 불교를 믿는 아시아는 못살 수밖에 없다'고 가르치셨다. 신앙심의 도가 지나쳤는지 아니면 선생님 수준이 아프리카 미개인들에게도 못 미쳤는지 학생들에게 가갸거겨를 가르쳤다. 자연환경과 역사적인 배경, 종교적 지식과 상식을 깡그리 무시한 매몰교육이었다. 지나놓고 나면 다 알게 되는데 지금 생각해 봐도 참 순진하셨다. 학생들에게 광대무변의 사유와 철학을 가르쳐야 하는데 편협된 종교관을 주입하려 했다.

　코펜하겐 시내에 있는 백화점에 들어간다. 선물용 부엌칼과 가위 등 몇 점을 사니 몇백 유로가 금방 나간다. 스웨덴에서 전지용 가위와 톱, 망치 등을 구입했는데 스칸디나비아 연안의 나라들은 정밀 기계의 나라답게 기계 부품이나 공구 등은 정밀도나 품질 면에서 예술에 가깝다. 쪽 시간을 활용해서 잠깐 들어간 백화점의 쇼핑은 점원의 혼을 빼기에 충분했다. 작달만한 동양인들이 들어와서 가위와 공구들을 삽시간에 싹쓸이해가니 계산하는 여직원의 정신이 혼미했을 것이다.

　미적 기준이 다 다르다고는 하나, 우리나라 같으면 송혜교나 김태희처럼 영화배우 해도 될 만한 걸(Girl)들이 백화점에서 물건들을 팔고 있다. 다름에 대한 일시적인 호기심일 텐데 남자들의 눈길은 한결같이 기름지다.

물건을 살 때는 영수증을 잘 챙겨야 한다. 출국할 때 그 나라 은행에 가서 영수증을 제출하면 세금을 환급받을 수 있다. 쇼핑하느라 약속한 오후 1시가 훌쩍 넘었다.

밑에서 참을성 있게 기다리던 브래드 피트가 일행들을 데리고 운하 옆에 예약된 레스토랑 Cap Horn으로 안내한다. 내부는 비좁지만 바이킹 시대의 전통을 간직한 300년 역사를 가진 식당이다. 한쪽 구석에서 바이킹 영화의 주인공 '커크 더글러스'가 칼을 빼들고 금방이라도 뛰쳐나올 것 같다. 이곳 특유의 흑맥주와 위스키가 나오는데, 연어를 곁들인 비프스테이크는 유럽에 와서 먹어 본 음식 중에 가장 훌륭했다. 아름다운 풍광과 함께 친절한 금발머리 웨이트리스들의 상냥한 서비스에 일행들은 감동받았다. 취기가 도도해지자 안주와 술을 더 시킨다. 시찰이고 나발이고 이곳에서 한 사나흘 푹 담궜다 가고 싶다. 3시인데 밖은 이미 어두워져 버렸다.

덴마크를 오면 반드시 들러야 하는 명소 칼스버그다.

1847년부터 맥주를 생산한 세계적인 맥주회사다. 창업자의 이름은 Jc Jacobson인데 언덕에 위치했다고 해서 berg(언덕)와 아들의 이름인 Carl을 따서 Carlsberge라는 이름을 지었다. 실제 이곳은 코펜하겐에서 유일하게 구릉지대에 위치하고 있다. 회사 규모가 엄청 커서 이곳을 중심으로 하나의 거대한 타운하우스를 형성하고 있을 정도다. 주조 과정이나 제조 공정이 역사박물관처럼 전시되고 있다. 칼스버그 상표에 있는 왕관 브랜드는 그 당시 왕으로부터 하사된 인정 표시다.

습관과 입맛은 무서운 것이다.

한국의 맥주가 맛이 없다지만, 나는 우리나라 맥주가 더 좋다.

세계의 맥주를 거의 다 마셔 본 것 같지만, 나는 한국의 맥주, 특히 CASS가 제일 좋다. 나는 특히 폭탄주를 좋아하는데 카쓰 1/3 컵에 소주 반 컵을 넣어 제조하면 어떤 양주보다 낫다. 야콥슨은 죽을 때 전 재산을 칼스버그 재단에 환원하고 갔으며 칼스버그 재단은 수익금 전액을 사회에 내놓고 있다. 전형적인 노블리스 오블리제의 실현이다. 칼스버그에서 만든 티셔츠와 모자 등 관광 상품을 몇 점 사고 나온다. 비는 여전히 흩뿌리고 있고 밤기운도 차갑다. 어디를 가도 겨울비는 한결같이 을씨년스럽다.

현대와 고전이 공존하는 나라,
부자와 가난한 사람이 함께 공생하는 나라,
Hamlet의 전설이 깃든 Kingdom of Denmark를 아쉽게 떠난다.
4년 동안 나에게 훈수를 두셨던 셰익스피어 형님이 자기 이야기를 빼놓고 간다고 서운해하시겠지만 어쩔 수 없다. 나도 먹고 살아야 한다.

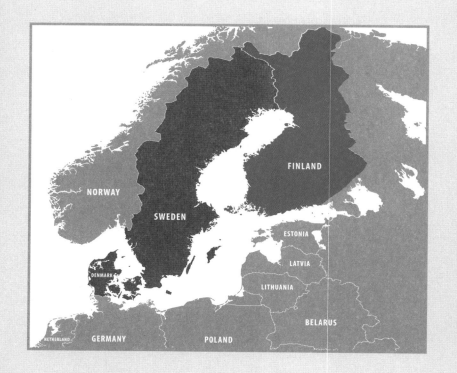

03

핀란드

발트해는 지도를 보면 거대한 만(灣)과 같다.

발트연안국들, 덴마크, 스웨덴, 독일, 러시아, 폴란드 등이 발트해 무역로를 확보하기 위해 무던히도 싸웠다. 스칸디나비아의 바이킹 족들로부터 시작해서 중세 십자군 전쟁을 거쳐 수 세기 동안 종교와 무역을 목표로 피 터지게 싸우고 1차, 2차 세계대전을 치르고 나서야 잠잠해진 바다다. 서로 뺏고 빼앗기며 죽자 살자 싸우던 이 나라들은 "좋은 게 좋다"라는 평범한 교훈 하나를 얻고 지금은 유럽 연합에 가입해 평화롭게 살고 있다.

나는 지금 이 발트해를 거슬러 코펜하겐에서 비행기를 타고 핀란드로 가고 있다. 여기에서 핀란드까지는 1시간 30분이 걸린다. 발트해를 내려다보면서 나도 저 동네에서 태어났더라면 어지간히 설쳐대며 살았겠구나 상상하며 지나간다.

돈키호테와 날라리 벌

헬싱키 공항에서 내렸다. 공항에서 10분 거리에 있는 할리데이 인 호텔에 여장을 풀고 나니 온몸이 노곤하다. 낮에 마셨던 술독을 풀고 허전한 속을 달랠 작정으로 컵라면 끓여서 한국산 갓김치와 함께 먹으니 그런 행복이 따로 없다. 라면과 김치! 이 환상의 맛과 조화! 나는 대한 사람 대한으로 길이, 아니 평생 살다 가고 싶다. 한국에서 태어나길 잘했다.

나는 천상 촌놈이고 토종이다.

다음 날인 14일 아침, 호텔 뷔페에서 식사를 하는 둥 마는 둥 하고 Seepsula(씹슐라) 크라싱 플랜트 공장으로 이동한다. 발음 잘해야 한다. 이곳은 샌드빅 회사의 크러셔 기계(일명 바위파쇄기)가 설치된 대단위 골재 공장이다. 샌드빅 회사는 우리 회사에 크러셔를 팔기 위해 본사를 견학시켜 주었고 샌드빅 자사 제품이 설치된 핀란드 공장을 견학시켜 주기 위해 이곳으로 온 것이다. 최소 30억 원 가까이나 되는 제품을 사냐 마냐를 결정하는 순간이니까 이들에게나 우리에게도 결코 작은 비즈니스가 아니다.

공장 안으로 들어가 이곳 직원의 안내로 컨트롤 박스로 올라간다. 직원 한 명이 전자동 컴퓨터 시스템으로 모든 기계를 통제하고 작동한다. 이들의 근무환경과 위생상태가 훌륭하다. 이곳에 비하면 한국의 환경은 아직 원시적이다.

스웨덴은 지표면에 흙이 많은 나라여서 건물들이 대부분 붉은 벽돌로 지어진 건물들이 많다. 반면에 핀란드는 지표면이 거의 화강암 구조

인 까닭에 석조 건물들이 많다. 골재 채취도 땅 속으로 깊이 들어갈 것
도 없다. 지표면에 단단한 화강암들이 공룡의 등짝처럼 지천에 깔려 있
다. 거의 노천 골재장이다. 이곳의 화강암들은 한국의 돌들보다 훨씬 조
밀하고 단단하다. 안내되어 들어간 골재 채취장은 생각보다 훨씬 크다.
여섯 대의 600톤 크러셔에서 분쇄되어 컨베이어 벨트를 통해 쏟아지는
골재들의 양이 엄청나다. 지하로 들어가지 않고 노천에서 다량의 골재를
채취할 수 있는 환경이 부럽다. 자연을 훼손하지 않고 친환경적으로 골
재채취를 하면 채산성과 경제성이 엄청나다 할 수 있다. 흙먼지를 뒤집
어써 가면서 공장 곳곳을 카메라에 담느라 나는 혼자서 바쁘다.

골재는 산업의 쌀이다.
    도로포장이나 다리나 건물 공사에 필수적인 요소이다. 석유를 정제
하고 남은 피트와 버무리면 '아스콘'이고 시멘트와 버무리면 '레미콘'이
다. 개발에는 파괴가 수반된다. 산업화의 양면성이다. 그렇기 때문에

석산 개발에는 엄격한 감독과 제한이 뒤따른다. 석산 개발업자들은 양식과 의식을 갖춰야 한다. 옛날 석산업자들이라 하면 깡패들이나 하는 사업이라고 폄하되었고 실제 지금도 그런 아류들이 없지 않다. 그런 종자들이야 어디를 가도 존재하기 마련이지만 세상 이치를 모르고 사는 사람들이다. 사업을 하든 물건을 팔아먹든 정직과 신용을 원칙으로 해야 한다.

경영은 이윤을 목적으로 하는 것이지만 '정당한 이윤'은 '돈'과 다르다. 돈이 목적이 아니라 '사람'을 목적으로 해야 한다. 속고 속이는 게 아니라 서로 믿고 신뢰하면 된다. 아주 간단하고 단순한 진리인데도 사람들이 쉽게 망각한다. 다 돈 때문이고 자기 합리화 때문이다. 더구나 석산업은 다른 사업보다 진실하고 겸손해야 한다. 자연을 손대는 일이다. 피해를 최소화하고 자연환경을 보존하고 지켜야 한다. 아름답게 개발하고 제대로 복구해야 한다. 우리는 후손들의 강토를 잠시 빌려 쓰고 있을 뿐이다.

공장을 견학하고 헬싱키 시내로 나온다. 메이드 인 코리아, 한국산 자동차들이 길거리에서 간간히 눈에 들어온다. 현대가 일평생 나에게 해 준 일은 전무한데 마치 내 자동차를 보는 것 같아 반갑다. 시간이 촉박한 우리들은 헬싱키 시내를 자동차로 빠르게 통과한다. 다만 템펠리아우키오라는 긴 이름의 암석교회를 들러 갈 뿐이다.

　양식에 물린 일행들의 간곡한 요청으로 헬싱키 유일의 한국 음식점인 한국관으로 몰려간다. 내부로 들어가니 영락없는 한국 식당이다. 닥종이 인형처럼 생긴 주인아줌마가 반갑게 맞이한다.

　"고향이 워디신가요?" 묻자 대뜸 "전라돈디요!" 한다.

　깜짝 놀라 등짝을 치며 "절라도 워디라요????"

　"익산, 금마요!!!"

　"흐미, 세상에! 같은 고향 사람을 만리타향, 헬싱키에서 만나부러야!"

　남편이 뛰쳐나오고 서로 손들을 붙잡고 마치 한국 전쟁 때 헤어진 이산가족을 만난 것처럼 그런 난리 부르스가 없다. 알고 보니 여자는 삼례 대장촌 사람이고 남자는 금마가 고향이다. 92년도에 친척이 있는 헬싱키에 왔다가 눌러앉은 것이다. 어찌어찌 하다 그곳에 정착하여 한국 음식점을 냈는데 성공했단다. 반기문 유엔 사무총장과 노무현 대통령 사진도 걸려있다. 우리 일행 중 한 사람이 금마 누구누구 아냐고 물어보자 한 사람 딱 걸린다. 고등학교 친구가 딱 걸리는데 자기와 제일 친한 친구였단다. 우연치고 이런 우연도 없다.

Kevin's Law(케빈의 법칙)이라는 게 있다.

지구촌 사람들 6명만 거치면 누구나 하고도 연결된다는 법칙이다. 금방 입증된 셈이다. 그래서 사람은 처세가 참 중요한 법이다. 걸린 사람이 나쁜 놈, 죽일 놈이었으면 어쩔 뻔했겠는가! 세상은 제 혼자 잘났다고 설쳐대서도 건방을 떨어서도 안 된다.

우선 소주와 삼겹살부터 주문하고 김치찌개도 함께 부탁한다. 주인 내외는 고향 사람 왔다고 이것저것 내놓으며 극진하다. 하얀 찰진 쌀밥에 김치찌개라니 이런 호사를 만리타향에서 누리다니! 목에 쩔은 버터와 치즈 때를 삼겹살과 김치찌개로 한꺼번에 씻어 내렸다. 아주 개운하게 잘 먹고 거나하게 마셨다. 말의 성찬과 고향의 그리움을 함께 나누고 한국관을 나오는데 다들 아쉽고 서운한 표정들이다.

우리가 가는 마지막 목적지, 핀란드 제일의 공업도시 Tempere행 버스에 몸을 실었다. 고속도로로 두 시간을 더 올라가야 한다. 여행에 지친 일행들이 금방 잠에 곯아떨어진다. 몸의 여러 기능 중 퇴화가 가장 덜 된 나의 수면기능은 말초신경까지 예민해져 말똥말똥하다. 고속도로를 따라 펼쳐진 야경들이 흑백 티브이의 활동사진처럼 빠르게 스쳐 지나간다.

NOKIA라는 안내 표지판도 스쳐 지나간다.

아! 그렇지! 핀란드는 노키아의 고향이구나! 인구 25만 명의 Tempere는 휴대전화 노키아의 본산지이다. 우리가 온 샌드빅이나 노키아라는 낯익은 이름들은 이곳 지명의 이름들이다. 노키아는 1898년 고무회사로 출발한 회사인데 1970년대 디지털 전자계산기기를 만들어 대박을 쳤다. 1992년 통신기기사업에 뛰어들어 모바일 산업에서 오늘날 세계 제일의 기업이 되었다. 하지만 노키아는 스마트폰 시장에서 애플과 삼성전자에 뒤처져 중생대 공룡과 같은 몰락의 위기에 처해있다. 위기를 타파하기 위해 최근 마이크로소프트사와 제휴를 시작해 윈도 7폰으로 재기를 꿈꾸지만 애플과 안드로이드 생태계가 워낙 굳건해 힘들 것이란 관측이다.

호모 모빌리쿠스! 현대 사회의 새로운 인간형을 뜻한다.
노키아는 이 새로운 인류의 입맛을 선도하지 못해서 결국 기업의 최대 위기를 맞았다. 정보의 홍수 속을 떠도는 퍼스트 무버인 디지털 노마드(유목민)의 세계를 예측하고 적응하지 못한 결과이다. 한국이 얼마나 앞서가는 디지털 강국인가를 선진국 유럽에 와서야 실감할 수 있었다. 인터넷은 느리기 짝이 없고 핸드폰은 터지지 않는 곳이 많았다. 일부 사람들이 폄하하는 한국인들의 '빨리빨리 민족성'과 세종대왕의 '한글의 우수성과 과학성'에 우리는 감사하지 않으면 안 된다. 자동차, 조선, 반도체를 선도하고 모바일 기기, 통신 네트워크 사업에서 세계 제일을 주도하는 나라, 무역량 1조 달러의 대한민국! 그대가 자랑스럽습니다!
인구 천만 명도 안 되는 나라의 1인당 GDP 5만 불은 어렵지 않지만, 인구 5천만의 1인당 3만 불의 수치 달성은 결코 쉬운 일이 아니다. 해외에 나가면 다 애국자가 된다는 말은 허언이 아니다.

호텔에 도착해 여장을 풀고 간단히 샤워하고 프런트에 내려간다. 이미 약속한 핀란드 샌드빅 유압담당 부사장과 이사가 나와 있다. 샌드빅 회사는 대단히 큰 회사다. 이곳 부사장이 우리 같은 사람들을 만나러 나올 군번이 아니다. 샌드빅 서울지사 신 대표가 우리와 동행했고 사업파트너로서 신 대표와 부사장과의 인연이 20년 이상 되다 보니 사업 이상의 친구로서 마중 나온 것이다. 신 대표는 우(友)테크를 잘하는 사람이다.

오늘, 이들은 멀리 한국에서 온 일행들을 위해 핀란드 전통 사우나에서 환대하고 간단한 연회를 베풀어 주기로 한 것이다. 사우나(Sauna)라는 말은 핀란드어에서 나왔는데 '목욕' 또는 '목욕탕'이라는 뜻이다. 핀란드가 한때는 러시아의 일부분이었을 때 러시아 사람들의 증기 목욕하는 습관이 핀란드에 고착되어 전통이 되었다.

7시나 되었을까? 밖은 캄캄하다.

자그마한 도시가 크리스마스 트리나 장식으로 반짝인다. 핀란드는 산타의 고향이다. 핀란드 최북단 지역에 있는 로바니에미라는 도시가 산타클로스 마을이다.

일행의 안내를 따라 소나무와 자작나무가 빽빽한 캄캄한 숲속을 30여 분을 들어가니 회사 별장이 나타난다. 소나무와 자작나무 숲 속은 공기부터 다르다. 한국에서 생산되는 자일리톨 껌은 자작나무에서 추출된 액으로 만든다. 충치 예방에 도움이 된다는 자일리톨이란 말은 '자작나무 설탕'이라는 뜻이다. 110년 된 목조로 된 별장은 밤에 봐서 그런지 한 폭의 그림이다. 안으로 들어가니 맥주와 안주가 놓여있다.

"자, 들어갑시다!" 하는 소리와 함께 우리 앞에서 깨를 활딱 벗어부 치고 서있는 부사장의 모습에 입에 담고 있는 맥주를 하마터면 뿜을 뻔했다. 맥주와 안주로 간단히 입가심을 하려는 차에 사우나 하자며 부사장이 먼저 옷을 벗고 나온 것이다. 그야말로 노랑머리에 노랑 것들 에 하얀 나체로 우리 앞에 아무렇지도 않게 서 있는 모습에 깜짝 놀라 고 말았다.

핀란드 전통 사우나 숯가마는 우리나라 목욕탕에서 보는 것과 달리 고풍스럽고 훨씬 더 습도와 온도가 높았다. 구석진 한쪽에는 뜨겁게 달궈진 돌들이 담겨진 용기가 있는데 부사장이 손수 물을 부어 수증기 를 만들었다. 안에서 함께 땀을 흠뻑 흘리다가 못 견딜만하면 나와 얼 음장처럼 차가운 맑은 호수로 풍덩 뛰어들어가 잠수했다. 그러기를 몇 번 하고 나오니 피로가 싹 풀리고 몸과 마음이 상쾌했다. 야외에 마련 된 뜨거운 노천탕에 들어 앉아 산림욕을 하며 비즈니스 토크를 하는데 말보다 정감이 먼저 통했다. 구경만 하러 왔다가 필요 없는 물건이라도 사고 가게 생겼다. 핀란드인들은 자동차 대 수보다 사우나 수가 더 많 고 웬만한 사람들은 사우나 딸린 별장 하나씩은 다 가지고 있단다. 부 러운 환경이다. 사우나를 끝내고 옷을 갈아입고 식당에 들어가니 부사 장이 마련한 특별식이 나온다. 핀란드산 위스키는 추운 나라답게 독했 다. 맥주와 위스키로 여독을 달래며 여행의 마지막 밤을 보낸다.

다음 날 아침부터 부산하다. 오늘은 한국으로 돌아가는 날이다.
오전에 샌드빅 유압드릴 공정과정과 생산과정을 시찰해야 한다. 사람 의 입은 간사하다. 호텔식에 물린다며 밀기울로 만든 죽으로 아침을 대충 때우고 룸으로 돌아왔다. 잘 차려진 호텔식 뷔페를 마다하고 가지고 간 꼬꼬면 두 박스를 우리는 숨어서 몰래몰래 다 먹었다.

샌드빅의 전체 직원은 4만 5천 명 가까이 된다. 샌드빅 유압 드릴회사의 정문 옆에는 어김없이 태극기가 핀란드 국기와 함께 나부끼고 있었다. 아무리 작은 고객이라도 이들의 친절과 정성은 극진하다. 지상과 지하에 위치한 샌드빅 유압드릴 회사는 요새와 다름없다. 전시에는 탱크나 비행기도 만들겠다. 직원으로부터 회사 곳곳을 안내받고 제작 과정을 설명 들으면서 강한 기업의 힘을 절실히 느낄 수 있었다. 유압드릴 기계는 한 대 가격이 작게는 4억부터 20억까지 나간다.

견학을 끝내고 나오니 점심시간이다. 전 직원이 사용하는 회사 식당을 둘러보니 일급 레스토랑 수준이다. 노동자든 사용자든 함께 모여 식사를 한다.

"노동자는 임금뿐만이 아니라 장미를 받을 권리도 있다."

"노동 없는 삶은 범죄며, 예술 없는 노동은 야만이다."

월터 콜러(Walter Kohler) 만큼 노동에 대해 잘 표현한 사람은 없다. 콜러는 미국인 사업가이며 재벌가 사람인데도 노동에 대한 인식이 이 정도다. 이 세상에 노동 없는 삶은 존재할 수 없다. 감정노동자든 정신노동자든 육체노동자든 지식노동자든 모두가 각각 다른 생산수단을 통해 경제적 가치를 생산하는 사람들이다.

이들의 목적은 하나다. 하나는 생존이요 다른 하나는 자아실현이다.

자기실현 과정은 상호 존중을 통해서 실천해야 하고 상호 존중은 인간 존중 사상을 기초로 한다. 이런 기본 정신이 안 되어 있기 때문에 갑질이 나오고 차별이 나오고 그런 것이다. 갑질은 자신의 능력보다 조직의 힘을 믿고 과시하려는 데 있다. 이런 인간들은 부끄러운 줄 알아야 한다. 시대정신에 뒤떨어져 있다는 것을 본인만 모르고 있는 것이다. 권리와 의무는 누구에게나 다 똑같이 적용된다.

채광이 좋은 방 하나를 안내받아 들어갔다. 우리 일행들을 위해 식사를 준비해두었다. 연어와 감자요리도 근사했지만 우리를 위해 한국식 불고기를 내놓는 이들의 배려에 감탄이 절로 나왔다. 감사의 표시로 가져간 '소주'를 선물로 내놓았다. 우리나라 소주는 이들에겐 양주다. 일정이 마무리되고 서로 아쉬운 작별을 뒤로하며 헬싱키 공항을 향한다. 만감이 교차한다.

스웨덴과 러시아로부터 오랜 지배를 받은 핀란드,
한반도보다 1.5배 크고 인구는 500만 명도 안 되는 나라.
국가청렴도 1위
반부패지수 1위
세계 교육수준 1위의 나라
핀란드를 그렇게 떠난다.
시계는 오후 3시를 가리킨다.

 둘째 딸이 다음 주에 북유럽에 오는 데 일정이 서로 달라 못 보고 그냥 간다. 둘째는 판소리를 하는 국악인이다. 방학을 이용하여 독일, 오스트리아, 체코, 폴란드 등 북유럽을 해금하는 친구와 둘이서 45일간 일정으로 배낭여행을 한단다. 길거리 공연도 하며 여비를 충당하겠다니 가상하다.

이 세상에 올 때 누구나 달란트 하나씩은 부여받고 오는 법인데, 둘째 역시 첫째만큼이나 특징이 보이지 않고 학업에도 별 관심을 보이지 않았다. 공부를 잘한다는 것은 달리기를 잘한다는 거와 같이 하나의 기능에 불과하다. 학교의 기능과 역할이 잘못되어 한 줄로 세우고 서열을 매기고 있지만 학교는 그야말로 전인교육으로 족하다. 공부에 취미가 없는 아이에게 공부하라고 윽박지르는 것은 달리기에 소질 없는 아이에게 채찍질하는 것과 같다. 그건 무식을 넘어 죄악이다. 잘할 수 있는 기능, 다시 말해 아이의 달란트를 찾아 주어야 할 의무가 부모와 교사에겐 있다. 첫째에게도 그랬듯이 둘째에게도 발레는 물론이려니와 여러 가지 특성화 교육을 시켜 봤다. 하지만 좀처럼 두각이 드러나지 않았다. 초등학교 5학년 때, 합창부에 들어갔는데 합창 선생님이 지나가는 말로 "희재 목소리가 참, 좋아요!"라고 하신다. 이 한마디를 듣고 익산 금마에 사는 판소리 명인에게 데려갔다.

"목소리 참, 좋습니다!"

그때부터 판소리를 시켰다. 자기가 좋아하는 것을 발견하니 아이의 눈동자가 달라지고 매사에 자신 있고 긍정적으로 변한다. 고생은 되지만 인문학적 소양을 위해 일부러 예고에 보내지 않고 인문고에 보내 이중의 짐을 지우게 했다. 판소리 국악과는 낙타가 바늘귀를 뚫고 지나가는 것만큼이나 어렵고 경쟁률이 치열하다. 보통 서울의 괜찮다는 대학교는 2, 3명 뽑는 게 고작이다. 판소리의 저변 확대라는 말은 관변단체의 미사여구에 불과하다. 다행히 자신이 원하는 대학교에 합격했는데 벌써 대학 4학년 학생이 되었고 유럽여행 간다고 아르바이트도 하고 그러더니 출발한단다.

두 딸과 아들에게는 미리 말해 두었다.

할아버지께서 아빠가 대학 2학년 때 돌아가셨노라고

대학교 1학년 때부터 학비 스스로 해결하느라고 힘들었노라고

장가도 내가 벌어 가고 남의 도움 없이 여기까지 왔노라고

그러니 대학교 졸업할 때까지만 지원해주겠다고

그 이후부터 스스로 알아서 독립하고 자립하라고

시집 장가도 스스로들 벌어서 알아서 가라고

나도 자식들 신세 절대 지지 않겠다고

어렸을 때부터 밥상머리 교육을 했더니 애들이 다 그럴 줄 안다. 새끼를 키우는 일은 누구나가 정말 어렵다. 새끼들은 나와 다르게 태어난 하나의 인격체다. 나의 기대에 미치지 못한다고해서 포기하거나 체념해선 안 된다. 부모의 욕심 때문에 아이가 망가진다. 사람은 한 가지 재주로 먹고 산다. 열 가지 재능을 가진 사람이 굶어 죽는다. 의사나 대학교수도 한 가지 기술(技術)로 먹고 사는 사람들이다. 지속적인 관찰을 통해 그 아이만의 달란트를 발견해 주어야 한다. 그게 부모의 역할이다. 나의 경우는 '칭찬과 격려'다. '플라시보 효과'라고나 할까? 그리고 끈질긴 '기다림'이다.

　오랫동안 지켜보고 시켜보는데 아들은 특별하지 않다. 그런데 특이한 점은, 공부는 꼴등인데 생각이 깊고 성품이 중후 장대하다. 친구들이 많고 리더십이 좋다. 아들 반 짱이 학년 짱이었는데 어찌어찌 싸우다 콧대를 부러뜨려 때려눕히고 왔다. 겁도 나고 위축도 될 법한데 아주 태연하다. 어찌 처리할 거냐고 곁눈질로 슬쩍 물어봤다.

　"아빠, 제 일은 제가 알아서 처리할게요! 아빤 신경 쓰지 마세요!"

　이 자식은 가끔 나도 못할 소리를 한다. 그럴 때는 이 자식이 꼭 우리 할아버지 같고 내가 손자 같다. 중학교 1학년 때 일이다.
　사실 나는 '아들바보'다.

　아들도 언젠가 알에서 깨어 나올 것이다. 잠자는 자신의 거인을 깨울 것이다. 알은 스스로 깨면 생명이 되지만 남이 깨면 요릿감이 된다고 했다.

지축을 가르는 소리에 놀라 밖을 보니 비행기의 육중한 동체가 지상으로부터 이륙한다. 구름을 뚫고 헬싱키 상공으로 치솟아 오르자 5일 동안 한 번도 보지 못했던 해가 구름 너머로 찬란하게 빛나고 있었다. 몸을 젖히고 조용히 눈을 감는다. 이어폰을 꽂고 시벨리우스의 〈핀란디아 협주곡〉을 듣는다. 온몸에서 전율과 희열을 느낀다.

『데미안』에서 헤르만 헤세는 말한다.
"새는 알에서 깨어나려고 싸운다.
알은 곧 세계다.
태어나려는 자는 하나의 세계를 파괴해야만 한다.
새는 신(神)에게로 날아간다.
신은 아브락사스(Abraxas)이다."

아! 나는 또 다른 알에서 깨어 나와 이제 아브락사스의 세계로 날아가고 있는가?
아브락사스 신이시여! 나에게 정당한 합리를 부여하시고 새로운 세계로 인도하소서!

2011년 섣달 동짓날